AGATHA CHRISTIE COMPLETE COLLECTION

4.50 FROM PADDINGTON

AGATHA CHRISTIE COMPLETE COLLECTION

4.50 FROM PADDINGTON

패딩턴발 4시 50분 애거서 크리스티 장편 소설 | 박슬라 옮김

4.50 FROM PADDINGTON

Copyright © 1957 Agatha Christie Limited.
All rights reserved.

AGATHA CHRISTIE, MARPLE and the Agatha Christie Signature
are registered trademarks of
Agatha Christie Limited in the UK and elsewhere.
All rights reserved.

Korean Translation Copyright © Minumin 2007, 2013, 2021

Korean translation edition is published by arrangement with
Agatha Christie Limited through Shinwon Agency.

이 책의 한국어판 저작권은 신원 에이전시를 통해
Agatha Christie Limited와 독점 계약한 ㈜민음인에 있습니다.
저작권법에 의해 한국 내에서 보호를 받는 저작물이므로 무단 전재와 무단 복제를 금합니다.

정식 한국어 판 출간에 부쳐

　나는 한국에서 우리 할머니의 작품을 정식으로 출간한다는 소식을 듣고 무척 기뻤다. 할머니가 1920년부터 1970년 무렵까지 오랜 세월에 걸쳐 집필한 작품들은 21세기인 지금 읽어도 신선하고 재미있다. 등장 인물들이 워낙 자연스러워서 요즘 사람들과 다를 바 없고 이들이 등장하는 상황과 장소가 전 세계 사람들의 애정과 향수를 자극하기 때문이다. 한국 독자들은 이번에 새로 나온 정식 한국어 판을 통해 그동안 접하지 못했던 애거서 크리스티의 일부 작품들을 읽을 수 있을 것이다. 덕분에 한국에 새로운 세대의 애거서 크리스티 팬들이 탄생할지도 모르겠다는 생각을 하면 가슴이 벅차다.
　애거서 크리스티는 대표적인 두 명의 주인공으로 기억되는 작가이다. 14권의 작품에 등장하는 마플 양은 영국의 작은 시골 마을에서 평온한 나날을 보내며 뜨개질과 수다로 소일하는 미혼의 할머니

이지만, 놀라운 기억력과 날카로운 두뇌 회전으로 주변에서 벌어진 살인 사건을 해결한다.

그리고 마플 양과 상반되는 성격을 지닌 에르퀼 푸아로는 자신만만하고 콧수염을 포함한 자신의 외모와 벨기에라는 국적에 대한 자부심이 상당하다. 그는 이집트와 이라크를 비롯한 세계 각지에서 수수께끼를 해결하며 『오리엔트 특급 살인 Murder On The Orient Express』, 『나일 강의 죽음 Death On The Nile』, 『애크로이드 살인 사건 The Murder Of Roger Ackroyd』 등 애거서 크리스티의 여러 대표작에 모습을 드러낸다.

황금가지의 대담하고 참신한 표지와 전반적인 디자인 덕분에 작품의 성격이 잘 살아난 것 같아 기쁘다. 또한 한국 독자들이 할머니의 원작이 지닌 참된 묘미를 느낄 수 있도록 충실한 번역을 위해 애써 준 점도 높이 사고 싶다.

할머니의 작품이 20세기의 그 어떤 작가들보다 많이 팔리고 있는 이유는 나이와 국적에 상관없이 읽을 수 있는 재미와 감동을 갖추었기 때문이다. 모쪼록 한국 독자들도 황금가지에서 선보이는 애거서 크리스티 작품들을 즐겁게 감상하기를 바란다.

매튜 프리처드
애거서 크리스티의 손자
ACL 이사장중년 부인

차례

정식 한국어 판 출간에 부쳐 ——— 5

1장 ——— 9
2장 ——— 20
3장 ——— 31
4장 ——— 48
5장 ——— 68
6장 ——— 89
7장 ——— 103
8장 ——— 115
9장 ——— 130
10장 ——— 150
11장 ——— 161
12장 ——— 171
13장 ——— 188

14장 ——— 204
15장 ——— 220
16장 ——— 238
17장 ——— 252
18장 ——— 265
19장 ——— 281
20장 ——— 299
21장 ——— 314
22장 ——— 326
23장 ——— 337
24장 ——— 347
25장 ——— 355
26장 ——— 365
27장 ——— 381

1장

맥길리커디 부인은 자신의 가방을 든 짐꾼을 쫓아 헐떡거리며 플랫폼을 따라 걸어갔다. 키가 큰 짐꾼은 긴 다리로 성큼성큼 발걸음을 옮겼다. 맥길리커디 부인은 작고 통통한 데다 하루 종일 크리스마스에 필요한 쇼핑을 한 까닭에 엄청난 양의 짐 꾸러미를 잔뜩 들고 있었다. 그래서 이 시합은 매우 불공평했다. 짐꾼이 플랫폼 끝에 이르러 모퉁이를 돌았을 때, 맥길리커디 부인은 여전히 곧게 뻗은 플랫폼 위를 종종걸음 치고 있었다.

열차 한 대가 막 떠난 직후였기 때문에 1번 플랫폼은 그다지 붐비지 않았다. 하지만 한산한 플랫폼 너머에서는 엄청난 인파가 사방으로 동시에 움직이고 있었다. 지하철, 수화물 보관소, 찻집, 안내소, 승강장, '도착'과 '출발'이라고 적힌 두 개의 출구 안팎으로 거대한 군중의 물결이 넘실거렸다.

맥길리커디 부인은 짐을 든 채 앞뒤로 휩쓸리며 고군분투한 끝에 마침내 3번 플랫폼 입구에 도착했다. 그녀는 발밑에 꾸러미 하나를 내려놓고 핸드백을 뒤적거려 제복을 입은 엄격한 검표원이 개찰구를 통과시켜 줄 차표를 찾았다.

그때 약간 소란스럽지만 알아듣기 쉬운 또렷한 목소리가 그녀의 머리 위에서 흘러 나왔다.

"지금 3번 플랫폼에 정차해 있는 열차는 브랙햄프턴, 밀체스터, 웨버턴, 카빌 정션, 록세터, 채드머스행 4시 50분 기차입니다. 브랙햄프턴과 밀체스터 방면으로 가시는 승객께서는 뒤쪽 차량에 승차해 주십시오. 베인퀘이로 가시는 승객께서는 록세터에서 열차를 갈아타시기 바랍니다."

안내 방송은 딸깍 하는 소리와 함께 끝나더니 이내 9번 플랫폼에 버밍엄과 울버햄프턴발 4시 35분 열차가 도착했다는 소식을 알렸다.

맥길리커디 부인은 차표를 찾아 내밀었다. 검표원이 차표에 구멍을 뚫고는 낮은 목소리로 중얼거렸다.

"오른쪽으로 가십시오. 뒤쪽 차량입니다."

맥길리커디 부인은 플랫폼을 따라 터벅터벅 걸어갔다. 짐꾼이 삼등실 열차 문 밖에서 따분하다는 듯 멍하니 허공을 바라보며 기다리고 있었다.

"여기 있습니다, 부인."

"난 일등실에 타는데요."

맥길리커디 부인이 말했다.

"그런 말은 안 했잖습니까."

짐꾼이 투덜거렸다. 그의 눈길이 맥길리커디 부인의 수수한 흑백 바둑판 무늬 트위드 코트를 깔보듯 훑고 지나갔다.

분명히 방금 전에 이야기했던 맥길리커디 부인은 공연히 말다툼을 벌이고 싶지 않아 처량하게 한숨만 푹 내쉬었다.

짐꾼은 다시 가방을 들고 맥길리커디 부인이 혼자서 넉넉하게 차지하고 앉아 가게 될 일등실 쪽으로 다가갔다. 4시 50분 기차에는 승객이 그리 많지 않았다. 일등실을 애용하는 승객들은 속도가 빠른 아침 급행이나 식당차가 딸린 6시 40분 기차를 더 선호하기 때문이다. 맥길리커디 부인이 짐꾼에게 팁을 주자, 그는 일등실 승객보다 삼등실 승객에게나 어울리는 액수라는 듯 노골적으로 실망한 기색을 드러내며 받았다. 맥길리커디 부인은 쇼핑을 하기 위해 북부에서 밤새도록 기차를 타고 런던에 올라왔다. 쇼핑 전에 미리 내려가는 비용을 준비해 두기는 했지만, 그녀는 팁으로 돈을 낭비하는 사람은 아니었다.

맥길리커디 부인은 한숨을 내쉬며 푹신한 쿠션에 등을 기대앉아 잡지를 펼쳤다. 5분 뒤, 호루라기 소리가 울리자 기차가 출발했다. 잠시 후 맥길리커디 부인의 손에서 잡지가 미끄러져 떨어지더니 머리가 옆으로 기울어졌다. 3분 만에 그녀는 완전히 잠에 빠져들고 말았다. 맥길리커디 부인은 그 후 35분이 지나서야 잠에서 깨어나 정신을 차렸다. 그녀는 비스듬히 미끄러진 모자를 고쳐 쓴 다음 창밖으로 날듯이 스쳐 지나가는 시골 풍경을 바라보았다. 밖은 꽤 어둑

어둑했다. 안개가 잔뜩 낀 우중충한 12월의 어느 날이었다. 크리스마스가 벌써 닷새 앞으로 다가와 있었다. 어둡고 음울한 런던과 마찬가지였다. 시골이라고 별반 다르지 않았다. 간혹 열차가 마을과 역들을 지나칠 때면 옹기종기 빛나는 불빛이 정다운 느낌을 더해 주긴 했다.

"마지막 차(茶)입니다."

승무원이 마치 램프의 요정처럼 객실 문을 가볍게 밀어젖히며 말했다. 맥길리커디 부인은 이미 큰 백화점에서 차를 마셨기 때문에 별로 생각이 없었다. 승무원은 단조로운 톤으로 다시 차를 외치며 통로를 걸어갔다. 맥길리커디 부인은 선반에 얹혀 있는 다양한 꾸러미를 흡족한 표정으로 올려다보았다. 질 좋은 세수수건은 마거릿이 원하던 바로 그 물건이었다. 로비에게 줄 장난감 우주총과 진에게 선물할 토끼 인형도 만족스러웠다. 그리고 저녁에 걸치는 짧은 웃옷은 마침 그녀에게 필요했던 것으로, 따뜻하면서도 세련되어 보였다. 헥터에게 줄 스웨터도……. 그녀의 마음은 보람찬 쇼핑을 했다는 흐뭇함으로 가득 찼다.

만족에 젖은 그녀의 시선이 창가로 향했다. 열차 한 대가 날카로운 소리를 내며 반대쪽 방향으로 스쳐 지나가는 바람에 유리창이 덜컹거려 그녀는 깜짝 놀랐다. 기차가 덜거덕거리며 전철기를 지나 역을 통과했다.

갑자기 기차가 속력을 늦추었다. 아마도 신호를 기다리는 모양이었다. 열차는 몇 분 동안 느릿느릿 가다가 잠깐 멈추더니, 머지않아

다시 앞으로 나아가기 시작했다. 상행 열차 한 대가 아까 지나간 열차보다는 조금 덜 격렬하게 옆을 지나갔다. 기차가 다시 속력을 내기 시작했다. 그때 같은 하행 열차 한 대가 커다란 곡선을 그리며 맥길리커디 부인이 탄 기차의 안쪽 선로로 들어왔다. 순간 무섭기까지 했다. 이후 얼마 동안 두 대의 기차는 앞서거니 뒤서거니 하며 나란히 달렸다. 맥길리커디 부인은 창문을 통해 나란히 달리고 있는 상대편 열차의 객실 안쪽을 들여다볼 수 있었다. 대개는 차양이 내려져 있었지만, 가끔은 객실 안에 타고 있는 승객들의 모습이 보이기도 했다. 맞은편 열차 역시 승객이 별로 없어 많은 객실이 비어 있었다.

두 열차가 마치 정지해 있는 듯한 착각이 든 순간, 상대쪽 열차의 한 객실 창문의 차양이 갑자기 탁 하는 소리를 내며 튕겨 올라갔다. 겨우 1미터 남짓밖에 떨어져 있지 않은 불 켜진 일등실 안이 들여다보였다.

순간, 그녀는 숨을 헉 들이켜며 자리에서 반쯤 벌떡 일어났다.

한 남자가 창문 쪽으로 등을 돌린 채 서 있었다. 그의 손은 마주보고 있는 어떤 여자의 목을 쥐고 있었다. 그는 천천히, 그러면서도 무자비하게 그녀의 목을 졸랐다. 여자의 눈이 부풀어 오르기 시작했다. 얼굴에 피가 몰려 자줏빛으로 변했다. 맥길리커디 부인이 멍하니 얼어붙어 있던 사이, 모든 일이 끝났다. 여자의 몸이 축 늘어지더니 남자의 손 안에서 힘없이 대롱거렸다.

바로 그때, 맥길리커디 부인이 탄 열차가 다시 속도를 줄였고 상대편 열차는 속도를 내기 시작했다. 기차는 휙 하고 지나가 잠시 후 시야에서 완전히 사라졌다.

맥길리커디 부인은 거의 자동적으로 비상 신호줄로 손을 뻗쳤지만, 이내 주저하며 동작을 멈추었다. 어차피 그녀가 탄 열차의 비상벨을 울려 봤자 무슨 소용이람? 방금 너무나도 가까이서 목격한 것에 대한 두려움과 자신이 놓인 기묘한 상황 때문에 그녀는 정신이 혼미해졌다. 지금 즉시 뭐라도 해야 해. 하지만 무엇을?

객실 문이 열리더니 검표원이 들어왔다.

"차표를 보여 주십시오."

맥길리커디 부인이 격렬한 몸짓으로 그를 돌아보았다.

"방금 지나간 기차 안에서 어떤 여자가 목 졸려 죽었어요. 내가 봤어요."

검표원은 어리둥절한 표정을 지었다.

"지금 뭐라고 하셨죠, 부인?"

"어떤 남자가 여자를 목 졸라 죽였다고요! 기차 안에서요. 내가 봤다니까요. 여기로요."

그녀가 창문을 가리키자 검표원은 너무나도 미심쩍다는 표정으로 되물었다.

"목을 졸라요?"

"예! 목을 졸라 죽였어요! 방금 봤다고 하잖아요. 지금 당장 뭔가 조치를 취해야 해요!"

검표원은 변명하듯이 헛기침을 했다.

"음, 부인. 혹시 깜박 주무시다가 잠결에, 저어…….."
그는 요령 좋게 말끝을 얼버무렸다.
"잠을 잔 건 맞아요. 하지만 그건 꿈이 아니었어요. 당신이 잘못 생각하는 거예요. 진짜로 봤다니까요."
검표원의 시선이 좌석 위에 펼쳐져 있는 잡지로 향했다. 거기에는 남자에게 목이 졸리고 있는 젊은 아가씨와 문간에서 권총을 손에 들고 그 남자를 위협하고 있는 또 다른 남자의 삽화가 그려져 있었다.
검표원이 설득하듯 말했다.
"저, 부인, 혹시 흥미진진한 글을 읽다가 깜박 잠이 드셨고, 잠에서 깨어나 약간 혼란스러운 게 아닌지…….."
맥길리커디 부인이 그의 말을 잘랐다.
"난 정말로 봤어요. 지금 당신처럼 똑똑히 깨어 있는 상태였고요. 여기 이 창문으로 옆에서 나란히 달리는 기차 안을 봤는데, 어떤 남자가 여자의 목을 조르고 있었단 말이에요. 그리고 지금 내가 알고 싶은 건, 당신이 앞으로 어떻게 할 거냐는 거예요."
"저, 그게 말입니다, 부인…….."
"당연히 뭔가 조치를 취하겠지요?"
검표원은 어쩔 수 없이 한숨을 내쉬고는 손목시계를 힐끗 쳐다보았다.
"이 열차는 정확히 7분 뒤에 브랙햄프턴에 도착합니다. 역에 도착하면 부인이 말씀하신 내용을 보고하도록 하겠습니다. 말씀하신 기차는 어느 방향으로 가고 있었죠?"

"물론 우리랑 같은 방향이죠. 반대쪽으로 달려가는 기차였다면 내가 그런 걸 볼 수 있었겠어요?"

검표원은 맥길리커디 부인이 공상에 빠지면 무엇이든 볼 수 있는 여자라고 생각하는 것 같았다. 하지만 그는 끝까지 예의를 지켰다.

"제게 맡겨 주십시오. 부인이 말씀하신 내용을 그대로 보고하겠습니다. 만일을 대비하여 이름과 주소를 알려 주시면……."

맥길리커디 부인은 앞으로 며칠간 머무를 곳의 주소와 스코틀랜드에 있는 집의 주소를 알려 주었다. 검표원은 불러 주는 대로 받아 적은 후 성가신 승객을 잘 구슬린 승무원만이 취할 수 있는 분위기를 풍기며 물러갔다.

맥길리커디 부인은 여전히 불만족스러워 얼굴을 찌푸렸다. 저 검표원은 정말 그녀가 한 말을 보고할 것인가? 아니면 그저 기분을 맞춰 주려고 그냥 한 말인가? 맥길리커디 부인은 홀로 여행하는 수많은 나이 든 여자들이 공산주의자들의 음모를 밝혀냈다거나, 살해될 위험에 빠져 있다거나 혹은 비행접시나 기밀 우주선을 목격했다거나 실제로는 일어나지 않은 살인 사건을 봤다고 주장하는 게 아닐까 어렴풋이나마 짐작했다. 만일 검표원이 자신도 그런 터무니없는 여자들 중 하나라고 생각한다면…….

기차는 이제 전철기를 지나 커다란 도시의 밝은 불빛을 가로질러 달리고 있었다.

맥길리커디 부인은 핸드백을 열고 메모지를 찾았다. 영수증밖에 없어 그것을 꺼내 뒷면에 재빨리 뭔가를 적은 뒤, 운 좋게 가지고 있던 봉투 안에 넣고 봉한 다음 봉투 위에도 몇 자 적었다.

열차가 사람들이 가득 몰려 있는 플랫폼 안으로 천천히 들어섰다. 언제나처럼 단조로운 톤의 안내 방송이 들려왔다.

"지금 1번 플랫폼에 들어오고 있는 기차는 밀체스터, 웨버턴, 록세터, 채드머스행 5시 38분 열차입니다. 마켓 베이싱으로 가실 승객께서는 3번 플랫폼에 정차해 있는 열차를 이용하십시오. 1번 선로에는 카베리행 열차가 정차합니다."

맥길리커디 부인은 초조한 표정으로 플랫폼을 둘러보았다. 손님들은 너무 많은데 짐꾼은 너무 적었다. 아, 저기 하나 있군! 그녀는 명령조로 그를 불렀다.

"여기요! 이걸 즉시 역장실로 전해 줘요."

그녀는 그에게 봉투와 함께 1실링을 건넸다.

그런 다음 한숨을 내쉬며 의자에 등을 기댔다. 뭐, 그녀는 자신이 할 수 있는 일은 이제 다했다. 잠시 후 맥길리커디 부인은 짐꾼에게 1실링을 준 것을 후회했다. 6펜스만 주었어도 충분했을 텐데…….

그녀는 다시 자신이 목격한 장면을 생각했다. 끔찍했다, 정말 끔찍한 일이었다……. 맥길리커디 부인은 성격이 꽤나 담대했지만, 그럼에도 온몸을 와들와들 떨었다. 그녀에게, 엘스페스 맥길리커디에게 그런 괴이한 일이 일어나다니 얼마나 이상하고, 또 기이한지! 그때 그 차양이 위로 올라가지만 않았더라도……. 하지만 이 또한 신의 섭리일 터였다.

신의 섭리는 엘스페스 맥길리커디가 범행 장면을 목격하도록 예정해 놓았던 것이다. 그녀는 입술을 굳게 다물었다.

시끄러운 고함 소리가 들려오고, 호루라기가 삑삑거리더니 여기저기서 문들이 닫혔다. 5시 38분 기차가 천천히 브랙햄프턴 역을 빠져나가기 시작했다. 1시간 5분 뒤, 열차는 밀체스터에 정차했다.

맥길리커디 부인은 짐 꾸러미와 옷 가방을 챙겨 기차에서 내렸다. 그녀는 플랫폼을 찬찬히 훑어보고는 지난번과 똑같은 결론을 내렸다. 짐꾼이 부족했다. 그나마 얼마 안 되는 짐꾼들도 우편물 가방과 수화물 차에만 매달려 있었다. 요즘 세상에서는 승객들이 자기 짐을 알아서 날라야 하는 모양이었다. 하지만 맥길리커디 부인 혼자서 옷가방과 우산 등이 있는 수많은 짐 꾸러미를 나를 수는 없었다. 그녀는 기다리기로 했다. 다행히 오래지 않아 짐꾼을 하나 잡았다.

"택시를 타실 겁니까?"

"날 마중 온 사람이 있을 거예요."

밀체스터 역 밖으로 나가자 출구를 지켜보며 기다리고 있던 택시 기사가 다가왔다. 그는 약간 사투리가 섞인 목소리로 말했다.

"혹시 맥길리커디 부인이신가요? 세인트 메리 미드 마을에 가시는 거죠?"

맥길리커디 부인은 그렇다고 대답한 후 짐꾼에게 후할 정도는 아니지만 적당한 액수의 팁을 주었다. 택시는 맥길리커디 부인과 그녀의 가방, 그리고 짐 꾸러미들을 싣고 밤길을 가로질러 달려갔다.

목적지까지는 약 15킬로미터 정도였다. 맥길리커디 부인은 택시 안에서도 내내 허리를 꼿꼿이 세우고 앉아 있었다. 도저히 마음이 편하지가 않았던 것이다. 빨리 누구에게든 털어놓고 싶어 견딜 수가 없었다. 이윽고 택시가 친숙한 마을 거리에 진입하더니 마침내 목적지에 도착했다. 맥길리커디 부인은 택시에서 내려 벽돌이 깔린 길을 따라 문 앞으로 걸어갔다. 나이 든 하녀가 문을 열자 운전사가 짐을 안쪽에 내려놓았다. 맥길리커디 부인은 현관 복도를 곧장 가로질러 문이 열려 있는 응접실로 향했다. 응접실에서는 그녀를 초대한 이 집의 여주인이 기다리고 있었다. 연약해 보이는 나이 많은 노부인이었다.

"엘스페스!"

"제인!"

두 사람은 입맞춤을 나누었다. 그러고는 아무런 인사말도, 에둘러 표현하는 것도 없이 맥길리커디 부인이 불쑥 말을 내뱉었다.

"오, 제인!"

그녀가 울부짖었다.

"나 방금 살인 사건을 목격했어요!"

2장

I

마플 양은 진정한 숙녀는 충격을 받지도 않고 놀라지도 않는다는 어머니와 할머니가 전수해 준 가르침에 충실히 따랐다. 그녀는 단지 눈썹을 조금 추켜올렸을 뿐, 고개를 가로저으며 침착하게 말했다.
"정말 힘든 일을 겪었네요, 엘스페스. 무척 특이한 일이기도 하고. 무슨 일이 있었는지 나한테 자세히 털어놔 봐요."
그것이야말로 맥길리커디 부인이 지금 가장 하고 싶은 일이었다. 그녀는 마플 양이 권하는 대로 벽난로 옆에 앉아 장갑을 벗은 다음 생생하게 이야기를 풀어놓았다.
마플 양은 주의 깊게 귀를 기울였다. 잠시 후 맥길리커디 부인이 숨을 고르기 위해 말을 멈추자 마플 양이 단호한 목소리로 말했다.

"내 생각에는 엘스페스, 먼저 2층에 올라가서 모자를 벗고 세수부터 하는 게 좋겠어요. 그런 다음 우리 저녁을 들어요. 식사를 하는 동안에는 이 이야기를 일절 꺼내지 않기로 하고요. 우선 저녁 식사를 마친 다음에 그 일을 찬찬히 되짚어 보면서 모든 각도에서 검토해 보는 게 어떨까요?"

맥길리커디 부인은 마플 양의 제안에 따랐다. 두 숙녀는 저녁 식사를 하면서 세인트 메리 미드 마을에서 일어나고 있는 다양한 사건에 관해 이야기를 나누었다. 마플 양은 새 오르간 연주자에 대한 마을 사람들의 불신과 약제사의 아내를 둘러싸고 최근에 떠돌고 있는 추문을 설명했으며, 교장과 마을 의회 사이의 갈등도 간단히 언급했다. 그 후 대화는 마플 양과 맥길리커디 부인이 가꾸는 정원으로 옮겨 갔다.

마플 양이 의자에서 일어나며 말했다.

"작약은 정말 이상한 식물이에요. 꽃이 피거나 아니면 아예 안 피거든요. 하지만 일단 안정적으로 자리를 잡으면, 조금 과장해서 말하자면 평생 동안 꽃을 볼 수도 있답니다. 더구나 요즘에는 종류가 많아졌어요."

그들은 난롯가에 자리를 잡고 앉았다. 마플 양은 구석에 있는 찬장에서 오래된 워터퍼드 잔 두 개를 꺼내고, 다른 찬장에서 술병을 가져왔다.

"오늘 저녁에는 커피를 안 마시는 게 좋겠어요, 엘스페스. 많이 흥분한 것 같으니까. 하긴, 무리도 아니죠. 잠을 이루기도 힘들 것 같으니 내가 만든 구륜앵초 술을 한 잔 따라 줄게요. 나중에 카모마일 차도 끓여 주고요."

맥길리커디 부인은 마플 양의 말에 순순히 따랐다. 마플 양이 술을 잔에 부었다.

맥길리커디 부인이 술을 한 모금 마시며 말했다.

"제인, 당신도 내가 꿈을 꿨다거나 상상을 했다고 여기는 건 아니겠죠? 그렇죠?"

"그럴 리가요."

마플 양이 따스한 목소리로 말하자 맥길리커디 부인은 안도의 한숨을 내쉬었다.

"검표원은 그렇게 생각하는 것 같았어요. 겉으로야 예의 바르게 행동하긴 했지만, 그래도······."

"엘스페스, 그런 상황에서라면 그 사람도 그럴 수밖에 없었을 거예요. 뭐랄까, 무척 믿기 힘든 이야기처럼 들리는 데다, 실제로도 그렇잖아요. 게다가 그 검표원은 당신이라는 사람을 전혀 몰랐고요. 하지만 난 당신이 뭔가를 봤다는 걸 믿어요. 분명히 놀라운 이야기이긴 하지만 불가능한 일은 아니지요. 나만 해도 기차 여행을 하던 도중에 옆에서 나란히 달리는 열차를 바라보다가 어떤 객차 안에서 벌어지는 광경을 매우 생생하고 자세하게 본 기억이 있거든요. 한 번은 꼬마 여자아이 하나가 곰 인형을 가지고 놀다가 갑자기 구석에서 졸고 있는 뚱뚱한 신사에게 인형을 던졌죠. 그 남자는 벌떡 일어나서 화를 냈고, 다른 승객들은 그걸 무척 재미있어 하는 것 같앉어요. 난 그 모습을 아주 또렷하게 봤답니다. 나중에 그 사람들이 어떻게 생겼고 무슨 옷을 입었는지까지도 정확하게 설명할 수 있을 정도로요."

맥길리커디 부인이 고맙다는 듯 고개를 끄덕였다.

"맞아, 정말 그랬어요."

"남자가 등을 돌리고 있었다고 했죠? 그럼 얼굴은 못 본 건가요?"

"예, 못 봤어요."

"그럼 여자는? 여자에 대해선 설명할 수 있겠어요? 젊던가요, 아니면 나이가 좀 있던가요?"

"젊은 편이었어요. 서른 살에서 서른다섯 살 사이? 그 정도밖엔 모르겠네요."

"미인이었나요?"

"그것도 잘 모르겠어요. 그게……. 얼굴이 온통 일그러져서는……."

마플 양이 재빨리 말했다.

"오, 그렇군요. 그래, 알겠어요. 옷차림은 어땠나요?"

"모피 코트 같은 것을 입고 있었던 것 같아요. 아주 옅은 색이었죠. 모자는 쓰고 있지 않았고, 머리카락은 금발이었어요."

"남자에 대해서는 특별히 기억나는 게 없고요?"

맥길리커디 부인은 기억을 더듬어 보았다.

"키가 큰 편이었고, 머리는 짙은 색이었던 것 같아요. 두꺼운 코트를 입고 있어서 체격은 잘 모르겠고요."

그녀는 힘없는 목소리로 덧붙였다.

"별로 도움이 안 되네요."

"그 정도면 훌륭해요."

마플 양은 그렇게 말한 후 잠시 망설이다가 이어서 말했다.

"엘스페스, 당신 생각엔 그 여자가……. 음, 죽은 게 확실한가요?"

"그 여잔 죽었어요. 틀림없다고요. 혀가 밖으로 튀어나오고……. 오, 맙소사. 말하지 않는 게 낫겠어요……."

마플 양이 재빨리 말을 받았다.

"오, 그럼요. 그게 좋겠어요. 아침이 되면 더 자세히 알게 될 테니까."

"아침에요?"

"조간신문에 기사가 실릴 거예요. 그 남자가 여자를 목 졸라 죽였다면, 시체가 남잖아요. 그럼 그 남자는 그 후에 어떻게 했을까요? 기차가 역에 도착하자마자 서둘러 내렸겠지요. 그런데 그 기차, 복도식 객차던가요?"

"아뇨."

"그럼 멀리 가는 기차는 아니군요. 브랙햄프턴에서 정차한 게 틀림없어요. 남자는 시신을 구석 자리에 앉혀 놓고 사람들에게 발각되지 않도록 코트 칼라 같은 것으로 얼굴을 가려 놓은 다음, 브랙햄프턴에서 내렸을 거예요. 그래, 내 생각엔 그랬을 것 같아요. 하지만 오래지 않아 시체가 발각되었을 테고, 내일 아침 신문에는 기차 안에서 살해된 여자의 시신을 발견했다는 기사가 실리겠지요. 그러니 우린 기다리는 게 좋겠어요."

II

하지만 조간신문에는 아무런 기사도 실리지 않았다.

그 사실을 확인한 마플 양과 맥길리커디 부인은 말없이 아침 식사를 마쳤다. 두 사람 모두 깊은 생각에 잠겨 있었다.

아침 식사를 끝낸 뒤 그들은 정원을 둘러보았다. 그러나 평소 같으면 즐거운 소일거리가 될 정원 산책도 오늘은 영 내키지 않았다. 마플 양은 바위 정원에 심기 위해 새로 구한 희귀종 식물에 관해 이야기를 꺼냈지만, 실제로는 다른 곳에 정신이 팔려 있었다. 다른 때라면 최근에 손에 넣은 종자 목록을 늘어놓을 맥길리커디 부인도 아무 대꾸가 없었다.

마플 양이 여전히 건성으로 말했다.

"정원을 제대로 가꿀 수가 없네요. 헤이독 선생님이 나더러 허리도 구부리지 말고 무릎도 굽히지 말라고 했거든요. 한데 허리도 다리도 구부리지 않고 무슨 일을 할 수 있겠어요? 물론 에드워즈 영감이 있긴 하지만 그 사람은 뭐든 자기 맘대로만 하려고 하죠. 게다가 이런 종류의 일은 나쁜 버릇만 들이게 마련이잖아요. 하루 종일 차나 마시며 빈둥거리고……. 진짜 일 같은 일은 전혀 안 한다니까요."

"나도 그 심정 알아요. 난 허리랑 무릎을 구부리는 건 아무런 문제도 없지만 밥을 먹고 나면, 그리고 특히 이렇게 몸이 불고 나서는……."
 그녀는 자신의 풍만한 몸매를 내려다보며 덧붙였다.
 "속이 곧잘 쓰리더라고요."
 잠시 침묵이 흘렀다. 맥길리커디 부인이 힘차게 발을 딛고 몸을 똑바로 세우더니 친구를 돌아보았다.
 "그러면요?"
 매우 간단하고 대수롭지 않은 물음이었지만, 맥길리커디 부인의 억양에는 대단히 의미심장한 내용이 담겨 있었다. 마플 양은 그 의미를 완벽하게 이해했다.
 "알겠어요."
 두 노부인은 서로 마주보았다.
 마플 양이 입을 열었다.
 "내 생각엔 경찰서에 가서 코니쉬 경사에게 말하는 게 좋겠어요. 참 똑똑하고 부지런한 사람이지요. 나하고도 잘 아는 사이니까 우리 이야기를 진지하게 들어줄 거예요. 그리고 관련 기관에 그 이야기를 전해 줄 테고요."
 그리하여 약 45분 뒤, 마플 양과 맥길리커디 부인은 30세에서 40세 사이로 보이는, 기운차고 진지한 표정의 남자와 이야기를 나누고 있었다. 그는 두 사람의 말을 주의 깊게 들었다.
 프랭크 코니쉬는 마플 양을 진심으로 반갑게 맞이했고, 심지어 경의를 표하기까지 했다. 그는 두 사람에게 의자를 권하고 물었다.
 "제가 무엇을 도와드릴까요, 마플 양?"

"내 친구 맥길리커디 부인의 이야기를 들어 주었으면 해요."

그래서 코니쉬 경사는 귀를 기울였다. 이야기가 끝난 뒤, 그는 잠시 침묵을 지켰다.

그러곤 입을 열었다.

"참으로 놀라운 이야기군요."

맥길리커디 부인이 말하는 동안 그는 몰래 그녀를 힐끗거리며 평가를 내리고 있었다.

전체적으로 그는 긍정적인 인상을 받았다. 맥길리커디 부인은 분명하고 확실하게 이야기를 구술할 수 있는 분별력이 있었다. 적어도 그의 판단으로는 과대망상이나 신경증이 있는 여자는 아닌 듯했다. 더구나 마플 양은 친구의 말을 철석같이 믿고 있는 것 같았다. 그는 마플 양을 잘 알았다. 세인트 메리 미드 마을에 사는 사람치고 마플 양을 모르는 사람은 없었다. 마플 양은 겉으로는 푸근하고 연약한 할머니처럼 보일지 몰라도 내면만은 그 누구보다도 날카롭고 예리했다.

코니쉬 경사는 헛기침을 한 다음 말했다.

"물론 부인께서 잘못 보셨을 수도 있습니다. 그러니까 부인이 진짜로 그랬다는 게 아니라 그럴 가능성도 있다는 겁니다. 기차 안에서 별별 이상한 장난을 치는 사람도 있으니까요. 어쩌면 그렇게 심각하거나 목숨과 관계된 일이 아닐지도 모릅니다."

맥길리커디 부인이 딱 잘라 말했다.

"난 내가 뭘 봤는지 알아요."

프랭크 코니쉬는 속으로 생각했다.

'그리고 생각을 바꾸지도 않을 테지. 그렇다면 마음에 들든 안 들든 맞장구를 쳐 드려야겠군.'

그는 소리 내어 말했다.

"부인은 철도 당국에 무엇을 보았는지 말씀하셨고, 또 제게도 찾아와 이렇게 신고해 주셨지요. 정말 훌륭하게 대처하신 겁니다. 이제 그 일을 제게 맡겨 주시면 조사해 보겠습니다."

그는 말을 멈추었다. 마플 양이 만족스럽다는 듯 부드럽게 고개를 끄덕였다. 맥길리커디 부인은 여전히 무언가 불만스러웠지만 아무 말도 하지 않았다. 코니쉬 경사는 마플 양에게 말을 걸었다. 그녀의 생각을 듣고 싶어서가 아니라 뭐라고 말할지 알고 싶어서였다.

"승무원이 그 사실을 보고했다면, 시체는 어떻게 된 걸까요?"

마플 양이 주저 없이 대답했다.

"가능성은 두 가지예요. 물론 가장 유력한 가능성은 시체를 기차 안에 버려두었다는 것이죠. 하지만 그랬을 것 같지는 않아요. 만약 그랬더라면 어젯밤에 다른 승객이나 승무원이 시체를 발견했을 테니까요."

코니쉬 경사가 고개를 끄덕였다.

"그 외 살인범이 할 수 있는 유일한 일은 시체를 기차 밖으로 내던지는 거예요. 아직 시체는 발견되지 않았지만 선로 위 어딘가에 놓여 있을 것 같네요. 별로 그럴 가능성은 없어 보이지만요. 하지만 내가 아는 한에는 그 방법밖엔 없어요."

마플 양이 말을 마치자 맥길리커디 부인이 말했다.

"물론 책에 나오는 것처럼 시체를 트렁크에 넣어 숨길 수도 있겠죠. 하지만 요즘에는 그렇게 커다란 트렁크를 가지고 여행을 하는 사람이 없잖아요. 다들 작은 옷가방 정도만 들고 다니지. 그리고 그런 작은 가방엔 시체를 넣을 수도 없고요."

코니쉬 경사가 말했다.

"저도 두 분 말씀에 동감입니다. 시체가 있었다면 지금쯤 발견되어야 정상이지요. 아니면 머지않아 발견되거나요. 수사에 진전이 있으면 그 즉시 두 분께 알려 드리겠습니다. 제 생각엔 신문에서 먼저 읽게 되실 것 같지만 말입니다. 심한 공격을 받긴 했지만 그 여자가 죽지 않았을 가능성도 생각해 보아야 합니다. 자기 발로 직접 기차에서 내렸을지도 모르죠."

마플 양이 말했다.

"누군가의 도움 없이는 힘들었을 거예요. 그리고 만약 그랬다면 사람들의 눈에 띄었겠지요. 몸이 불편해 보이는 여자를 부축하는 남자 말이에요."

"예, 그랬을 겁니다. 아니면 객차 안에서 의식을 잃은 채 쓰러져 있는 여자를 발견해 병원으로 옮겼더라도 그 기록이 남아 있겠죠. 금세 소식을 들을 수 있을 테니, 두 분은 마음 편히 계셔도 될 것 같습니다."

하지만 그날이 지나고 다음 날이 되어도 아무런 소식이 없었다. 다만 그날 저녁 마플 양은 코니쉬 경사가 보내온 쪽지를 받았다.

부인이 제게 문의하신 문제와 관련하여 힘닿는 대로 철저히 조사해 보았습니다만 소득은 없었습니다. 어떤 여성의 시체도 발견되지 않았습니다. 말씀하신 것과 비슷한 용모의 여성을 치료한 병원도 없고, 충격을 받거나 몸이 불편해 남성의 부축을 받으며 기차역을 떠나는 여성의 모습도 목격된 바 없습니다. 분명 철저히 조사를 한 것이니, 그 점은 믿으셔도 좋습니다. 짐작컨대, 부인의 친구분께서 말씀하신 목격 장면은 사실이나 생각만큼 심각한 일은 아니었던 듯합니다.

3장

I

"심각하지 않아? 당치도 않은 소리! 그건 살인이었다고요!"

맥길리커디 부인이 말했다.

그녀가 마플 양을 도전적으로 바라보자 마플 양도 그녀를 마주 보았다.

"참지 말고 그냥 말해 버려요, 제인. 내가 실수한 거라고. 모든 게 다 내 상상이었을 뿐이라고요. 지금 그런 생각을 하고 있잖아요, 안 그래요?"

마플 양이 부드러운 목소리로 말했다.

"실수는 누구든 할 수 있어요. 누구든지 말이에요, 엘스페스. 심지어 당신도 그렇지요. 난 모두 그 점을 잊지 말아야 한다고 생각해요.

하지만 알다시피, 난 당신이 실수한 것이라고 생각하지 않아요. 책을 읽을 때면 안경을 쓰긴 하지만 당신은 시력이 좋아서 멀리 있는 것도 잘 보잖아요. 그리고 그 광경을 보고 무척 깊은 인상을 받았고요. 어제 우리 집에 도착했을 때에도 너무 충격을 받아 괴로워하고 있었죠."

맥길리커디 부인이 몸서리를 치며 말했다.

"그 광경은 아마 평생 가도 못 잊을 거예요. 하지만 정말로 괴로운 건, 내가 그 일을 어떻게 하면 좋을지 모르겠다는 거예요."

"당신이 할 수 있는 일은 이제 더 이상 아무것도 없을 것 같네요."

마플 양이 생각에 잠겨 말했다. 만일 맥길리커디 부인이 친구의 억양에 조금만 주의를 기울였다면, 언뜻 알아차리기는 힘들지만 '당신'이라는 단어를 아주 미묘하게 강조하고 있음을 깨달았을 것이다.

"당신은 기차역에서 일하는 사람들과 경찰에게 뭘 봤는지 신고했어요. 그러니 할 수 있는 일은 다한 셈이죠."

"그 말을 들으니 조금 안심이 되네요. 알다시피 난 크리스마스를 보낸 후에 실론섬으로 로더릭을 보러 갈 계획이잖아요. 그것만큼은 정말 뒤로 미루고 싶지 않거든요. 하도 오랫동안 고대했던 일이라."

그녀는 양심에 찔렸는지 말을 덧붙였다.

"물론 그게 내 의무라면 실론섬에 가는 것도 미뤄야겠지만요."

"오, 물론 그럴 거라고 믿어요, 엘스페스. 하지만 내가 보기에 당신은 할 일을 다한 걸요."

"이젠 경찰에게 달렸네요. 하지만 경찰이 바보처럼 군다면……."
맥길리커디 부인이 말하자 마플 양이 단호한 표정으로 고개를 저었다.
"오, 아니에요. 경찰은 바보가 아니랍니다. 그래서 흥미로운 거지요. 그렇지 않나요?"
맥길리커디 부인은 어안이 벙벙한 얼굴로 마플 양을 바라보았고, 마플 양은 자신의 친구가 도덕적 신념은 확고하나 상상력은 부족하다는 자신의 판단을 재차 확인할 수 있었다.
마플 양이 입을 열었다.
"사람들은 실제로 어떤 일이 있었는지 알고 싶어 하는 법이에요."
"여자가 살해됐어요."
"그래요. 하지만 누가, 왜 그녀를 죽였을까요? 그리고 시체는 어떻게 되었을까요? 시체는 지금 어디 있죠?"
"그걸 알아내는 게 경찰의 일이잖아요."
"바로 그거예요. 그런데도 그들은 알아내지 못했지요. 그 말은 곧 살인자가 영리하다는 뜻이에요. 그것도 매우 영리하다는 의미죠. 난 말이에요, 엘스페스."
마플 양이 눈살을 찌푸리며 말을 이었다.
"그 사람이 시체를 어떻게 처리했는지 도무지 모르겠어요……. 격정에 사로잡혀 여자를 죽인다……. 그건 미리 계획한 게 아니라 충동적으로 한 짓이지, 만약 사전에 계획한 일이라면 커다란 기차역에 도착하기 겨우 몇 분 전에 그런 짓을 했을 리가 없으니까. 그래, 분명히 말다툼 같은 것을 했을 거야, 질투심이라든가, 그런 것 때문에. 그래서 충동적으로 여자의 목을 조르는 거야……. 그런데 자, 정신을 차려 보니 손에는 여자의 시체를 들고 있고, 열차는 역내로 들어서고 있는 거지. 그런 상황에서 할 수 있는 일이 뭐가 있을까, 처음에 내가 말한 것처럼 사람들의 눈이 미치지 않는 구석 자리에 마치 자고 있는 양 시체를 앉혀 놓고 얼굴을 가린 다음 가능한 한 빨리 기차에서 내리는 것을 빼면 말이지. 내가 보기엔 그 외의 가능성은 없는데……. 한데 실제로는 다른 방법이 있었던 거야…….”

마플 양은 어느새 자신만의 생각에 빠져들었다. 마플 양이 상념에서 깨어난 것은 맥길리커디 부인이 두 번이나 소리 내어 부른 후였다.

"귀가 잘 안 들리나 봐요, 제인."

"요즘엔 좀 그래요. 예전만큼 사람들 말이 또렷하게 들리지 않네요. 하지만 지금은 당신 말이 안 들려서 그런 게 아니에요. 미안하지만 잠시 딴 생각을 하고 있었지 뭐예요."

"내일 런던행 기차에 대해 물었어요. 마거릿의 집에 갈 생각인데, 차 마시는 시간 전에 올 거라고는 생각 못 하고 있을 테니, 오후 기차가 괜찮겠죠?"

"그러면 말이죠, 엘스페스. 12시 15분 기차로 올라가는 건 어때요? 점심을 좀 일찍 먹고서요."

"그러죠. 그리고…….”

마플 양은 친구의 말을 가로막으며 말을 이었다.

"혹시 당신이 차 마시는 시간에 맞춰 가지 않으면 마거릿이 서운해할까요? 그러니까 오후 7시쯤 도착한다면 말이에요."

맥길리커디 부인이 궁금한 표정으로 친구를 바라보았다.

"무슨 생각을 하는 거죠, 제인?"

"당신과 함께 런던에 가면 어떨까 해서요. 거기서 며칠 전에 당신이 탔던 열차를 타고 브랙햄프턴에 가는 거예요. 그런 다음에 당신은 브랙햄프턴에서 런던으로 다시 올라가고, 난 여기로 돌아오는 거죠. 물론 비용은 내가 댈게요."

마플 양은 특히 마지막 부분을 힘주어 강조했다.

맥길리커디 부인은 비용에 관한 대목은 무시한 채 말했다.

"무얼 기대하는 거예요, 제인? 또 다른 살인 사건?"

마플 양이 충격을 받은 듯 말했다.

"세상에, 그럴 리가요! 하지만 직접 보고 싶은 건 사실이에요. 당신과 함께 그…… 음, 뭐라고 해야 할지 적절한 표현을 찾을 수가 없네요. 그러니까 범죄가 발생한 곳의 지형을 살펴보고 싶어요."

그렇게 해서 다음 날, 마플 양과 맥길리커디 부인은 속도를 내며 런던을 벗어나는 패딩턴발 4시 50분 기차의 일등실 안에서 서로 마주 앉아 있었다. 패딩턴 역은 지난주 금요일보다 훨씬 붐볐다. 크리스마스까지 겨우 이틀밖에 남지 않았기 때문이다. 하지만 4시 50분 기차는 평화로웠다. 적어도 뒤쪽 차량은 그랬다.

하지만 이번에는 그들이 탄 열차와 나란히 달리는 기차는 만나지 못했다. 간혹 그들을 지나쳐 반대쪽 런던으로 향하는 기차는 있었다. 두 번은 기차가 굉장히 빠른 속도로 그들의 옆을 쏜살같이 스쳐 지나갔다. 이따금 맥길리커디 부인은 이상하다는 듯 손목시계를 들여다보았다.

"정확히 언제쯤이었는지 잘 모르겠어요……. 분명히 무슨 역을 막 지나친 다음이었는데……."

열차는 계속해서 역들을 통과하고 있었다.

"5분 후면 브랙햄프턴에 도착해요."

마플 양이 말했다.

검표원이 문간에 나타났다. 마플 양이 질문을 던지듯 눈매를 추켜올렸다. 하지만 맥길리커디 부인은 고개를 가로저었다. 그때 그 검표원이 아니었다. 그는 두 사람의 차표를 확인한 다음 마침 기차가 커다랗게 커브를 도는 바람에 약간 휘청거리며 객실을 떠났다. 커브 때문인지 열차의 속력이 느려졌다.

"브랙햄프턴에 다 왔나 봐요."

"외곽 지역으로 들어서나 보네요."

맥길리커디 부인의 말을 마플 양이 받았다.

창밖으로 반짝이는 불빛과 건물들이 빠르게 지나갔다. 간혹 거리와 시가전차(市街電車)의 모습도 보였다. 열차는 속도를 점점 줄이더니 이내 전철기를 통과했다.

"곧 역에 도착해요. 결국 헛수고였나 보네요. 당신은 뭐 알아낸 거라도 있어요, 제인?"

"유감스럽게도 없어요."

마플 양이 다소 모호하게 대답했다.

"아까운 돈만 낭비한 셈이네요."

맥길리커디 부인이 비용을 대지 않았기에 망정이지 그랬더라면 훨씬 마뜩지 않아 했을 것이다. 마플 양은 비용 문제만은 고집을 굽히지 않았다.

"그야 그렇지만, 누구나 사건이 일어난 장소를 자기 눈으로 직접 보고 싶어 하는 법이잖아요. 오늘 기차는 몇 분 연착했네요. 금요일에 당신이 탄 기차는 성시에 도착했나요?"

"그런 것 같아요. 그땐 몰랐지만."

열차가 사람들로 북적이는 브랙햄프턴 역내로 천천히 미끄러져 들어가기 시작했다. 스피커가 귀에 거슬리는 시끄러운 소리를 뱉어 내고, 사방에서 쾅쾅거리며 문을 열고 닫았으며, 사람들은 열차에 오르내리거나 플랫폼을 따라 이리저리 달려갔다. 정말이지 혼잡하고 정신없는 광경이었다.

마플 양은 달아나기에는 안성맞춤이라고 생각했다. 살인범은 손쉽게 빽빽한 군중들 틈에 섞여 역을 떠나거나, 아니면 다른 열차로 갈아타고 어디로든 갈 수 있었다. 이 수많은 남자 승객 가운데 하나가 되기란 누워서 떡 먹기였다. 그러나 시체를 감쪽같이 사라지게 하기란 어려운 일이었다. 시체는 어딘가에 반드시 있어야만 했다.

맥길리커디 부인이 기차에서 내렸다. 그녀는 플랫폼에 서서 열려 있는 창문에 대고 말했다.

"몸조심해요, 제인. 감기 걸리지 않게 조심하고요. 이맘때면 특히 위험하잖아요. 게다가 당신도 이젠 옛날처럼 젊지 않으니까."

"알았어요."

마플 양이 대답하자 맥길리커디 부인은 다시 덧붙였다.

"그리고 이 일엔 더 이상 신경 쓰지 않기로 해요. 우리가 할 수 있는 일은 다했잖아요."

마플 양이 고개를 끄덕이곤 말했다.

"날도 추운데, 그런 데 서 있지 말고 빨리 가요, 엘스페스. 그러다 당신이 감기 걸리겠어요. 식당에 가서 따뜻한 차라도 한잔 들어요. 당신이 탈 기차가 오려면 아직 12분이나 남았으니까."

"정말 그래야겠네. 잘 가요, 제인."

"잘 가요, 엘스페스. 크리스마스 잘 보내고요. 마거릿하고도 잘 만나야 할 텐데. 실론섬에서 즐겁게 지내요. 로더릭에게 내 안부도 좀 전해 주고. 그런데 날 기억할는지 모르겠네."

"물론 기억하다마다요. 로더릭이 학교 다닐 때 당신이 도와준 적이 있잖아요. 로커에서 돈이 사라진 사건 말이에요. 그 앤 그 일을 잊은 적이 없답니다."

"아, 그 일!"

마플 양이 말하자 맥길리커디 부인은 몸을 돌렸다. 호루라기 소리가 나더니, 열차가 움직이기 시작했다. 마플 양은 억세고 땅딸막한 친구의 몸집이 점점 작아지는 모습을 지켜보았다. 엘스페스는 홀가분한 마음으로 실론섬에 갈 것이다. 시민으로서 의무를 다해 이젠 책임에서 자유로워졌으니까.

기차가 점차 속력을 더해 갔지만 마플 양은 의자에 편히 기대앉지 않았다. 그녀는 허리를 펴고 똑바로 앉아 골똘히 생각에 잠겼다. 마플 양은 비록 말을 할 때는 산만하고 두서가 없을지 몰라도 마음만은 명확하고 예리했다. 그녀에게는 해결해야 할 문제가, 앞으로 어떻게 행동해야 할 것인지의 문제가 남아 있었다. 그리고 이상하게도, 맥길리커디 부인과 마찬가지로 마플 양도 왠지 의무감이 들었다.

맥길리커디 부인은 두 사람이 할 수 있는 일은 다 했다고 말했다. 맥길리커디 부인에게는 사실일지 몰라도 마플 양은 그렇게 느끼지 않았다.

이것은 그녀가 때때로 마주치는, 특별한 재능을 발휘해야 하는 종류의 일이었다. 하지만 이 역시 어쩌면 자만심일지도 몰랐다……. 어차피 그녀가 무엇을 할 수 있단 말인가? 친구의 말이 가슴속에서 메아리쳤다.

"당신도 이젠 옛날처럼 젊지 않으니까……."

마플 양은 마치 전투 작전을 세우는 장군처럼, 사업 내역을 평가하는 회계사처럼 앞으로 뛰어들 모험에 유리한 사실과 불리한 사실들을 냉철하게 평가하고 가늠해 보았다. 그녀에게 도움이 될 사항은 다음과 같았다.

1. 삶과 인간의 본성에 관한 나의 길고 풍부한 경험
2. 헨리 클리서링 경과 그의 대자(代子). 지금 런던 경시청에서 근

무하고 있다고 들었음. 리틀 패덕스 사건(『살인을 예고합니다』에 나오는 사건을 지칭하는 것임 — 옮긴이) 때 참 잘해 주었음.
3. 철도청에 근무하고 있는 것이 확실한 조카 레이먼드의 둘째 아들 데이비드.
4. 지도에 대해 매우 풍부한 지식을 지닌 그리젤다의 아들 레너드.(그리젤다는 마플 양의 데뷔작인 『목사관의 살인』에 등장하는 레너드 클레멘트 목사의 아내로, 이들 부부의 아들 이름이 레너드인 것으로 보아 아버지의 이름을 딴 것으로 보인다 — 옮긴이)

 마플 양은 이러한 이점들을 마음속으로 다시 한번 검토해 보고는 흡족해했다. 모두 그녀에게 불리한 사항, 특히 그녀의 신체적인 약점을 보완하는 데 반드시 필요한 것들이었다.
 마플 양은 속으로 생각했다.
 '이젠 내가 직접 여기저기 돌아다니며 이것저것 캐묻고 다닐 수는 없는 노릇이지.'
 사실이었다. 마플 양에게 가장 커다란 장애물은 나이와 신체적 나약함이었다. 나이에 비해 건강은 좋은 편이지만 그래도 그녀는 노인이었다. 게다가 정원을 가꾸는 일마저 엄격하게 금지한 헤이독 선생이 살인범을 쫓아 다녀도 괜찮다고 허락해 줄 리 만무했다. 하지만 그것이야말로 지금 마플 양이 하려는 일이었다. 그리고 거기에 맹점이 있었다. 이제까지는 자신의 의사와 상관없이 범죄가 마플 양을 쫓아 왔다면, 지금은 그녀가 자진하여 범죄를 찾아 나서는 셈이었다. 그녀는 자신이 과연 그러길 원하는지 확신이 서지 않았다. 그녀는 늙었다……. 늙고 지쳤다. 피곤한 하루가 저물어 가는 지금 이 순간 마플 양은 아무런 계획도 시작하고 싶지 않았다. 그저 집으로 돌아가 따뜻한 난롯가에 앉아 맛있는 저녁을 먹은 다음 침대에 눕고 싶을 뿐이었다. 그리고 내일은 정원을 어슬렁거리며 가지치기를 하고, 간단히 집 안 정리를 하고 싶었다. 허리를 구부리거나 너무 심하게 몸을 움직이지 않고.

"모험을 하기엔 난 너무 늙었어."

마플 양은 혼잣말로 중얼거리며 둥그렇게 커브를 돌며 휘어지는 철둑길을 창밖으로 멍하니 바라보았다.

커브…….

그녀의 마음속에 희미한 파문이 일었다……. 검표원이 두 사람의 표를 확인했을 때…….

생각이 하나 떠올랐다. 그저 단순한 생각일 뿐이었다. 그렇지만 이제까지와는 완전히 다른 생각이었다.

마플 양의 얼굴에 분홍빛 홍조가 피어올랐다. 그녀는 이제 더 이상 피곤하지 않았다.

"내일 아침에 데이비드에게 편지를 써야지."

마플 양이 나지막히 중얼거렸다.

바로 그때, 또 다른 귀중한 조력자가 그녀의 뇌리에 번득 하고 떠올랐다.

"그래! 충직한 우리 플로렌스가 있었지!"

II

 마플 양은 크리스마스가 계획을 지연시키리라는 점을 고려해 차근차근 구체적으로 계획을 세웠다.

 그녀는 우선 조카손자인 데이비드 웨스트에게 크리스마스카드를 보내면서 급하게 정보를 알아봐 달라고 함께 요청했다.

 또한 다행히도 작년처럼 목사관의 크리스마스 만찬에 초대된 덕분에 크리스마스 휴가를 보내러 집에 돌아온 젊은 레너드에게 지도에 관해 물어볼 수 있었다.

 레너드는 종류를 불문하고 모든 지도에 열정을 지니고 있었다. 어째서 이 노부인이 특정 지역의 대축척지도에 관해 꼬치꼬치 캐묻는지는 그가 상관할 바가 아니었다. 레너드는 일반적인 지도에 관해 술술 설명해 주었고, 그녀의 목적에 어떤 지도가 가장 적합할지도 적어 주었다. 사실 그는 그 이상을 해 주었다. 자신의 수집품 가운데 그 지도를 찾아 마플 양에게 빌려 주었던 것이다. 마플 양은 지도를 최대한 조심스럽게 다루겠으며 보고 나면 곧 돌려주겠노라고 약속했다.

III

"지도라니?"

 레너드의 어머니 그리젤다가 물었다. 그녀는 다 큰 아들을 두었는데도 여전히 놀랍도록 젊어 보였으며, 낡고 허름한 목사관과 어울리지 않게 화사했다.

"마플 양한테 지도가 왜 필요하다니? 대체 그걸 어디다 쓰시려고 그러지?"

"저도 몰라요. 거기까진 자세히 말씀해 주시지 않던데요."
레너드가 대답했다.

"그것 참 이상하구나……. 왠지 수상한 냄새가 나. 그 나이쯤 되면 이제 그런 일은 그만두는 게 좋을 텐데."

그런 일이 뭔지 레너드가 묻자 그리젤다는 교묘하게 얼버무렸다.

"오, 여기저기 참견하고 다니는 것 말이다. 그건 그렇고, 왜 하필 지도일까?"

얼마 후, 마플 양은 조카손자인 데이비드 웨스트에게서 편지를 받았다. 애정이 듬뿍 담긴 편지였다.

    제인 할머니께.

    요즘에는 뭘 하고 지내세요? 할머니께서 원하신 정보를 구했습니다. 가능한 열차는 두 대뿐입니다. 4시 33분 열차와 5시 열차인데, 4시 33분 열차는 완행열차로 할링 브로드웨이, 바웰 히스, 브랙햄프턴과 마켓 베이싱 역으로 향합니다. 5시 열차는 카디프, 뉴포트, 스윈시 행 웨일즈 급행열차고요. 4시 33분 열차는 가는 길에 어디선가 4시 50분 기차에 한 번 추월당하지만, 브랙햄프턴 역에는 5분 먼저 도착합니다. 그리고 5시 열차는 브랙햄프턴에 도착하기 직전에 4시 50분 기차를 지나가고요.

민가 마을 주민의 흥미진진한 추문 냄새가 나는데요? 런던에서 신나게 쇼핑을 끝내고 4시 50분 열차로 돌아가시다가 옆을 지나는 열차 안에서 시장 부인이 위생 설비 검사관과 껴안고 있는 모습이라도 목격하신 건가요? 하지만 그래도 그게 어떤 열차였는지가 왜 중요하죠? 포스콜에서 주말을 보내실 건가요? 보내 주신 스웨터는 정말 감사히 받았습니다. 안 그래도 갖고 싶었던 거였거든요. 정원은 어떤가요? 지금은 한창 때가 아니겠군요.

사랑하는 손자,
데이비드

마플 양은 살짝 미소를 짓고는 방금 얻은 정보를 곰곰이 생각해 보았다. 맥길리커디 부인은 복도식 객차가 아니었다고 확신했다. 그러므로 스원시행 급행열차는 아니다. 틀림없이 4시 33분 열차일 터였다.

아무래도 여행을 좀 더 해야 할 것 같았다. 마플 양은 한숨을 내쉬고는 계획을 짜기 시작했다.

그녀는 지난번과 마찬가지로 12시 15분 기차를 타고 런던에 올라갔다. 하지만 이번에 브랙햄프턴으로 내려올 때에는 4시 50분 기차가 아니라 4시 33분 기차를 탔다. 기차 여행은 무척 평온했지만, 마플 양은 몇 가지 사소한 점들을 새로 발견했다. 기차는 붐비지 않았다. 4시 33분 기차는 저녁 시간대의 러시아워 전이라서 그런지 매우 한산했다. 일등실에는 손님이 마플 양을 제외하고는 한 명뿐이었다. 그는 나이 든 신사로 《뉴스테이츠먼》을 읽고 있었다. 마플 양은 객실 하나에 홀로 앉아 있었는데, 할링 브로드웨이와 바웰 히스 역에 이르렀을 때에는 창밖으로 몸을 내밀고 기차를 타고 내리는 승객들을 관찰했다. 바웰 히스에서는 삼등실 승객 몇 명이 하차했다. 《뉴스테이츠먼》을 손에 든 노신사를 제외하고는 일등실에 타거나 내린 사람은 아무도 없었다.

열차가 브랙헴스턴 근방에서 기다랗게 커브를 그리며 돌자 마플 양은 자리에서 일어나 차양을 내려놓은 창문을 등지고 섰다.

그렇다. 그녀는 결론을 내렸다. 기차가 갑자기 커브를 돌며 속도를 줄이면 서 있던 사람은 균형을 잃고 창문에 몸을 기대게 되고, 그 결과 차양이 튕겨져 올라갈 수 있다. 마플 양은 어두운 바깥을 내다보았다. 요 전날 맥길리커디 부인이 여행을 하던 날보다는 조금 밝았지만, 밖은 어둠뿐이라 보이는 것이 거의 없었다. 주변 풍경을 살펴보려면 낮에 다시 열차를 타야 했다.

다음 날, 마플 양은 이른 아침 기차로 런던에 올라가 리넨 베갯잇 넉 장을 샀다. 가격에 놀라 혀를 끌끌거리긴 했지만! 사건 조사와 가정 필수품을 동시에 해결하는 셈이었다. 그런 다음 12시 15분에 패딩턴 역에서 출발하는 열차를 탔다. 이번에 그녀는 일등실에 홀로 타게 되었다.

마플 양은 생각했다.

'이게 다 세금 때문이야. 그래, 그런 게지. 러시아워에 기차를 타는 사업가들을 제외하곤 다들 일등실을 탈 만한 여유가 없을 거야. 그 사람들이야 기찻삯을 출장비로 청구하면 될 테니까.'

열차가 브랙햄프턴에 도착하기 약 15분 전, 마플 양은 레너드가 빌려 준 지도를 꺼내 그 지역을 찾아보았다. 그녀는 지도를 미리 꼼꼼하게 보아 둔 터였다. 일단 열차가 통과한 역들의 이름을 찾고 나니 기차가 커브를 돌면서 속도를 늦춘 곳이 어디인지 알 수 있었다. 정말이지 상당한 급커브였다. 마플 양은 코를 창문에 바싹 갖다 붙인 채 아래쪽 땅을 자세히 살펴보았다. 기차는 꽤 높은 둑 위를 달리고 있었다. 마플 양은 기차가 브랙햄프턴에 도착할 때까지 창밖의 시골 풍경과 지도를 번갈아 들여다보았다.

그날 밤, 마플 양은 브랙햄프턴 매디슨 가 4번지에 사는 플로렌스 힐 양에게 편지를 써서 부쳤다. 그리고 다음 날 아침에는 마을 도서관에 가서 브랙햄프턴의 인명록과 지명록, 그리고 그 지역의 역사를 뒤졌다.

아직까지 그녀의 머릿속에 떠오른 희미하고 대략적인 생각을 부정할 만한 사실은 없었다. 그녀가 추측한 일은 실제로 가능했다. 하지만 그 이상 나아갈 길이 없었다.

다음 단계에서는 행동이 필요했다. 다양하고 활발한 행동, 말하자면 마플 양이 직접 나서기에는 신체적으로 무리가 따르는 행동 말이다. 그녀의 추리가 맞는지 틀린지 입증하려면 다른 누군가의 도움을 받아야만 했다. 문제는 그게 누구냐는 것이다. 마플 양은 머릿속에 수많은 이름과 가능성을 그려 보았다가 결국 짜증스레 고개를 흔들어 모두 지워 버렸다. 그녀가 의지할 수 있을 만큼 똑똑한 사람들은 다들 너무 바빴다. 모두 중요한 직업을 가지고 있는 데다, 휴가 날짜도 한참 전에 미리 정해 놓았기 때문이다. 한편 한가하고 덜 똑똑한 사람들은 이 일에 적합하지 않다는 결론을 내렸다.

마플 양은 짜증과 당혹감이 치밀어 오는 것을 느끼며 다시 한번 신중히 생각해 보았다.

갑자기 머리가 맑아졌다. 마플 양은 커다란 목소리로 이름 하나를 외쳤다.

"그래! 루시 아일스배로우가 있었지!"

4장

I

루시 아일스배로우라는 이름은 이미 일부 사람들에게 뚜렷하게 각인되어 있었다.

루시 아일스배로우는 서른두 살로 옥스퍼드 대학 시절 수학 부문에서 최고상을 탔으며, 탁월한 두뇌의 소유자로 널리 알려져 있다. 모두가 그녀가 학문에 일생을 바쳐 뛰어난 학자가 되리라 예상했다.

그러나 루시 아일스배로우는 학자로서 뛰어난 재능을 지녔을 뿐만 아니라 바람직하고 건강한 상식을 갖추고 있었다. 그녀는 학문을 통해 얻은 영예로운 삶은 기묘하게도 보상이 매우 적다는 사실을 간파했다. 그녀는 누군가를 가르치고자 하는 욕심도 없었고, 자신보다 덜 똑똑한 이들과 접하며 즐거움을 느꼈다. 간단히 말해 그녀는 사람들을 좋아했다. 온갖 부류의 인간을 좋아하되, 늘 똑같은 이들이 아니라 다양한 사람을 만나기를 즐겼다. 또한 아주 솔직하게도 돈을 좋아했다. 돈을 벌고 싶다면 수요는 많지만 공급은 적은 분야를 개척해야 한다.

루시 아일스배로우는 극심한 공급 부족에 시달리는 분야를 금세 생각해 냈다. 바로 숙련된 가사 노동이었다. 친구들과 동료 학자들의 놀라움을 뒤로 하고, 루시 아일스배로우는 가사 노동 시장에 뛰어들었다.

그녀는 이내 커다란 성공을 거두었다. 몇 년의 시간이 흐른 지금 루시 아일스배로우의 이름은 영국 전역에 널리 알려져 있었다. 아내들은 기쁨에 젖어 남편들에게 말했다.

"걱정 말아요. 나도 당신과 함께 미국으로 갈래요. 내게는 루시 아일스배로우가 있으니까요!"

루시 아일스배로우의 장점은 일단 그녀가 집에 들어오면 모든 걱정과 근심, 힘겨운 일이 해결된다는 데 있었다. 루시 아일스배로우는 무엇이든 해치우고 관리하고 정돈했다. 루시는 상상할 수 있는 모든 면에서 놀랍도록 유능했다. 그녀는 노인들을 보살피고 아이들을 돌보았으며 병자를 간호했다. 게다가 요리 솜씨도 좋고, 그다지 흔히 만나지는 않았지만 늙고 까다로운 하인들과도 상당히 잘 지냈다. 성질이 고약한 사람들을 능숙하게 다루었고, 상습적인 술꾼들을 달랬으며, 개와도 사이가 좋았다. 무엇보다 루시는 어떤 일을 하든 개의치 않았다. 그녀는 부엌 바닥을 닦고 정원에 구덩이를 파고, 개

똥을 치우고 석탄을 날랐다.

 그런 루시 아일스배로우에게도 절대로 장기간 계약을 맺지 않는다는 원칙이 있었다. 그녀는 보통 2주일 계약을 맺었다. 아주 특별한 상황이라면 한 달 정도는 가능했다. 그 2주일을 위해, 사람들은 엄청난 금액을 지불해야 했다! 하지만 그 대가로 그 2주일 동안 천국을 누릴 수 있었다. 편안히 휴식을 취하거나 해외여행을 가는 등 무엇이든 원하는 대로 할 수 있었다. 집안일은 루시 아일스배로우의 유능한 손길 아래 완벽하게 돌아가고 있을 테니 말이다.

 그런 까닭에 루시의 도움을 원하는 이들이 산더미처럼 쌓였다. 마음만 먹는다면 앞으로 3년 동안 일정을 꽉 채울 수 있을 정도였다. 어마어마한 보수를 약속하며 영원히 일해 달라는 요청도 쇄도했지만, 루시는 영원히 한 집에서 일할 생각도 없었고 6개월 이상 앞서 예약을 받는 일도 없었다. 그리고 그 사이사이에 그녀는 아우성치는 고객에게서 벗어나 짧고 호화로운 휴가를 즐기거나(그 외에는 달리 돈을 쓸 데도 없었고 보통 때에도 후한 보수를 받고 저축을 했으므로) '사람들이 좋아서' 혹은 그 일거리의 독특한 특성 때문에 마음에 드는 단기간의 일거리를 수락하는 자유로운 기간을 따로 만끽하곤 했다. 이제 루시는 자신을 애타게 부르는 일자리 중에서 마음 내키는 대로 자유롭게 선택할 수 있었다. 때문에 개인적인 취향이 루시의 선택을 크게 좌우했다. 단순히 부자라고 해서 루시 아일스배로우를 고용할 수 있는 것은 아니었다. 그녀는 신중하게 고르고 선택할 수 있었고, 그래서 신중하게 고르고 선택했다. 그녀는 이러한 자신의 삶을 즐겼고 그 속에서 끝없는 즐거움의 근원을 찾았다.

루시 아일스배로우는 마플 양에게서 온 편지를 읽고 또 읽었다. 그녀는 2년 전, 소설가 레이먼드 웨스트를 통해 마플 양을 알게 되었다. 그가 나이 든 숙모님이 앓고 있는 폐렴이 나을 때까지 보살펴 달라고 루시를 고용했기 때문이다. 루시는 그 일자리를 받아들여 세인트 메리 미드 마을로 떠났고, 마플 양을 무척 좋아하게 되었다. 마플 양으로 말하자면 어느 날 침실 창문으로 루시 아일스배로우가 스위트피를 올바른 방식으로 심고 있는 모습을 보고 안도의 한숨을 내쉬며 베개에 편히 등을 기댔고, 루시 아일스배로우가 날라 온 간소하고 맛있는 식사를 했으며, 나이 많고 성마른 하녀가 "제가 아일스배로우 양이 들어 본 적도 없다는 뜨개질 패턴을 가르쳐 주었답니다! 무척 고마워하더군요."라고 말하는 것을 조금은 기분 좋게 놀라며 잠자코 들었다. 그리고 눈부시게 빠른 속도로 회복하여 주치의를 놀라게 만들었다.

마플 양은 편지에 아일스배로우 양이 자신을 위해 어떤 일을, 정확히 말하자면 다소 특이한 일을 해 줬으면 한다고 썼다. 그리고 아일스배로우 양이 편안한 시간에 약속을 잡아 이 문제를 의논했으면 한다고 했다.

루시 아일스배로우는 이맛살을 찡그린 채 잠시 생각에 잠겼다. 사실 그녀는 일에 매어 있는 형편이라 일정이 매우 빡빡했다. 그렇지만 결국 '특이한'이라는 단어와 마플에 대한 기억이 승리를 거두었다. 그녀는 곧바로 마플 양에게 전화를 걸어 지금 당장은 일을 하고 있기 때문에 세인트 메리 미드 마을에 내려갈 수 없지만, 다음 날 2시부터 4시 사이에 시간이 비므로 런던에서라면 마플 양을 만날 수 있다고 말했다. 그녀는 평범하지만, 작고 어두우며 평소에는 거의 비어 있는 서재가 몇 개 딸린 자신의 클럽에서 만나자고 제안했다. 마플 양은 흔쾌히 그러마고 했다. 다음 날 두 사람은 만났다.

서로 인사말을 나눈 후, 루시 아일스배로우는 마플 양을 가장 어둡고 침침한 서재로 안내한 다음 물었다.

"죄송하지만 지금은 일정이 꽉 차 있는 상태예요. 그런데 제가 무슨 일을 해야 하는지 말씀해 주실래요?"

"실은 매우 간단한 일이에요. 특이하긴 하지만 아주 간단하죠. 난 아가씨가 시체를 찾아 줬으면 한답니다."

순간 루시는 마플 양이 정신이 이상해진 게 아닌가 의심했다. 그러나 이내 루시는 그 생각을 지워 버렸다. 마플 양은 완벽하게 제정신이었다. 그녀는 진심으로 말하고 있었다.

"어떤 종류의 시체요?"

루시 아일스배로우 양은 나무랄 데 없이 침착한 어조로 물었다.

"여자 시체예요. 살해된 여자의 시체죠. 기차 안에서 목이 졸려 죽었어요."

루시의 눈썹이 살짝 치켜 올라갔다.

"정말 특이한 일이군요. 좀 더 자세히 말씀해 주세요."

마플 양은 이제까지의 이야기를 들려주었다. 루시 아일스배로우는 아무 말 없이 주의 깊게 듣고 있다가 마플 양의 이야기가 끝나자 이윽고 입을 열었다.

"그렇다면 이 모든 것이 부인의 친구분이 본, 아니 봤다고 생각한 것 때문에……?"

그녀는 의문을 담아 말꼬리를 흐렸다.

"엘스페스 맥길리커디는 공상 같은 걸 하는 사람이 아니에요. 그래서 내가 그 사람 말을 믿는 거랍니다. 만약에 도로시 카트라이트가 그런 말을 했더라면 완전히 달랐을 거예요. 도로시는 늘 재미있는 이야기를 하지요. 자기 스스로도 자주 그 이야기들을 믿고요. 하지만 도로시의 이야기는 대개 기본적인 건 사실일지 몰라도 그 이상은 전혀 아니에요. 하지만 엘스페스는 달라요. 엘스페스는 뭔가 이상하거나 평범하지 않은 일이 일어날 수 있다는 사실조차 믿지 못하는 부류의 사람이지요. 엘스페스는 암시에도 잘 걸리지 않고, 바위처럼 완고한 사람이에요."

루시가 생각에 잠긴 목소리로 말했다.

"알겠어요. 그 일을 받아들일게요. 그럼 제가 해야 할 일은 뭐죠?"

"난 아가씨가 무척 인상 깊었어요. 알겠지만 난 이제 여기저기를 돌아다닐 만한 체력이 못 돼요."

"제게 탐문 조사 같은 걸 시키시려는 건가요? 그런 거예요? 하지만 그런 건 이미 경찰이 다 처리했을 텐데요. 혹시 경찰이 일을 허술하게 했다고 여기시는 건가요?"

"오, 그런 게 아니에요. 경찰이 조사를 허술하게 했을 리가 없지요. 그저 여자의 시체가 어떻게 되었는지 짐작 가는 데가 한 군데 있어서 그렇답니다. 시체는 어딘가에 분명히 있을 거예요. 기차 안에서는 발견되지 않았으니 기차 밖으로 밀거나 던져 버렸겠지요. 하지만 시체는 선로 위에서도 발견되지 않았어요. 그래서 나는 같은 열차를 타고 기차 밖으로 시체를 던져도 발견되지 않을 만한 장소가 있는지 찾아보았지요. 그랬더니 정말 그런 곳이 있지 뭐예요! 브랙햄프턴에 도착하기 직전에 기차가 높은 둑 위에서 커다랗게 커브를 돌더군요. 만약 기차가 커브를 돌면서 기울어질 때 시체를 밖으로 던진다면 그 아래로 떨어져 보이지 않을 거예요."

"하지만 과연 시체를 발견할 수 있을까요? 그게 아직까지 거기 있을지가 의문인데요?"

"오, 그래요. 아마도 벌써 치워 버렸을 거예요. 하지만 우선은 거기에 가 봐야겠죠. 바로 여기예요. 지도에……. 보이죠?"

루시는 허리를 굽혀 마플 양이 손가락으로 가리키고 있는 지점을 들여다보았다.

마플 양이 설명했다.

"브랙햄프턴 도심 바로 바깥쪽이에요. 원래는 넓은 장원(莊園)과 토지가 딸린 시골 저택이었어요. 아직도 손 하나 대지 않고 그대로 서 있다고 하더군요. 그 주위로는 건물들과 작은 교외 주택들이 둘러싸고 있고요. 이곳은 러더퍼드 저택이라고 해요. 크랙켄소프라는 매우 부유한 제조업자가 1884년에 세운 저택이죠. 지금은 그 크랙켄소프의 아들이 노인이 되어서 딸과 함께 살고 있다더군요. 철도 노선이 사유지의 절반 정도를 끼고 돌아가죠."

"그러니까 제가 할 일은……."

마플 양이 망설임 없이 잘라 말했다.

"거기서 일자리를 구하세요. 요즘엔 누구나 유능한 가사 도우미를 구하려고 필사적이니까 그리 어렵지는 않을 거예요."

"예, 어려운 일은 아닐 거예요."

"크랙켄소프 씨는 그 근방에서 유명한 구두쇠라고 하더군요. 급료가 너무 낮으면 나중에 내가 보태 줄게요. 평소에 받는 것보다 더 많이 주겠어요."

"어려운 일이라서 그런가요?"

"어렵다기보다는 위험해서 그렇답니다. 미리 말해 두겠는데, 루시, 이 일은 위험할지도 몰라요. 아무래도 미리 경고를 해 둬야 할 것 같네요."

루시가 생각에 잠겨 말했다.

"글쎄요, 위험하다고 해서 물러날 생각은 없는데요."

"그럴 줄 알았어요. 당신은 그런 사람이 아니니까."

"그러면 오히려 제가 흥미를 갖게 될지도 모른다고 생각하셨죠? 전 이제까지 살면서 위험한 일은 별로 겪어 본 적이 없거든요. 그런데 정말로 위험할까요?"

"누군가가 성공적으로 범죄를 저질렀어요. 경찰들이 시끄럽게 몰려오기는커녕 범죄가 일어났다는 사실조차 아무도 눈치채지 못했지요. 나이 많은 할머니 둘이 황당한 이야기를 늘어놓는 바람에 경찰이 조사에 착수하긴 했지만, 아무것도 발견하지 못했고요. 그래서 지금은 모든 게 평화롭고 조용해졌답니다. 그러니 이 일을 파고든다고 해서 누군지 모를 범인이 특별히 신경을 쓸 것 같지는 않아요. 특히 루시가 감쪽같이 해낸다면 말이에요."

"제가 찾아야 할 것이 정확하게 뭐죠?"

"철둑길을 따라가면서 뭐든 눈에 띄는 게 있는지 살펴봐요. 옷 조각이나 꺾인 나뭇가지 그런 거 있잖아요."

루시는 고개를 끄덕였다.

"그 다음에는요?"

"내가 가까운 곳에 머무르고 있을 거예요. 옛날부터 충직한 하녀였던 우리 플로렌스가 브랙햄프턴에 살아요. 얼마 동안 나이 든 부모님을 돌보며 함께 살았는데, 몇 년 전 두 분 다 돌아가시고 지금은 거기서 하숙집을 하고 있지요. 모두 좋은 사람들이래요. 나더러 자기 집에 와서 지내라고 했답니다. 플로렌스라면 정성껏 나를 보살펴 줄 거예요. 그리고 왠지 내가 가까이에 있어야 할 것 같은 기분이 들거든요. 루시는 그 사람들에게 나이 든 이모가 근방에 살고 계셔서 가까운 곳에서 일자리를 구하려는 거라고 하세요. 그리고 이모를 자주 찾아가 뵙고 싶으니 자유 시간을 충분히 갖고 싶다고도 미리 얘기해 두면 좋을 것 같네요."

루시는 다시금 고개를 끄덕였다.

"사실 전 내일모레 타오르미나(시칠리아에 있는 유명한 휴양지 — 옮긴이)로 떠날 예정이었어요. 휴가는 뒤로 미루면 되지만 그래도 3주일밖에는 약속드릴 수 없어요. 그 뒤에는 일자리가 예약되어 있거든요."

"3주일이면 충분해요. 3주일이 지나도록 아무것도 찾지 못하면 이 일은 아무것도 아닌 셈치고 포기해야겠지요."

마플 양이 떠난 후, 루시는 잠시 생각에 잠겼다가 잘 아는 여자가 경영하고 있는 브랙햄프턴 직업소개소에 전화를 걸었다. 그녀는 '이모'와 가까운 곳에 머무를 수 있는 일자리를 구하고 싶다고 설명했다. 조금 힘이 들긴 했지만 몇몇 일자리를 교묘한 솜씨로 거절한 끝에 러더퍼드 저택이 물망에 올랐다.

"바로 그런 곳을 원했어요."

루시가 단호한 목소리로 말했다.

직업소개소는 크랙켄소프 양에게 전화를 걸었고, 크랙켄소프 양은 루시에게 전화를 걸었다.

이틀 후, 루시는 런던을 떠나 러더퍼드 저택으로 향했다.

II

루시 아일스배로우는 자신의 작은 차를 몰고 넓고 위압적인 한 쌍의 철문을 통과했다. 대문 안쪽에는 전쟁 때문인지 아니면 무관심 때문인지 완전히 버려진 수위실이 서 있었다. 길고 구불구불한 차도가 크고 어둠침침한 철쭉 덤불을 지나 저택 앞 현관까지 이어져 있었다. 마치 윈저궁을 작게 축소해 놓은 듯한 저택이 시야에 들어오자 루시는 순간 살짝 숨을 헐떡였다. 문 앞의 돌계단은 주의 깊게 살펴보지 않으면 발을 딛기도 힘들었고, 자갈길은 무성한 잡초 때문에 초록색이 되어 있었다.

구석으로 세공된 철제 벨을 잡아당기자 시끄러운 소리가 집 안 곳곳에 메아리쳤다. 단정치 못한 차림의 여자가 앞치마에 손을 닦으며 문을 열더니 루시를 의심스러운 눈초리로 쳐다보았다.

"오늘 오기로 한 분이죠? 무슨 배로우 양이라고 하던데, 맞나요?"

"예, 그래요."

집 안은 지독하게 추웠다. 여자는 루시를 데리고 컴컴한 홀을 지나 오른쪽에 있는 문을 열었다. 그러자 놀랍게도 책장과 사라사 직물로 만든 커버가 덮인 의자들이 놓여 있는, 꽤 아늑한 거실이 나타났다.

"오셨다고 전하죠."

여자는 이렇게 말하더니 루시에게 못마땅한 눈길을 던지고는 문을 닫고 나갔다.

몇 분 뒤 다시 문이 열렸다. 루시는 첫눈에 에마 크랙켄소프가 마음에 들었다.

에마는 미인도 아니고 그렇다고 못생기지도 않은, 별 특징 없는 중년 여성이었다. 스웨터와 트위드를 깔끔하게 받쳐 입고 검은 머리카락을 이마 뒤로 빗어 넘겼으며, 차분한 담갈색 눈동자와 온화한 목소리를 지니고 있었다.

에마가 손을 내밀며 말했다. 그녀는 어딘가 미심쩍다는 표정을 짓고 있었다.

"아일스배로우 양이죠? 이 자리를 원한다는 게 사실인가요? 아실지 모르겠지만, 난 집안일을 감독할 가정부가 아니라 직접 할 사람을 찾고 있어요."

루시는 대부분의 고객이 그런 사람을 찾는다고 말해 주었다.

에마 크랙켄소프는 변명하듯 말했다.

"그게, 집안일을 해야 한다고 하면 대부분의 사람들은 그저 먼지만 조금 털어내면 된다고 생각하는 것 같아서요. 하지만 그 정도로 간단한 청소는 나 혼자도 할 수 있어요."

루시가 말했다.

"무슨 뜻인지 알겠네요. 요리와 설거지, 집안일을 도맡아 하고 보일러까지 청소해 줄 사람이 필요한 거죠? 그렇다면 괜찮을 겁니다. 그게 제가 하는 일이니까요. 저는 무슨 일이든 가리지 않는답니다."

"우리 집은 무척 넓은 데다 매우 불편하기까지 하답니다. 물론 평소에 우리가 사용하는 곳은 일부분에 불과하지만요. 식구는 아버지와 나, 둘뿐이에요. 아버지는 환자시고요. 우린 아주 조용히 살고 있지요. 그리고 아가 스토브(영국 중상류층이 주로 사용한 주방 브랜드 - 옮긴이)도 하나 있어요. 남동생이 몇 명 있지만 자주 들르지는 않아요. 일을 도와주는 사람은 둘인데, 키더 부인은 아침에 왔다 가고, 하트 부인은 일주일에 세 번씩 놋그릇 같은 것을 닦으러 온답니다. 자동차는 갖고 있나요?"

"예, 차고가 없다면 그냥 밖에 세워 둬도 괜찮아요. 항상 그래 왔거든요."

"오, 낡은 마구간이라면 수도 없이 많으니 그 부분은 걱정하지 않아도 될 거예요."

에마는 잠시 눈살을 찌푸리며 말했다.

"아일스배로우, 참 흔치 않은 이름이네요. 내 친구들 중 몇 명이 루시 아일스배로우에 관해 얘기한 적이 있어요. 케네디였나?"

"맞아요. 북부 데번에 있는 그 댁에서 잠시 일한 적이 있어요. 케네디 부인이 임신했을 때였지요."

에마 크랙켄소프가 미소를 지었다.

"당신이 거기서 모든 일을 관리했을 때처럼 행복한 적은 없다고들 하더군요. 하지만 당신은 보수가 무척 비싸다고 들었어요. 내가 제안한 보수는……."

"괜찮아요. 전 그저 브랙햄프턴 근처에서 일자리를 얻고 싶었을 뿐이에요. 건강이 좋지 않은 나이 든 이모님이 한 분 계신데, 그분과 가까운 곳에 있고 싶어서요. 그래서 돈 문제는 젖혀 두기로 했지요. 불효를 하고 싶지는 않거든요. 혹시 날마다 자유 시간을 좀 가질 수 있을까요?"

"오, 그럼요, 물론이지요. 매일 오후, 6시까지 어떨까요?"

"완벽해요. 감사합니다."

크랙켄소프 양은 잠시 머뭇거리다가 말했다.

"우리 아버지는 연세가 많으신데, 조금……. 음, 가끔씩 조금 까다로우세요. 경제 관념도 지나치게 철저하시고, 사람들이 불쾌하게 느낄 말씀을 하시기도 하죠. 난……."

루시는 재빨리 대답했다.

"전 나이 드신 분들께 익숙하답니다. 여태껏 모든 어르신과 늘 잘 지내 왔어요."

에마 크랙켄소프는 안심한 듯 보였다.

'아버지와 갈등이 있나 보군! 성질이 고약한 노인네일 거야.'

루시는 속으로 진단을 내렸다.

루시는 넓고 어둠침침한 침실을 배정받았다. 작은 전기난로가 안간힘을 다해 방 안을 덥히고 있었지만 그리 따뜻하지는 않았다. 이후 그녀는 집 안 곳곳을 안내받았다. 넓지만 비효율적인 대저택이었다. 홀을 지나가는데 문 안쪽에서 커다란 목소리가 호통을 쳤다.

"에마, 너냐? 새로 일하러 온 애도 같이 있고? 어디, 안으로 들여보내라. 내가 좀 봐야겠다."

에마는 얼굴을 붉히더니 미안하다는 듯 루시를 바라보았다.

두 여자는 방 안으로 들어갔다. 방 안은 짙은 색의 벨벳으로 화려하게 치장되어 있었고, 창문이 높아 햇빛이 거의 들어오지 않았으며, 빅토리아풍의 육중한 마호가니 가구들이 가득 들어차 있었다.

크랙켄소프 노인은 팔다리를 쭉 뻗은 채 환자용 휠체어에 앉아 있었는데, 그 옆에는 손잡이에 은장식이 달린 지팡이가 세워져 있었다.

그는 키가 크고 앙상했으며, 늘어진 피부가 접혀 주름살을 만들었다. 불도그 같은 얼굴과 호전적인 턱을 지녔는데 숱 많은 검은 머리칼에는 드문드문 잿빛이 섞여 있었으며 눈은 작고 의심이 많아

보였다.

"어디 얼굴 좀 봅시다, 아가씨."

루시는 얼굴에 미소를 띤 채 침착하게 한 걸음 앞으로 나섰다.

"아가씨가 똑똑히 알아 두어야 할 게 한 가지 있소. 커다란 집에 산다고 해서 우리가 부자인 건 아니오. 우린 부자가 아니야. 아주 간소하게 사는 사람들이오. 알겠소? 간소하게! 허황된 생각으로 들어온 거라면 큰코다칠 게요. 경우를 불문하고 대구는 넘치만큼이나 좋은 생선이오. 그 점을 잊지 마시오. 난 낭비라면 질색하는 사람이오. 내가 여기 사는 건 내 아버지가 이 저택을 지었고, 또 내가 여길 좋아하기 때문이오. 내가 죽은 다음이라면 자식 놈들이 이 저택을 팔 수도 있겠지. 아마 놈들이라면 그러고 싶어 안달일 게요. 가족 의식이라고는 눈곱만큼도 없는 놈들. 이 집은 아주 잘 지어졌소. 튼튼하고, 게다가 주변은 온통 우리 땅이라 사생활이 철저하게 보호되거든. 건물을 짓는답시고 땅을 팔아 버리면 돈이야 많이 받겠지만 내가 살아 있는 동안은 어림도 없는 소리요. 내가 죽어 실려 나간다면 모를까, 난 결코 여기를 떠나지 않을 거요."

그는 말을 마친 후 루시를 힐끗 쳐다보았다.

"당신의 집은 당신의 성이죠."

루시가 말했다.

"지금 날 비웃는 게요?"

"아닙니다. 도회지 한가운데 있는 진짜 시골집에 산다면 정말 즐거울 것 같아요."

"암암, 옳은 소리야. 여기선 다른 집이 전혀 안 보이지, 안 그렇소? 들판에서는 소 떼가 풀을 뜯고 말이야. 그것도 브랙햄프턴 한복판에서! 바람이 이쪽으로 불 때면 자동차 소리가 좀 들리긴 해도 여긴 진짜 시골이라오."

그는 잠시 말을 멈추거나 억양을 바꾸지도 않고 딸에게 말했다.

"그 멍청한 의사에게 전화해서 지난번에 준 약은 아무런 효과도 없다고 해라."

노인은 방에서 나가는 루시와 에마의 등 뒤에 대고 소리쳤다.

"그리고 먼지나 쿵쿵대는 멍청한 여자도 이 방에 들여보내지 마라. 내 책장을 뒤죽박죽으로 만들어 놨어!"

루시가 물었다.

"크랙켄소프 씨는 오랫동안 앓으셨나요?"

에마는 얼버무리듯 말했다.

"오, 벌써 몇 년은 됐지요······. 아, 여기가 부엌이에요."

부엌은 어마어마했다. 커다란 부엌용 레인지가 차갑게 식어 방치되어 있었고, 그 옆에는 아가 스토브가 얌전히 서 있었다.

루시는 식사 시간을 물어본 다음 식료품실을 둘러보았다. 그러곤 에마 크랙켄소프에게 쾌활하게 말했다.

"이제 다 알았으니 걱정 마시고 제게 맡겨 주세요."

그날 밤, 에마 크랙켄소프는 잠자리에 들며 안도의 한숨을 커다랗게 내쉬었다.

"케네디가 사람들 말이 맞아어. 그녀는 정말 대단해."

루시는 다음 날 아침 6시에 일어났다. 그녀는 집 안을 청소하고 채소를 다듬고 재료를 준비해 요리한 후 아침 식사를 내놓았다. 그런 다음 키더 부인과 침대를 정돈하고 11시가 되자 부엌에 앉아 진한 차와 비스킷을 들었다. 루시가 전혀 '잘난 체를 하지 않는다.'는 사실과 진하고 달콤한 차 덕분에 마음이 누그러진 키더 부인이 편안하게 수다를 떨었다. 그녀는 날카로운 눈과 꼭 다문 입술을 지닌 작고 홀쭉한 여자였다.

"얼마나 구두쇠 같은 영감인지 몰라요. 그걸 다 참아 주다니 따님이 정말 대단한 거죠! 하지만 억눌려 살고 있다거나 그런 건 아니에요. 필요하다면 얼마든지 자기 권리를 주장할 수 있거든요. 신사분들이 내려오실 때면 남부럽지 않게 음식을 준비하죠."

"신사분들이라뇨?"

"이 집은 대가족이에요. 큰아들 에드먼드 씨는 전쟁 때 죽었고 둘째 아들 세드릭 씨는 어디 외국에 나가 살고 있대요. 아직 결혼은 안 했고요. 외국에서 그림을 그린다나 봐요. 해럴드 씨는 런던 시티(런던의 상업 및 금융 중심 지구 — 옮긴이)에 살고 있고요. 백작 따님하고 결혼했답니다. 다음은 알프레드 씨인데, 나름대로는 잘 해 나가고 있지만 솔직히 집안의 말썽꾸러기예요. 한두 번 문제를 일으킨 적이 있죠. 아, 에디스 양의 남편 브라이언 씨도 있어요. 정말 좋은 분이죠. 부인은 몇 년 전에 죽었는데 아직도 가족의 일원으로 대접받는답니다. 그리고 에디스 양의 아들 알렉산더 도련님도 있어요. 학교에 다니는데 방학이면 늘 여기 내려오죠. 에마 양은 도련님이라면 아주 껌뻑 죽는답니다."

 루시는 이 모든 정보를 깊숙이 되새기며 정보 제공자에게 계속해서 차를 따라 주었다. 마침내 키더 부인이 내키지 않다는 듯 자리에서 일어났다.

 키더 부인은 뜻밖이었다는 듯 말했다.

 "아유, 오늘은 참 재미있었어요. 내가 감자 깎는 것 도와줄까요?"

 "벌써 다 해 놓았는걸요."

 "어머나, 정말 일을 타고난 아가씨네! 오늘은 더 할 일이 없는 것 같으니 난 그만 가 봐야겠어요."

 키더 부인이 떠났다. 이제 시간이 생기자 루시는 아까부터 너무나도 하고 싶어 좀이 쑤셨지만 원래 그 일을 맡은 키더 부인의 마음을 상하게 할까 봐 미루어 두었던 부엌 식탁을 닦는 일을 시작했다. 그런 다음 그녀는 은그릇들을 반짝반짝 눈이 부시도록 닦았다. 루시는 점심 식사를 만들고, 식탁을 치우고, 설거지를 했다. 2시 30분이 되자 탐험을 시작할 준비를 완벽히 갖출 수 있었다. 루시는 쟁반에 차 세트와 샌드위치, 빵과 버터를 준비한 다음 빵이 딱딱해지지 않도록 물에 적신 냅킨으로 덮어 두었다.

 루시는 자연스럽게 정원을 거닐었다. 채마밭에는 서너 종류의 채소가 듬성듬성 자라 있었고, 온실은 폐허에 가까웠다. 길이라는 길에는 모두 잡초가 무성했다. 집 옆의 초본(草本) 화단만이 잡초 하나 없이 유일하게 보기 좋은 상태를 유지하고 있었는데, 루시는 에마의 손길이 닿은 것이 아닐까 짐작했다. 정원사는 귀가 잘 들리지 않는 노인으로, 그저 일하는 시늉만 하고 있었다. 루시는 친근한 말투로 그에게 말을 걸었다. 정원사는 거다란 마사(馬舍) 옆에 있는 오두막집에 살았다.

마사에서 시작되는 뒤쪽 차도는 양옆에 울타리를 친 장원으로 이어졌고, 철길 밑 굴다리를 지나 작은 오솔길로 향해 있었다.

몇 분마다 기차가 요란한 소리를 내며 굴다리 위를 지나갔다. 루시는 기차가 크랙켄소프 가문의 소유지를 에둘러 급커브를 돌며 속도를 줄이는 모습을 지켜보았다. 그녀는 굴다리를 지나 오솔길로 들어섰다. 누군가가 자주 지나다니는 길인 것 같았다. 오솔길 한쪽 옆에는 선로가 지나가는 둔덕이 있고 반대쪽에는 높은 공장 건물을 둘러싼 키 높은 담장이 서 있었다. 오솔길을 따라가다 보니 작은 주택들이 늘어선 거리가 나왔다. 그리 멀지 않은 곳에서 시끄러운 자동차 소음이 들려왔다. 루시는 손목시계를 들여다보았다. 그녀는 가까이에 있는 집에서 한 여자가 나오는 것을 보고 말을 걸었다.

"실례합니다만, 근처에 공중전화가 있나요?"

"저 모퉁이를 돌면 우체국이 있어요."

루시는 고맙다고 말하고 걷기 시작했다. 우체국은 우체국과 잡화점이 결합된 형태였다. 한쪽 구석에 전화박스가 있었다. 루시는 안에 들어가 전화를 걸었다. 마플 양과 통화를 하고 싶다고 하자 여자가 날카로운 목소리로 소리 지르듯 말했다.

"마플 양은 지금 쉬고 계세요. 그러니 난 무슨 일이 있어도 그분을 방해하지 않을 거예요. 마플 양은 좀 쉬셔야 해요. 연세가 많으시니까요. 누구라고 전해 줄까요?"

"아일스배로우라고 해요. 저도 쉬시는데 방해하고 싶진 않아요. 그저 제가 잘 도착했고 모든 게 잘되고 있다고만 전해 주세요. 그리고 새로운 소식이 있으면 연락드리겠다고요."

루시는 수화기를 내려놓고 러더퍼드 저택으로 돌아갔다.

5장

I

"장원에서 골프 연습을 해도 괜찮을까요?"
루시가 물었다.
"오, 그럼요. 물론이죠. 골프를 좋아하나요?"
"잘 치는 건 아니지만 꾸준히 연습을 하고 싶어서요. 그냥 산책하는 것보다는 훨씬 더 운동이 되잖아요."
크랙켄소프 씨가 으르렁거리듯 말했다.
"이 집을 벗어나면 산책할 데도 없소. 포장도로와 판지 상자처럼 생긴 작은 집들뿐이지. 내 땅을 사서 그런 걸 더 많이 짓고 싶겠지만, 내가 살아 있는 동안은 안 돼. 그리고 난 죽어서 남들 좋은 짓은 안 할 거요. 똑똑히 말해 두는데, 누구한테도 안 해!"

에마 크랙켄소프가 달래듯 말했다.
"그만하세요, 아버지."
"그 녀석들이 무슨 생각을 하는지 다 안다. 한 놈도 빠짐없이 녀석들이 무엇을 기다리고 있는지도 다 알아. 세드릭, 교활한 여우 같은 해럴드, 그 젠체하는 면상이라니. 그리고 알프레드 녀석으로 말할 것 같으면 날 총으로 쏴 죽이지 않는 게 신기할 정도지. 지난 크리스마스 때 놈이 무슨 짓을 하지 않았다는 보장도 없다. 그때 배앓이를 했던 게 영 수상하거든. 큄퍼도 이상하게 생각하는 것 같더구나. 내게 조심스러운 질문들을 마구 던져댔으니 말이다."
"아버지, 그런 소화불량은 누구나 가끔씩 겪는 거예요."
"알았다, 알았어. 그냥 내가 너무 많이 먹었다고 대놓고 말하지 그러냐! 하고 싶은 말이 바로 그것이렷다? 그런데 내가 왜 많이 먹는 거지? 응? 그건 식탁에 음식이 너무 많이 차려져 있기 때문이야. 너무 많이! 낭비에, 터무니없는 사치. 그러고 보니 생각나는군. 젊은 아가씨, 점심 때 감자를 5개나 내놓았더구먼. 그것도 아주 굵직굵직한 것들로만 말이야. 감자는 한 사람 앞에 2개면 충분해. 그러니 앞으로 4개 이상은 절대로 내놓지 마시오. 오늘 벌써 하나를 낭비했잖아."
"낭비하지 않았어요, 크랙켄소프 씨. 오늘 저녁 스페인 오믈렛 요리에 사용할 계획이거든요."
"흥!"
루시가 커피 쟁반을 들고 방을 나오는데 크랙켄소프 씨의 말소리가 들렸다.

"말주변이 좋은 아가씨구먼. 꼬박꼬박 말대답이나 하고. 하지만 요리 솜씨는 좋아. 허, 꽤 괜찮은 여자야."

루시 아일스배로우는 일부러 챙겨 온 골프 가방에서 가벼운 골프채를 하나 골라 들고 울타리를 넘어 저택에 딸린 장원으로 들어갔다.

그녀는 스윙 연습을 하기 시작했다. 약 5분 뒤, 어쩌다 손이 미끄러졌는지 골프공이 철둑길 너머로 날아가 버렸다. 루시는 둔덕 위로 올라가 공을 찾기 시작했다. 그녀는 목을 빼고 저택 쪽을 바라보았다. 집은 저 멀리 떨어져 있었고 아무도 그녀가 무엇을 하고 있는지 관심도 없었다. 루시는 다시 공을 찾는 일로 돌아갔다. 간혹 그녀는 둔덕 위에서 잔디밭 쪽으로 공을 날리곤 했다. 오후 내내 루시는 둑의 약 3분의 1을 조사했다. 아무것도 없었다. 그녀는 다시 집 쪽으로 스윙 연습을 하며 돌아왔다.

다음 날, 루시는 무언가를 발견했다. 둑의 중간쯤에서 자라고 있는 가시덤불의 가지가 부러져 있었던 것이다. 부러진 나뭇가지가 바닥에 흐트러져 있었다. 루시는 나무를 자세히 살펴보았다. 가시에 찢어진 모피 조각이 걸려 있었다. 나무와 거의 비슷한 밝은 갈색이었다. 루시는 잠시 동안 그것을 들여다보다가 주머니에서 가위를 꺼내 조심스럽게 절반을 잘라냈다. 그녀는 잘라낸 천 조각을 주머니에 넣어 두었던 봉투에 집어넣었다. 그러고는 또 다른 단서를 찾아 살피며 가파른 경사를 내려왔다. 루시는 풀이 무성한 들판을 주의 깊게 살펴보았다. 누군가가 높은 풀을 헤치고 걸어간 흔적이 있었다. 하지만 너무나도 희미했다. 방금 그녀가 남긴 자국과는 비교도 안 될 만큼. 아주 오래 전에 만들어진 자국이 틀림없었다. 자국이 너무나도 불분명했기 때문에 루시는 그게 단순히 자신의 상상일지도 모른다는 생각조차 들었다.

루시는 부러진 가시덤불 아래쪽 풀밭을 조심스레 조사하기 시작했다. 수확이 있었다. 그녀는 싸구려 에나멜로 코팅된 작은 파우더 콤팩트를 찾아냈다. 루시는 콤팩트를 손수건으로 싸서 주머니 속에 집어넣었다. 그러곤 탐색을 계속했지만 그 외에는 아무것도 발견하지 못했다.

다음 날 오후 루시는 차를 몰고 편찮으신 이모를 뵈러 가겠다고 했다. 떠나기 전에 에마 크랙켄소프가 친절한 목소리로 말했다.

"서두를 필요 없어요. 저녁 식사 전에는 할 일이 없으니까요."

"감사합니다. 하지만 늦어도 6시까지는 돌아올게요."

매디슨 가 4번지는 작고 단조로운 거리에 서 있는 작고 단조로운 건물이었다. 깔끔한 노팅엄 레이스 커튼과 하얗게 빛나는 현관 계단, 그리고 반질반질하게 닦인 놋쇠 손잡이가 눈에 띄었다. 문을 열어 준 사람은 키가 크고 엄한 인상의 여자였는데, 검은 옷을 입고 회색 머리를 커다랗게 쪽을 지어 올렸다.

그녀는 사람을 평가하듯 루시를 미심쩍은 눈초리로 힐끔거리며 마플 양에게 안내했다.

마플 양은 작지만 깨끗하게 정돈된 네모난 정원이 내다보이는 뒤쪽 객실에 묵고 있었다. 셀 수 없이 많은 깔개와 레이스 받침, 엄청나게 많은 도자기 장식품, 제임스 1세 시대 풍의 커다란 가구 하나,

그리고 화분 두 개가 놓여 있는 호전적일 정도로 깨끗한 방이었다. 마플 양은 벽난로 가에 놓인 키다란 의자에 앉아 열심히 뜨개질을 하고 있었다.

루시는 방 안으로 들어가 문을 닫았다. 그녀는 마플 양을 마주 보고 앉았다.

"부인 말씀이 옳았던 것 같아요."

루시는 자신이 발견한 것들과 그것들을 어떻게 발견했는지 자세히 설명했다.

마플 양의 뺨이 성취의 기쁨으로 살짝 붉어졌다.

"이런 생각을 하면 안 될 테지만, 그래도 가설을 세우고 그것이 옳다는 증거가 나타나니 참으로 기쁘군요."

그녀는 작은 모피 조각을 손으로 만지작거렸다.

"엘스페스가 그 여자가 밝은 색의 모피 코트를 입고 있었다고 했어요. 그리고 콤팩트는, 원래 코트 주머니에 들어 있었는데 시체가 언덕으로 굴러 떨어질 때 떨어진 게 아닌가 싶네요. 독특한 물건은 아니지만 그래도 도움이 되겠지요. 혹시 이 모피 조각은 통째로 가져온 건가요?"

"아뇨, 절반은 남겨 두었어요."

마플 양이 훌륭하다는 듯 고개를 끄덕였다.

"아주 잘했어요. 정말 훌륭해요, 아일스배로우 양. 나중에 경찰이 확인하고 싶어 할 테니까요."

"경찰에게 갈 생각이세요? 저…… 이것들을 가지고요?"

"글쎄요……. 아직은 아니에요."

마플 양은 생각에 잠겼다.

"어쨌든 시체를 먼저 찾아야겠지요. 당신 생각은 어때요?"

"예, 저도 그렇게 생각해요. 하지만 그게 과연 가능할까요? 제 말은, 부인의 짐작대로라면 살인자는 시체를 기차에서 밀어 버린 다음 브랙햄프턴에서 내렸어요. 그리고 적당한 때를 골라, 아마 그날 밤이었겠죠, 다시 그 자리에 와서 시체를 없애 버렸죠. 그럼 그 다음엔 어떻게 했을까요? 어디에든 시체를 숨길 수 있지 않았겠어요?"

"'어디에든'이 아니에요. 아일스배로우 양, 당신의 추론은 논리적이지 못하군요."

"루시라고 불러 주세요. 어째서 어디에든 시체를 숨길 수가 없다는 거죠?"

"왜냐하면, 만약 그랬더라면 그 남자는 좀 더 으슥하고 한적한 장소에서 여자를 죽이고 시체를 없앴을 거예요. 당신은 모르겠지만……."

루시가 재빨리 끼어들었다.

"부인께서는, 그러니까 이게 미리 계획한 범죄라는 말씀인가요?"

"처음에는 나도 그렇게 생각하지 않았어요. 아마 누구라도 그렇게 생각했겠죠. 얼핏 보면 말다툼을 하던 중에 남자가 이성을 잃고 여자를 목 졸라 죽인 다음 몇 분 안에 시체를 처리해야 할 상황에 처한 것처럼 보이니까요. 하지만 만약 그 남자가 화를 참지 못하고 여자를 죽였고, 그러다 창밖을 내다보니 시체를 버리기에 안성맞춤인 장소에서 기차가 커다랗게 돌고 있고, 그래서 나중에 정확히 어디에서 시체를 찾아 지워 버릴 수 있을지 쉽게 알 수 있었다면, 우연의 일치치고는 너무 심하지 않나요? 그 남자가 정말로 우연히 그곳에서 시체를 내던진 거라면 그 후로는 아무 짓도 못했을 테고 지금쯤 시체가 발견되어야 정상이지요."

마플 양이 잠시 말을 멈추었다. 루시는 그녀를 물끄러미 쳐다보았다.

마플 양은 생각에 잠겨 말했다.

"알겠지만, 이건 아주 교묘하게 계획한 범죄예요. 그리고 무척 신중하게 계획한 것이기도 하고요. 기차는 정체를 감추기에 매우 좋은 장소지요. 만일 그 남자가 여자가 거주하거나 머무르고 있는 장소에서 살인을 저질렀다면 누군가가 남자의 모습을 목격했을지도 몰라요. 설사 한적한 시골 마을로 여자를 데려간다 하더라도 누군가가 자동차나 번호판을 기억할지도 모르죠. 하지만 기차는 하루 종일 낯선 승객들이 수백 명씩 오고가는 곳이에요. 복도도 없는 객차 안에서, 여자와 단둘이 있었으니 아주 손쉬운 일이었겠죠. 특히 앞으로 자기가 할 일을 정확하게 알고 있었을 테니까요. 그 사람은 러더퍼드 저택을 알고 있었어요. 그것도 아주 잘 알고 있었죠. 그 지리적 위치 하며……. 내 말은, 그 집은 묘하게 고립되어 있잖아요. 마치 철도에 둘러싸인 섬이나 다름없죠."

"정말 그래요. 과거에서 헤어 나오지 못하는 시대착오적인 곳이에요. 그 주변에서는 떠들썩한 도시 생활이 돌아가고 있지만, 그곳만은 바깥세상과 아무런 접촉도 없어요. 상점 주인들이 아침에 물건을 배달해 주지만 그게 다예요."

"그럼 루시가 말한 대로 그날 밤 살인자가 러더퍼드 저택에 들어왔다고 가정해 볼까요. 시체를 내버렸을 때에는 이미 날이 어두웠으니 다음 날까지는 발견되지 않았을 거예요."

"예, 그랬겠죠."

"범인은 어떻게 거기까지 갔을까요? 차를 몰고? 그렇다면 어떤 길을 이용했을까요?"

루시는 곰곰이 생각해 보았다.

"공장 벽을 따라 조금 지저분한 오솔길이 있어요. 어쩌면 그 길로 들어와서 굴다리를 지나 뒤쪽 차도를 타고 왔을지도 몰라요. 그런 다음 울타리를 넘어 둑 아래쪽을 따라가다가 시체를 찾아서 차에 싣고 떠났을 거예요."

마플 양이 말을 받았다.

"그러곤 미리 봐 둔 장소로 갔겠죠. 알다시피 범인은 모든 걸 미리 계획해 두었으니까요. 그렇지만 시체를 러더퍼드 저택 밖으로 가져갔을 것 같진 않아요. 만약 그렇다 할지라도 그리 멀리까진 운반하지 않았을 거예요. 가장 확실한 방법은 시체를 묻어 버리는 거죠."

마플 양이 질문을 던지듯 루시를 바라보자, 그녀가 생각에 잠겨 대답했다.

"제 생각도 그래요. 하지만 시체를 묻는다는 건 말만큼 그리 쉬운 일이 아닐 텐데요."

마플 양도 시인했다.

"장원에 묻지는 못했을 거예요. 힘이 드는 일인데다 눈에 띄기도 쉬울 테니까요. 이미 땅이 파헤쳐져 있는 곳에 묻은 건 아닐까요?"

"채마밭이라면 가능할 수도 있어요. 하지만 바로 가까운 곳에 정원사가 사는 오두막집이 있는걸요. 나이도 많고 귀도 잘 안 들리지만, 그래도 들킬 위험이 너무 커요."

"개는 있나요?"

"아뇨."

"그럼 창고나 헛간은요?"

"그 편이 훨씬 빠르고 간편하겠네요. 사용하지 않는 낡은 건물들이 잔뜩 있어요. 무너진 돼지우리랑 마구용 별채, 아무도 가까이 가지 않는 작업실도 있고요. 어쩌면 철쭉 덤불이나 관목 안에 던져 넣었을지도 몰라요."

마플 양이 고개를 끄덕였다.

"그래요. 그쪽이 가능성이 더 크겠네요."

노크 소리가 나더니 엄숙한 표정의 플로렌스가 쟁반을 들고 들어왔다.

"손님이 오셔서 참 잘됐네요. 오늘은 부인이 좋아하시는 저만의 특제 스콘을 만들었어요."

"플로렌스는 이 세상에서 제일 맛있는 차케이크를 만든답니다."

마플 양이 말했다.

마플 양에게 칭찬을 들은 플로렌스는 놀랍게도 얼굴 가득 미소를 띄운 채 방을 나갔다.
"차를 마시는 동안에는 살인 이야기를 하지 말도록 해요. 정말이지 불쾌한 주제니까요!"

II

차를 마시고 난 후 루시는 자리에서 일어났다.
"그만 가 봐야겠어요. 이미 말씀드렸지만, 우리가 찾는 남자는 러더퍼드 저택에 살지 않아요. 저택에는 노인 하나와 중년의 여자, 그리고 귀 먹은 늙은 정원사뿐이거든요."
"난 그 남자가 거기 산다고는 말한 적 없어요. 단지 그 사람이 러더퍼드 저택을 매우 잘 알고 있다고 말했죠. 하지만 그 이야기는 루시가 시체를 찾고 난 후에 하도록 해요."
"부인은 제가 시체를 발견할 거라고 확신하시는군요. 전 그렇게 낙관적이지 못한데."
"당신은 반드시 해낼 거예요, 루시. 당신은 아주 유능한 사람이니까요."
"어떤 면에선 그렇겠지만, 전 시체 찾는 분야에서는 경험이 전혀 없는걸요."
"약간의 상식만 있다면 할 수 있어요."
마플 양이 격려하듯 말했다.
루시는 그녀를 바라보다가 웃음을 터뜨리고 말았다. 마플 양이 미소로 화답했다.

다음 날 오후, 루시는 체계적인 행동에 돌입했다.

그녀는 헛간들을 뒤지고, 낡은 축사를 둘러싼 들장미 덤불을 쑤셔 보았다. 온실 아래 있는 보일러실을 들여다보던 중 뒤에서 기침 소리가 들려 돌아보니 정원사인 힐먼 영감이 못마땅하다는 얼굴로 그녀를 쳐다보고 있었다.

그가 엄중히 경고했다.

"조심하지 않으면 떨어질 거요, 아가씨. 그 계단은 전혀 안전하지 않거든. 그리고 아까는 다락에 올라가던데, 거기도 별로 튼튼하지 않다우."

루시는 당황한 기색을 보이지 않으려고 노력하며 명랑하게 말했다. "제가 쓸데없이 여기저기를 기웃거린다고 생각하실지도 모르겠네요. 사실은 여길 개조해서 다른 용도로 사용할 수 없을까 둘러보고 있었어요. 버섯을 키워서 시장에 내다 판다든가, 그런 거 말이에요. 그런데 모든 곳이 완전히 엉망이네요."

"그게 다 주인님 때문이라오. 한 푼도 안 쓰려고 하거든. 여길 제대로 관리하려면 장정 둘에 심부름 하는 사내애 하나쯤은 있어야 하는데, 아무리 말해도 들은 척도 안 해. 내가 할 수 있는 건 기껏해야 전동 잔디깎이 기계를 사 달라고 부탁하는 것뿐인데, 글쎄 나더러 잔디를 손으로 깎으라고 하더구먼."

"조금만 손을 보면 돈을 벌 수도 있을 것 같은데요?"

"이런 데가 돈벌이가 될 리가 있나. 손을 대긴 너무 늦었지. 어차피 그래 봤자 주인님은 신경도 안 쓸 거고. 그 양반이 관심 있는 건 한 푼이라도 아끼는 것뿐이니까. 주인님이 죽고 나면 어떻게 될지 뻔해. 젊은 신사 양반들이 재빨리 여길 팔아치울 게야. 아비가 눈을 감기만을 기다리고 있지, 암. 주인님이 돌아가시고 나면 돈을 꽤 많이 받을 거라고 하더구먼."

"크랙켄소프 씨는 굉장히 부자인가 봐요?"

"크랙켄소프 과자 가게 덕분이라오. 지금 주인님 부친이 시작한 사업이지. 여러모로 딱 부러지는 양반이었나오. 한밑 톡톡히 잡아서 이 저택을 지었지. 사람들 말을 들어 보면 무섭도록 냉혹한 양반이라 한번 받은 모욕은 절대로 잊어버리는 법이 없다더구먼. 그래도 그분은 참 후했지. 인색한 구석이라곤 전혀 없었어. 한데 아들들이 하나같이 실망스러운 게야. 학교도 보내 주고 신사로 키웠는데, 심지어 옥스퍼드에도 보내 줬다오. 그런데 너무 신사같이만 자란 탓에 장사를 하고 싶지 않다는 게요. 둘째 아들은 배우랑 결혼했는데, 술을 마시고 운전을 하다가 교통사고로 죽어 버렸고, 지금 여기 사는 큰아들은 부친이 별로 좋아하질 않았지. 허구한 날 여행을 한답시고 돌아다녔거든. 이교도들 조각품이니 뭐니 그런 것들을 잔뜩 사서 집으로 부치곤 했지. 젊었을 때는 지금처럼 인색하질 않았어. 나이가 들면서 그리 된 게지. 주인님과 그 부친은 사이가 별로 좋지 않았다고 합디다."

루시는 이 모든 정보를 그럴싸한 호기심을 내비치며 열심히 흡수했다. 이제 정원사 노인은 아예 벽에 기대서서 기나긴 이야기를 풀어놓을 준비를 하고 있었다. 그는 정원 일보다 이야기를 하는 편이 훨씬 더 좋았다.

"선대(先代)는 전쟁이 일어나기 전에 돌아가셨다오. 성질이 참말로 고약했지. 다른 사람이 자기 생각을 좀 말할라치면, 그걸 참지 못하고 역정을 냈어."

"그럼 그분이 돌아가신 후에 크랙켄소프 씨가 저택에 와서 살게 된 건가요?"

"주인님과 그 가족들이지. 맞아. 그때쯤에도 이미 다들 장성해 있었구먼."

"하지만 분명……. 아, 혹시 1914년에 일어난 전쟁을 말씀하시는 건가요?"

"아니지. 선대는 1928년에 돌아가셨다오."

분명히 1928년도 '전쟁 전'이란 표현을 쓸 수야 있지만……. 그래도 자기라면 그렇게 표현하지는 않을 거라고 루시는 생각했다.(루시 아일스배로우는 '전쟁'을 1914년에 발발한 제1차 세계대전으로 받아들였으나, 정원사 노인은 1939년 발발한 제2차 세계대전을 의미해서 서로 혼선이 있었다 — 옮긴이)

"어머, 그러고 보니 일하시는 데 제가 방해가 된 것 같네요. 그렇다고 진작 말씀해 주시지 그러셨어요."

힐먼 노인은 아무렇지도 않다는 듯 말했다.

"아. 어차피 하루 이맘때면 할 일이 없다오. 빛이 안 좋거든."

저택으로 돌아가는 길에 루시는 자작나무와 진달래 잡목을 발견하고 잠시 멈추어 서서 안을 들여다보았다. 집 안 홀에 들어서니 에마 크랙켄소프가 편지를 읽고 있었다. 오후 우편물이 막 도착한 모양이었다.

"내일 우리 조카가 온다는군요. 학교 친구와 함께요. 알렉산더의 방은 현관 위에 있어요. 친구인 제임스 스토다트 웨스트에게는 그 옆방을 주면 되고요. 욕실은 방 맞은편에 있는 걸 사용할 거예요."

"예, 크랙켄소프 양. 손님방을 준비해 두겠어요."

"점심을 먹기 전 오전 중에 도착할 것 같아요."

에마는 잠시 머뭇거리다가 말을 이었다.

"도착하면 배가 고프다고 할 것 같네요."

"분명히 그럴 거예요. 로스트비프면 적당할까요? 당밀 파이는 어떨까요?"

"알렉산더는 당밀 파이를 무척 좋아한답니다."

두 소년은 다음 날 오전에 도착했다. 둘 다 머리를 말끔히 빗어 넘기고 놀랍도록 천진한 얼굴에 완벽한 예의범절을 갖추고 있었다. 알렉산더 이스틀리는 금발에 푸른 눈이었고, 스토다트 웨스트는 검은 머리에 안경을 썼다.

두 소년은 점심 식사 내내 엄숙한 태도로 스포츠계의 사건을 이야기했고, 간혹 최근에 나온 우주 소설에 관해서도 대화를 주고받았다. 마치 나이 많은 대학 교수들이 구석기 시대의 유물을 놓고 토론을 벌이는 듯한 태도였다. 루시는 소년들에 비해 자신이 더 어린 듯한 느낌을 받았다.

비프스테이크는 눈 깜짝할 사이에 깨끗이 사라졌고, 당밀 파이도 부스러기 하나 남지 않았나.

크랙켄소프 씨가 투덜거렸다.

"너희들이 우리 집을 거덜 낼 작정이구나."

알렉산더가 푸른 눈으로 할아버지를 책망하듯 바라보았다.

"고기를 사 주실 형편이 안 된다면 빵과 치즈를 먹을게요."

"형편이 안 돼? 그 정도 형편이야 되고말고. 난 낭비하는 게 싫을 뿐이야."

"낭비를 하지는 않았는데요, 크랙켄소프 씨."

스토다트 웨스트가 그 사실을 명백히 입증하는 자신의 접시를 내려다보며 말했다.

"너희 둘은 나보다 두 배나 더 먹었다."

"우린 한창 성장기인걸요. 단백질이 아주 많이 필요한 때라고요."

알렉산더가 말하자 노인은 계속 툴툴거렸다.

두 소년이 식탁을 떠날 때, 루시는 알렉산더가 친구에게 변명조로 말하는 소리를 들었다.

"우리 할아버지한텐 신경 쓰지 마. 식이요법인지 뭔지 때문에 좀 이상해지셨어. 게다가 끔찍한 구두쇠거든. 내 생각엔 무슨 콤플렉스 때문인 것 같아."

스토다트 웨스트가 이해한다는 듯 말했다.

"우리 친척 중에도 자기가 파산할 거라고 생각하는 아주머니가 한 분 계셔. 사실은 엄청나게 부자인데도 말이야. 의사가 그러는데 그건 일종의 병이래. 그런데 축구공 있니, 알렉스?"

점심 식탁을 치우고 설거지를 한 다음 루시는 밖으로 나갔다. 저 멀리 잔디밭에서 소년들의 목소리가 들렸다. 루시는 소리가 나는 반대쪽을 택해 집 앞 차도를 따라 내려간 다음, 군데군데 무리 지어 서 있는 철쭉 덤불 속을 살펴보기 시작했다. 그녀는 잎사귀를 젖히고 안을 들여다보며 조심스럽게 탐색을 재개했다. 이 덤불에서 저 덤불로 체계적으로 움직이며 골프채로 안을 찔러 보고 있는데, 뒤에서 갑자기 알렉산더 이스틀리의 예의 바른 목소리가 들려와 깜짝 놀랐다.

"뭐 찾고 계시는 거라도 있나요, 아일스배로우 양?"

루시는 망설임 없이 대답했다.

"골프공을 찾고 있어요. 사실 하나가 아니라 여러 개지만. 오후마다 골프 연습을 하는데 공을 많이 잃어버렸거든요. 그래서 오늘은 꼭 몇 개라도 찾아야겠다고 결심했지요."

"우리가 도와드릴게요."

알렉산더가 친절하게 말했다.

"정말 친절하군요. 그런데 축구를 하던 중 아니었어요?"

스토다트 웨스트가 설명했다.

"계속 축구만 할 수는 없잖아요. 그럼 너무 덥거든요. 골프를 자주 치시나 봐요?"

"꽤 좋아해요. 하지만 그럴 기회가 별로 없어서."

"그러실 것 같아요. 이 집에서 요리를 하시죠?"

"그래요."

"오늘 섬심노 아일스배로우 양이 만드신 건가요?"

"그래요. 괜찮았나요?"

알렉산더가 말했다.

"정말 최고였어요. 학교에서 먹는 고기는 진짜 끔찍하거든요. 바싹 익혀서 딱딱하기만 하고. 전 분홍색에 육즙이 뚝뚝 흐르는 스테이크를 좋아하는데 말이에요. 오늘 먹은 당밀 파이도 정말 기가 막히던데요."

"무슨 음식을 제일 좋아해요?"

"언제 애플 머랭을 만들어 주실 수 있어요? 제가 제일 좋아하는 거거든요."

"물론이죠."

알렉산더가 즐거운 듯 한숨을 내쉬었다.

"계단 아래 벽장에 클록골프(홀을 중심으로 원주상의 열두 지점에서 퍼팅을 하는 게임 ― 옮긴이) 세트가 들어 있어요. 잔디 위에 설치하면 퍼팅 연습을 할 수 있죠. 넌 어때, 스토더스?"

"좋고말고야!"

스토다트 웨스트가 오스트레일리아 식으로 외쳤다.

"말은 저렇게 하지만, 저 친군 오스트레일리아 출신이 아니에요. 하지만 내년에 식구들이랑 같이 국제 크리켓 결승전에 갈 경우에 대비해 저렇게 말하는 연습을 하고 있는 거예요."

알렉산더가 친절하게 설명해 주었다.

루시의 격려에 힘입어, 소년들은 클록골프 세트를 가지러 갔다. 나중에 루시가 저택으로 돌아와 보니 아이들은 잔디밭 위에 세트를 늘어놓고 숫자 위치에 대해 말다툼을 벌이고 있었다.

스토다트 웨스트가 말했다.

"시계 문자판이랑 똑같이 만들고 싶진 않아서요. 무슨 어린애 장난 같잖아요. 우린 제대로 된 골프 코스를 만들고 싶거든요. 긴 홀과 짧은 홀을 섞어서 말이에요. 숫자들이 녹슬어서 좀 슬프네요. 거의 보이지도 않아요."

"흰색 페인트를 칠해야겠네. 내일 페인트를 약간 얻어서 칠해 보는 게 어때요?"

루시의 제안에 알렉산더의 얼굴이 밝아졌다.

"그거 좋은 생각이네요! 그러고 보니 긴 창고에 페인트 통이 몇 개 있었던 것 같아요. 작년 방학 때 페인트칠하는 아저씨들이 놔두고 갔거든요. 한번 가 볼까요?"

"긴 창고가 뭐죠?"

루시가 물었다.

알렉산더는 저택에서 조금 떨어진 곳에 뒤쪽 차도 가까이 서 있는 긴 석조 건물을 가리켰다.

"저거예요. 꽤 낡았죠? 할아버지는 '물 새는 헛간'이라고 부르시죠. 엘리자베스 왕조 시대에 만들어진 거라고 하시는데, 완전 허풍이에요. 원래 여기 있던 농장에 딸린 건물이거든요. 우리 증조할아버지께서 농장을 허물어 버리고 대신 이 커다란 저택을 세우셨대요. 저 창고엔 할아버지의 수집품이 가득해요. 젊었을 적 외국에서 사들여 집으로 부친 거래요. 대부분 터무니없는 물건들이죠. 긴 창고는 휘스트 게임(카드놀이의 일종 — 옮긴이) 같은 데 사용되기도 한답니다. 부인회 모임이랑 창고 세일 같은 걸 열기도 하고요. 같이 가 보실래요?"

루시는 기꺼이 그들을 따라갔다.

창고에는 못이 촘촘히 박힌 커다란 오크 나무 문이 달려 있었다.

알렉산더는 손을 들어 올려 문 꼭대기 오른쪽에 드리워 있는 담쟁이넝쿨을 헤치고 그 아래 못에 걸려 있는 열쇠를 빼냈다. 그 뒤 열쇠를 구멍에 넣어 돌리고는 문을 활짝 밀어젖혔다. 세 사람은 창고 안으로 들어갔다.

루시는 그곳을 보자마자 취향이 고약한 박물관에 와 있는 느낌을 받았다. 로마 황제의 대리석 두상 두 개가 툭 튀어나온 눈으로 그녀를 노려보았다. 퇴폐적인 그리스 로마 시대의 거대한 석관이 놓여 있고, 흘러내리는 옷자락을 움켜쥔 채 선웃음을 지으며 받침대 위에 서 있는 비너스 상도 보였다. 이런 예술품 말고도 가대(架臺) 탁자 몇 개와 쌓아 올린 의자 더미, 녹슨 수동 잔디깎이 기계, 양동이 두 개, 좀먹은 자동차 좌석 여러 개, 그리고 다리 하나가 없는 초록색 철제 정원용 의자 같은 잡동사니들이 잔뜩 널려 있었다.

"이 근처에서 페인트 통을 본 것 같은데."

알렉산더가 웅얼거렸다. 소년은 창고 구석으로 다가가더니, 그 위에 덮여 있는 낡은 커튼을 옆으로 젖혀 들었다.

마침내 그들은 페인트 통 몇 개와 말라붙어 딱딱해진 붓을 찾아냈다.

"테레빈유(페인트 희석제 — 옮긴이)가 있어야겠네요."

루시가 말했다.

하지만 테레빈유는 찾을 수 없었다. 소년들은 자전거를 타고 나가서 조금 구해 오자고 했고, 루시는 그게 좋겠다고 부추겼다. 그러면 얼마 동안 클록골프의 숫자판 페인트칠에 아이들의 관심을 돌려놓을 수 있을 것이다.

두 소년은 루시를 창고에 남겨 두고 떠나려고 했다.

"난 청소를 해야겠네."

루시가 중얼거리자 알렉산더가 충고했다.

"괜히 신경 쓰지 마세요. 여기서 뭘 할 거라면 몰라도. 어차피 요즘엔 사용할 일도 없는 걸요."

"열쇠는 문밖에 다시 걸어 두면 되나요? 언제나 열쇠를 거기 걸어 둬요?"

"네, 여긴 도둑맞을 물건도 없거든요. 누가 이런 흉측한 대리석 덩어리를 탐내겠어요? 1톤은 족히 나갈 텐데."

루시도 그의 말에 동감했다. 그녀는 크랙켄소프 씨의 예술적 취향을 도무지 이해할 수 없었다. 그는 어느 시대의 예술품이든 최악의 작품을 고르는 데 소질이 있는 듯했다.

소년들이 떠난 뒤 루시는 그 자리에 서서 잠시 주위를 둘러보았다. 이윽고 그녀의 시선이 석관 위에서 멎었다.

저 석관은…….

창고 안은 오랫동안 통풍이 되지 않았는지 희미한 곰팡이 냄새가 났다. 루시는 석관을 향해 다가갔다. 육중한 뚜껑이 꼭 맞물려 닫혀 있었다. 루시는 곰곰이 생각에 잠긴 눈길로 그것을 바라보았다.

그녀는 창고를 나와 부엌으로 가서는 무거운 쇠지레를 찾아 들고 다시 돌아왔다.

결코 쉬운 일은 아니었다. 하지만 루시는 끈질기게 매달렸다.

드디어 뚜껑이 쇠지레에 의해 서서히 들리기 시작했다.

그리고 마침내 충분한 공간이 드러났다. 그 안에 무엇이 들어 있는지 루시가 볼 수 있을 만큼 충분히…….

6장

I

몇 분 뒤, 루시는 다소 창백한 얼굴로 창고를 나와 문을 잠근 다음 못에 열쇠를 다시 걸었다.

그녀는 서둘러 마구간으로 걸어가 자동차를 몰고 뒤쪽 차도로 나섰다. 그러고는 도로 끝에 있는 우체국 앞에 차를 세우고 전화 박스로 들어가 동전을 넣고는 번호를 돌렸다.

"마플 양과 통화하고 싶어요."

"마플 양은 지금 안정을 취하고 계세요. 아일스배로우 양이죠?"

"예."

"편하게 쉬고 계신 어르신을 귀찮게 해 드리고 싶지 않아요. 내 말뜻 이해하겠죠, 아가씨? 그분은 나이가 많으시니까 좀 쉬셔야 한다고요."

"가서 말씀해 주세요. 아주 급한 일이라고요."

"하지만 난……."

"지금 당장 내 말대로 하세요."

루시는 원한다면 강철처럼 날카롭고 단호하게 말할 수 있었다. 플로렌스는 권위를 알아보는 데 익숙한 사람이었다.

잠시 후 마플 양의 목소리가 들렸다.

"여보세요, 루시?"

루시는 숨을 깊이 들이마셨다.

"부인 말씀이 옳았어요. 찾았어요."

"여자 시체를 말인가요?"

"예, 모피 코트를 입은 여자요. 저택 옆에 박물관 비슷한 창고가 있는데, 그곳 석관 속에서 찾았어요. 이제 어떻게 해야 하죠? 경찰에 알려야 할 것 같은데요."

"그래요. 경찰에 신고하세요. 지금 즉시."

"하지만 나머지 이야기는 어떻게 해요? 부인 이야기는요? 경찰은 제일 먼저 제가 왜 아무런 이유도 없이 그 무거운 석관 뚜껑을 열어 보려고 했는지 알고 싶어 할 텐데요. 그럴싸한 이유를 지어내야 할까요? 원한다면 만들 수는 있는데요."

마플 양이 부드러우면서도 진지한 목소리로 말했다.

"아니, 그럴 필요는 없어요. 당신은 진실만을 말하면 돼요."

"부인에 대해서도요?"

"모든 것에 대해서요."

루시의 창백한 얼굴에 갑자기 미소가 떠올랐다.

"저한테도 그편이 훨씬 간단하겠네요. 하지만 경찰은 제 말을 믿으려 들지 않겠죠?"

그녀는 전화를 끊고 잠깐 기다린 다음, 다시 수화기를 집어 들고 경찰서에 전화를 걸었다.

"시체를 발견했어요. 러더퍼드 저택 긴 창고 안에 있는 석관 안에서요."

"뭐라고요?"

루시는 방금 한 말을 되풀이한 다음, 경찰이 묻기 전에 자신의 이름을 밝혔다.

그녀는 다시 자동차를 몰고 돌아와 저택 안으로 들어갔다.

루시는 홀에서 발걸음을 멈추고 생각에 잠겼다.

고개를 짧게 끄덕이고는 서재로 들어갔다. 크랙켄소프 양이 아버지와 함께 《타임스》에 실려 있는 십자말풀이를 하고 있었다.

"크랙켄소프 양, 잠시 드릴 말씀이 있는데요."

에마가 고개를 들고 루시를 쳐다보았다. 얼굴에 걱정스러운 기색이 어려 있었다. 순전히 집안일 때문이리라고 루시는 짐작했다. 유능한 가사 도우미가 갑자기 일을 그만두겠다고 말했을 때 안주인이 으레 그러는 것처럼.

"그냥 여기서 말하게, 아가씨. 그냥 말하라고."

크랙켄소프 씨가 짜증을 내며 말했다.

루시는 에마에게 말했다.

"에마 양과 단둘이서 이야기하고 싶은데요."

크랙켄소프 씨가 말했다.

"말도 안 되는 소리. 하고 싶은 말이 있으면 이 자리에서 대놓고 하란 말이오."

"잠깐만요, 아버지."

에마가 자리에서 일어나 문 앞으로 다가왔다.

"왜 다들 그 모양이야. 언제든지 나중에 해도 될 일을 가지고."

크랙켄소프 씨가 화를 내며 말했다.

"나중으로 미룰 수 없는 일이에요."

루시가 말하자 크랙켄소프 씨가 외쳤다.

"저, 저, 건방진!"

에마가 홀로 나왔다. 루시는 그녀를 따라 나와 등 뒤로 문을 닫았다. 에마가 물었다.

"무슨 일이죠? 혹시 아이들 때문에 일이 너무 많아졌다고 생각한다면 내가 도와줄 수 있어요. 또……."

루시가 에마의 말을 잘랐다.

"그런 게 아니에요. 아버님 앞에서 말씀드리지 않은 이유는 그분이 환자라 충격을 받을지도 모른다고 생각했기 때문이에요. 방금 전에 긴 창고에 있는 커다란 석관 속에서 여자 시체를 발견했어요."

에마 크랙켄소프가 눈을 휘둥그렇게 뜨고 그녀를 쳐다보았다.

"석관 속에서요? 여자 시체요? 있을 수 없는 일이에요!"

"하지만 사실이에요. 경찰에 신고를 했으니 곧 도착할 거예요."

에마의 뺨에 살짝 붉은 기가 떠올랐다.

"경찰에 신고하기 전에 나한테 먼저 말을 해 줬어야죠."

"죄송합니다."

"하지만 전화 거는 소리는 못 들었는데."

에마는 홀 탁자 위에 놓여 있는 전화기를 힐끗 쳐다보았다.

"저쪽 길 끝에 있는 우체국에서 걸었어요."

"그건 좀 의외네요. 어째서 집에서 걸지 않았죠?"

루시는 재빨리 생각했다.

"아이들 때문에요. 아이들이…… 제가 여기서 전화를 걸면 아이들이 전화 내용을 들을까 봐 걱정이 되었어요."

"아, 그랬군요……. 알겠어요……. 그래요……. 그러니까 지금 경찰이 오고 있다는 거죠?"

"예, 지금 도착했나 봐요."

루시의 말대로 자동차 한 대가 끼익 하는 브레이크 소리를 내며 현관 앞에 황급히 멈추어 섰다. 이어 온 집 안에 현관 벨 소리가 울려 퍼졌다.

II

"죄송합니다. 정말로 죄송합니다. 이런 일을 부탁드려서 정말 죄송합니다."

베이컨 경위가 말했다.

그는 에마 크랙겐소프의 팔을 부축해 창고 밖으로 데리고 나갔다. 에마의 얼굴은 새하얗게 질려 있었고 속도 메스꺼운 듯했지만, 걸음걸이만은 꼿꼿했다.

"확실히 말씀드리지만, 이제껏 살아오면서 한 번도 본 적이 없는 여자예요."

"진심으로 감사합니다, 크랙켄소프 양. 제가 알고 싶었던 것은 그뿐입니다. 누워서 좀 쉬고 싶으시겠죠?"

"아버지께 가 봐야 해요. 이 이야기를 듣자마자 큄퍼 선생님께 전화를 드렸거든요. 지금 선생님과 함께 계실 거예요."

그들이 홀을 가로질러 가는데, 이 집안의 의사인 큄퍼가 서재에서 나왔다. 그는 키가 크고 온화한 남자로, 무심한 태도로 비꼬는 데가 있어 환자들을 자극하곤 했다.

두 남자는 서로 고개를 끄덕였다.

"크랙켄소프 양께서 달갑지 않은 일을 아주 용감하게 해 주셨습니다."

베이컨 경위가 말했다.

의사가 그녀의 어깨를 토닥이며 말했다.

"잘했어요, 에마. 당신은 힘든 일도 잘 받아들일 수 있는 사람입니다. 난 알아요. 아버님은 괜찮으십니다. 들어가서 이야기나 몇 마디 나누십시오. 그런 다음 식당에 가서 브랜디를 한잔 마시도록 해요. 이건 의사의 처방입니다."

에마는 고맙다는 듯 미소를 짓고 서재로 들어갔다.

큄퍼가 그녀의 뒷모습을 바라보며 말했다.

"저 여자는 세상의 소금이에요. 그런데도 결혼을 한 번도 못 했다니 참으로 안됐지요. 남자들밖에 없는 집에서 유일한 여자로 사는 벌이랄까요. 여동생이 하나 있었는데 열일곱에 결혼해 나가 버렸답니다. 게다가 꽤 미인이지요. 에마가 결혼을 했더라면 완벽한 아내 겸 어머니가 되었을 텐데 말입니다."

"부친에게 무척 헌신적인가 봅니다?"

베이컨 경위가 물었다.

"생각하시는 것만큼은 아닙니다. 하지만 그녀는 남자들을 행복하게 만들어 줄 수 있는 보기 드문 재능을 가지고 있지요. 에마는 아버지가 환자 취급을 받길 좋아한다는 것을 알고 있습니다. 그래서 그를 환자처럼 대하지요. 동생들에게도 마찬가지입니다. 에마와 함께 있으면 세드릭은 자기가 훌륭한 화가라고 느끼고, 또…… 그 친구 이름이 뭐더라? 맞아, 해럴드! 해럴드는 그녀가 자신의 판단력에 전적으로 기대고 있다고 생각하지요. 그리고 알프레드가 자기의 기막힌 거래에 대해 떠벌리면 놀라는 척을 해 준답니다. 오, 그래요, 에마는 똑똑한 여자입니다. 결코 바보가 아니에요. 흠, 내가 뭐 도와 드릴 일이라도 있습니까? 존스톤이 검사를 끝냈으면 나도 시체를 한번 볼까요? (존스톤은 경찰의였다.) 혹시 내가 의료 사고를 일으킨 환자일지도 모르잖습니까?"

"한번 살펴봐 주시면 고맙겠습니다, 선생님. 죽은 여자의 신원을 밝혀야 하니까요. 크랙켄소프 씨는 연세가 많으니 시체를 확인하는 건 무리겠지요? 너무 큰 부담이 되지 않겠습니까?"

"부담? 당치 않은 소리. 시체를 보여 주지 않는다면 그 사람은 당신이나 나를 평생토록 용서하지 않을 겁니다. 지금 완전히 들떠 있습니다. 이렇게 흥분되는 일은 한 15년 만에 처음일 겁니다. 게다가 자기 돈은 한 푼도 안 들이고 말이죠!"

"그렇다면 건강에는 아무 문제도 없는 겁니까?"

"그분 나이가 벌써 일흔둘입니다. 문제가 있다면 그것뿐이죠. 가끔씩 류머티즘 때문에 통증을 겪긴 하지만, 그런 것도 없는 사람이 어디 있습니까? 자기 입으로는 관절염이라고 하더군요. 식사를 하고 나면 이상하게 가슴이 두근거린다는데…… 정말로 그럴지도 모릅니다만……, 그게 다 '심장'이 나쁜 탓이라고 우깁니다. 하지만 그 사람은 언제든 하고 싶은 일은 다 할 수 있습니다! 난 그런 환자를 수도 없이 봐 왔어요. 진짜 아픈 환자들은 대개 자기가 건강하다고 우겨대죠. 자, 그럼 당신들 시체나 보러 갈까요? 그리 보기 좋은 모습은 아니겠죠?"

"존스톤은 사망 시점을 약 2주에서 3주일 전으로 추정하고 있습니다."

"그렇다면 정말로 보기 좋지 않은 모습이겠군요."

의사는 석관 옆에 서서 호기심을 솔직하게 드러내며 안을 내려다보았다. 직업 탓인지 그는 스스로 '보기 좋지 않은' 모습이라고 표현한 상태를 보고도 동요하지 않았다.

"한 번도 본 적이 없는 여자입니다. 내 환자도 아니고요. 브랙햄프턴에서 본 기억도 없습니다. 소싯적에는 꽤 미인이었을 것 같군요. 흠……. 누가 이 여자에게 원한이라도 있었나 봅니다."

그들은 바깥으로 나왔다. 큄퍼가 건물을 올려다보았다.

"이런 데서 발견되다니……. 여기를 뭐라고 부르더라? 긴 창고? 그것도 석관 속에서 말입니다! 정말 끝내주는군요. 누가 발견했답니까?"

"루시 아일스배로우 양입니다."

"아, 집안일을 도와주러 온 그 아가씨 말인가요? 그건 그렇고 그 여자는 뭘 찾으러 석관을 열어 봤답니까?"

베이컨 경위가 딱딱한 표정으로 말했다.

"바로 그것이 제가 그녀에게 물어보려는 겁니다. 자, 그럼 크랙켄소프 씨 차례입니다. 죄송하지만 혹시……?"

"내가 모셔 오지요."

목도리를 칭칭 두른 크랙켄소프 씨가 의사와 함께 활기찬 걸음걸이로 다가왔다.

"수치스러운 일이야. 정말로 수치스러운 일이야! 저 석관은 플로렌스에서 사 온 건데, 어디 보자……. 그러니까 1908년이었을 게야. 아니, 1909년이었던가?"

의사가 경고했다.

"마음 단단히 가지십시오. 아시다시피 그리 유쾌한 광경은 아닐 테니까요."

"아무리 몸이 안 좋아도 할 일은 해야지, 안 그렇소?"

크랙켄소프 씨가 기 창고에 들어가 있던 시간은 무척 짧았지만, 그 정도면 충분했다. 그는 놀랍도록 빨리 밖으로 나왔다.

"생전 처음 보는 여자야! 대체 이게 무슨 일인가? 이렇게 망신스러울 데가 있나. 그래, 플로렌스가 아니었어. 이제야 기억이 나는군. 나폴리야. 매우 훌륭한 물건이었지. 그런데 어떤 멍청한 여자가 와서는 저 안에서 살해되다니!"

그가 외투의 왼쪽 주름을 꽉 움켜쥐었다.

"더 이상 견딜 수가……. 심장이……. 에마는 어디 있지? 의사……."

큄퍼 선생이 그의 팔을 잡았다.

"괜찮아지실 겁니다. 도움이 될 만한 약을 처방해 드리죠. 브랜디가 어떻습니까."

두 사람은 저택 쪽으로 발걸음을 옮겼다.

"저기요, 경위님! 경위님!"

베이컨 경위가 뒤를 돌아보았다. 두 소년이 자전거 위에서 헐떡거리고 있었다. 그들의 얼굴은 간청과 애원으로 가득했다.

"제발 부탁입니다. 저희도 시체를 보게 해 주세요."

"안 돼."

베이컨 경위가 딱 잘라 거절했다.

"오, 제발요, 네? 어쩌면 저희가 아는 사람일지도 모르잖아요. 공평하게 해 주셔야죠. 이건 너무 불공평하다고요. 예? 너무하잖아요.

살인 사건이 일어났어요. 바로 우리 집 창고에서요. 이런 건 평생에 딱 한 번 있을까 말까 하는 기회라고요. 네? 공평하게 해 주세요."

"너희들은 누구냐?"

"전 알렉산더 이스틀리고, 이쪽은 제 친구 제임스 스토다트 웨스트입니다."

"이 근처에서 밝은 색으로 염색한 다람쥐 모피 코트를 입은 금발 여자를 본 적이 있니?"

알렉산더는 나름 재치를 발휘했다.

"음, 기억이 잘 안 나는데요. 혹시 얼굴을 직접 본다면 모를까……."

베이컨 경위는 창고 문 앞에서 지키고 서 있는 경관에게 말했다.

"들여보내게, 샌더스. 젊음은 인생에 한 번뿐이니까!"

"오, 정말 고맙습니다, 경위님. 정말 감사해요!"

두 소년이 요란스레 떠들어 댔다.

베이컨은 저택을 바라보며 낮은 목소리로 중얼거렸다.

"그렇다면 이제 루시 아일스배로우 양 차례로군."

III

루시는 경찰을 긴 창고로 안내하고 그간의 경위를 간단히 진술한 후 일단 뒤로 물러나 있었지만, 경찰과의 일이 완전히 끝났다고는 여기지 않았다.

베이컨 경위가 만나고 싶어 한다는 연락을 받았을 때, 루시는 그 날 저녁 식사에 내놓을 감자튀김 준비를 막 끝마친 참이었다. 그녀는 감자를 담은 차가운 소금물 그릇을 옆으로 치워 놓고 경관의 뒤를 따라 베이컨 경위가 기다리고 있는 방으로 들어갔다. 루시는 자리에 앉아 침착하게 질문을 기다렸다.

루시는 이름과 런던의 집 주소를 밝힌 다음 자진해서 이렇게 덧붙였다.

"저에 대해 더 알고 싶으시다면 참고가 될 만한 이름과 주소를 몇 개 알려 드릴게요."

그녀가 댄 이름들은 매우 훌륭했다. 해군 제독, 옥스퍼드 대학교 학장, 대영제국의 데임(Dame, 남자의 Knight에 상응하는 여성의 작위. 작가 애거서 크리스티 역시 데임 작위를 받았다 — 옮긴이) 등. 베이컨 경위는 자신도 모르게 깊이 감탄했다.

"아일스배로우 양, 당신은 페인트를 찾으러 긴 창고에 갔습니다. 그렇지요? 그런데 페인트를 찾은 뒤에 일부러 쇠지레를 가지고 돌아가서 석관 뚜껑을 무력으로 뜯어 열고 시체를 발견했습니다. 대체 그 석관 안에서 무엇을 찾고 있었습니까?"

"시체를 찾고 있었어요."

"시체를 찾고 있었단 말이지요? 그리고 정말로 시체를 찾아냈다는 거네요? 이거 참 이상한 이야기로군요."

"네, 맞아요. 정말 이상한 이야기죠. 제게도 설명할 기회를 주시겠어요?"

"그러는 편이 당신에게도 좋을 겁니다."

루시는 자신이 어떻게 이런 놀라운 것을 발견하였는지 그동안의 이야기를 정확하고 상세하게 말해 주었다.

경위가 화가 난 목소리로 그녀의 이야기를 요약했다.

"그러니까 어떤 노부인이 당신을 고용해서 이 집에 일자리를 얻은 후 저택 안팎을 샅샅이 뒤져 '시체'를 찾아내라고 했단 말입니까?"

"네, 그래요."

"그 노부인은 대체 누굽니까?"

"제인 마플 양이라고 해요. 지금 매디슨 가 4번지에 묵고 계시죠."

경위는 주소를 받아 적었다.

"지금 나더러 그 이야기를 믿으라고요?"

루시는 부드러운 목소리로 대꾸했다.

"아뇨. 적어도 마플 양을 만나 그분의 말씀을 듣기 전까진 기대할 수 없겠죠."

"당연히 만나 볼 겁니다. 그분 머리가 좀 이상한 할머니 아닙니까?"

루시는 마플 양의 추측이 사실로 밝혀졌다는 것은 그녀를 정신이 상자로 몰아붙일 만한 증거가 되지 못한다는 점을 지적하려다 애써 눌러 참았다. 대신 그녀는 그저 이렇게 말했다.

"크랙켄소프 양에게는 어떻게 말씀하실 거죠? 저에 대해서 말이에요."

"그건 왜 묻는 겁니까?"

"글쎄요, 마플 양의 입장에서 본다면 전 제가 맡은 일을 다한 셈이에요. 그분이 의뢰하신 대로 시체를 찾아냈으니까요. 하지만 전 아직 크랙켄소프 양에게 고용된 몸이에요. 집안에는 굶주린 10대 소년이 둘이나 있고요. 그리고 이런 불쾌한 사건이 발생했으니 곧 다른 식구들도 집에 찾아오겠지요. 크랙켄소프 양에겐 집안일을 도울 사람이 필요해요. 만약 경위님이 크랙켄소프 양에게 제가 시체를 찾기 위해 일부러 이 집에 들어왔다고 말씀하신다면, 그녀는 절 해고할 거예요. 그렇지만 경위님이 말씀하지 않는다면 전 계속 제 일을 할 수 있고 도움도 되겠지요."

경위는 그녀를 뚫어져라 쳐다보았다.

"지금 현재로서는 아무에게도 말하지 않을 겁니다. 아직 아가씨의 진술도 확인하지 못했으니까요. 지금 내가 추측하는 거라곤 당신이 모든 이야기를 꾸며냈을지도 모른다는 겁니다."

루시는 자리에서 일어났다.

"감사합니다. 그럼 전 부엌에 가서 하던 일이나 마저 해야겠어요."

7장

I

"자네 생각은 런던 경시청을 개입시키는 게 좋겠다는 건가, 베이컨?"

경찰서장이 대답을 묻듯 베이컨 경위를 바라보았다. 베이컨 경위는 체구가 크고 육중한 남자로, 인간성 따위는 넌더리가 난다는 표정을 짓고 있었다.

"그 여자는 이 지방 사람이 아닙니다. 그렇게 추측할 만한 근거를 몇 가지 발견하였습니다. 죽은 여자가 입고 있는 속옷으로도 미루어 짐작할 수 있듯이 외국인일 가능성이 큽니다."

베이컨은 서둘러 덧붙여 말했다.

"물론 얼마 동안 이 사실은 공표하지 않을 겁니다. 검시 심리가 끝날 때까지는 덮어 둘 생각입니다."

경찰서장이 고개를 끄덕였다.

"검시 심리는 형식적으로 이루어지겠군."

"네, 그렇습니다. 제가 검시관을 만나 봤습니다."

"그래, 심리 날짜는 언젠가?"

"내일입니다. 크랙켄소프 집안의 다른 식구들도 참석할 예정입니다. 어쩌면 그중 한 명이 희생자를 알아볼지도 모릅니다. 가족 전원이 모이는 셈이죠."

그는 손에 들고 있던 명단을 들여다보았다.

"해럴드 크랙켄소프는 시티에서 꽤 중요한 인물이라고 하더군요. 알프레드 크랙켄소프는 무슨 일을 하는지 아직 정확히 모릅니다. 세드릭은 해외에 거주하는데, 화가라는군요!"

경위는 어딘가 악의가 물씬 풍기는 목소리로 단어를 발음했다. 경찰서장은 콧수염 아래로 슬그머니 미소를 지었다.

"크랙켄소프 일가가 이 범죄와 관련이 있다고 믿을 만한 근거는 없나?"

"시체가 사유지 안에서 발견되었다는 점을 제외하면 없습니다. 물론 그와는 별도로 화가 아들이 살해된 여자를 알아볼지도 모른다는 가능성은 충분합니다. 제가 골치를 썩고 있는 건 기차에 대한 황당하고 터무니없는 이야기 때문입니다."

"아, 그렇지. 자네가 그 노부인을 만났다고 했지. 이름이……."

서장은 책상 위에 놓여 있는 메모를 슬쩍 들여다보았다.

"마플 양이라고 했던가?"

"그렇습니다. 그런데 그 부인은 이 일에 매우 강경하고 단호하게 반응하더군요. 정신이 나간 건지 아닌지는 모르겠습니다만, 끝까지 자기 이야기를 고집했습니다. 그녀의 친구가 봤다는 것이나 다른 모든 것에 대해서 말입니다. 그런 걸 보면 나이 든 여자들이 지어낸 허황된 이야기 같기도 합니다. 정원 바닥에서 비행접시를 봤다거나 도서관에 러시아 첩보원이 있다는 등 할머니들이 으레 하는 헛소리 있잖습니까. 그런데 이 노부인이 젊은 가정부 아가씨를 고용해 시체를 찾아보라고 한 것만은 엄연한 사실인 듯합니다. 젊은 여자는 시키는 대로 했고요."

경찰서장이 중얼거렸다.

"그리고 시체를 정말로 발견했단 말이지. 정말 기가 막히는 이야기로군. 마플, 제인 마플이라……. 이름이 묘하게 귀에 익단 말이야……. 어쨌든 런던 경시청에 연락을 취하겠네. 자네 생각대로 단순한 지역 사건이 아닌 것 같으니. 물론 그 사실은 아직 공표할 때가 아니지만 말이야. 지금으로서는 언론에 될 수 있으면 말을 아끼는 게 좋겠네."

II

경찰서장의 말대로 심리는 순전히 형식적으로 진행되었다. 아무도 죽은 여자의 신원을 밝히겠다고 나서지 않았다. 루시는 시체를 발견한 경위를 증언하기 위해 소환되었고, 의학적 증거를 통해 사인은 교살로 밝혀졌다. 심리는 그렇게 끝났다.

크랙켄소프 일가가 심리가 열린 건물에서 빠져나왔을 때는 차갑고 매서운 바람이 불고 있었다. 크랙켄소프 가족은 모두 다섯 명이었다. 에마와 세드릭, 해럴드, 알프레드, 그리고 세상을 떠난 딸 에디스의 남편 브라이언 이스틀리였다. 크랙켄소프 집안의 법률 문제를 처리하는 법률사무소의 공동 경영자 윔본 씨도 함께 있었다. 그는 이 심리에 참석하기 위해 온갖 불편함을 무릅쓰고 런던에서 내려왔다. 잠시 동안 그들은 모두 으슬으슬 떨며 보도 위에 서 있었다. 주위에는 꽤 많은 군중이 모여 있었다. 런던과 지방 신문이 '석관 속의 시체'에 관해 상세하고도 흥미로운 기사를 보도하였기 때문이다.

주변에서 웅성거리는 소리가 들려왔다.

"저 사람들이야……."

에마가 날카롭게 말했다.

"그만 가요."

임대한 대형 다임러 자동차가 보도 옆에 멈추어 섰다. 에마가 차에 올라타더니 루시에게 손짓을 했다. 윔본 씨와 세드릭, 해럴드가 그 뒤를 따랐다. 브라이언 이스틀리가 말했다.

"알프레드와 나는 내 차를 타고 가지요."

운전사가 문을 닫자 다임러가 천천히 굴러가기 시작했다.

"오, 잠깐만요! 저기 아이들이 있어요!"

에마가 황급히 소리쳤다.

소년들의 거센 항의에도 불구하고 어른들은 그들을 러더퍼드 저택에 남겨 두고 왔다. 그런데 지금 양쪽 귀 끝에 커다란 함박웃음을 걸고 두 소년이 눈앞에 서 있는 것이다.

"저흰 자전거를 타고 왔어요. 친절한 경찰 아저씨가 홀 뒤쪽으로 들여보내 주던데요. 어, 저희 때문에 화가 나신 게 아니면 좋겠네요, 이모님."

스토다트 웨스트가 예의바르게 말했다.

세드릭이 누나를 대신해 말했다.

"누님은 화내지 않으실 거야. 젊음도 한때뿐이니까. 심리에 참석해 본 건 처음이지?"

"조금 실망했어요. 너무 금방 끝나 버려서요."

알렉산더가 대답했다.

해럴드가 짜증스레 말했다.

"이런 데서 계속 이야기하고 있을 거야? 다른 사람들도 많잖아. 게다가 저기 사진기들을 좀 보라고."

그가 신호를 보내자 운전사가 차를 출발시켰다. 소년들이 신나게 손을 흔들었다.

세드릭이 말했다.

"너무 금방 끝나 버렸다고! 저애들은 그렇게 생각한단 말이지! 어린애들은 정말 순진하다니까. 사실은 이제 겨우 시작인데 말이야."

해럴드가 말했다.

"운이 나빴던 거야. 지독히도 운이 나빴던 거라고. 내 생각엔······."

해럴드는 윔본 씨를 쳐다보았다. 윔본 씨는 얇은 입술을 굳게 다문 채 불쾌한 표정으로 고개를 가로저으며 딱딱한 말투로 설교하듯 말했다.

"모든 문제가 만족스러운 방향으로 조속히 해결되길 바랍니다. 경찰은 매우 유능합니다. 그렇지만 해럴드 씨의 말씀대로, 이번 일은 참으로 불운한 사건이 아닐 수 없군요."

그가 루시를 쳐다보았다. 그의 눈길에는 비난의 기색이 희미하게 어려 있었다. 마치 이렇게 말하고 있는 듯했다. '이 여자가 자기와는 상관도 없는 일에 쓸데없이 기웃거리고 다니지만 않았어도 이런 일은 일어나지 않았을 텐데.'

그것과 똑같은 혹은 비슷한 말이 해럴드 크랙켄소프의 입에서 실체화되어 튀어나왔다.

"그건 그렇고, 어……. 아일스배로우 양, 대체 그 석관은 왜 열어본 겁니까?"

안 그래도 루시는 언제쯤 이런 질문을 받을지 진작부터 생각하고 있었다. 경찰도 제일 먼저 그 질문을 던졌다. 그런데 지금 이 순간까지 식구들 중에서는 아무도 이 생각을 하지 못했다. 루시는 그 점이 오히려 놀라울 지경이었다.

세드릭, 에마, 해럴드와 윔본 씨까지 모두 그녀를 바라보았다.

루시는 이미 오래 전부터 답변을 마련해 두었다. 그녀는 떨리는 목소리로 입을 열었다.

"사실은…… 저도 잘 모르겠어요. 왠지 그 창고를 청소해야 할 것 같은 느낌이 들었거든요. 그리고 그…….".

여기서 그녀는 잠시 머뭇거렸다.

"뭔가 아주 이상하고 불쾌한 냄새가 나서…….".

루시는 이 말에 모두가 움찔하는 반응을 보일 거라는 사실을 정확하게 계산하고 있었다.

웜본 씨가 중얼거렸다.

"에, 예, 물론이죠……. 경찰의가 3주일 동안은 거기 있었을 거라고 했으니……. 내 생각엔 이 일을 너무 깊이 생각하지 않는 게 좋겠습니다."

그는 얼굴이 하얗게 질린 에마를 향해 격려하듯 미소를 지어 보였다.

"명심하십시오. 그 가련한 여인은 우리와 아무런 관련도 없다는 사실을 말입니다."

"오, 하지만 그렇게 확신할 수는 없죠. 안 그렇습니까?"

세드릭이 말했다.

루시 아일스배로우는 관심을 가지고 그를 바라보았다. 그녀는 이미 3형제가 놀라울 정도로 천차만별이라는 사실에 적지 않은 흥미를 느꼈다. 세드릭은 햇빛과 바람에 거칠어진 얼굴에다 키가 크고, 흐트러진 검은 머리칼에 쾌활했다. 그는 면도도 하지 않은 채로 도착했는데, 심리에 참석하기 위해 면도는 대충 했지만 집에 도착했을 때 입고 있던 옷을 아직도 그대로 걸치고 있었다. 아마 단벌인 것 같았다. 낡은 회색 플란넬 바지에 군데군데 기우고 해져서 올이 드러난 헐렁한 재킷. 그는 마치 삶을 무대인 양 누비는 보헤미안 같았으며, 또한 그것을 자랑스럽게 여기는 듯했다.
 그와 반대로 동생 해럴드는 소위 완벽한 금융맨이자 큰 회사의 중역이었다. 그는 키가 크고 경직된 몸가짐을 지녔다. 검은 머리칼은 관자놀이 주변에서부터 조금씩 벗어지기 시작했고 작고 검은 콧수염을 길렀으며, 말쑥하게 재단된 검은 양복에 은회색 넥타이를 맸다. 철저하고 빈틈없는 모습이 성공한 사업가 그 자체였다.
 해럴드가 딱딱한 말투로 말했다.
 "세드릭 형, 그런 부적절한 말이 어디 있어?"
 "무슨 뜻인지 모르겠니? 그 여자는 우리 집 창고에서 발견되었어. 그 여자는 도대체 왜 거기 간 걸까?"
 윔본 씨가 헛기침을 콜록거리더니 말했다.
 "아마도 그……. 음, 밀회 약속 같은 게 있었겠지요. 이 동네 사람들은 모두 창고 열쇠가 문 위쪽 못에 걸려 있다는 것을 알고 있는 것 같던데요."
 그의 어조에는 어떻게 그렇게 부주의할 수 있느냐는 비난의 기색이 섞여 있었다. 그것이 너무나도 노골적으로 드러난 탓에 에마가 변명하듯 말했다.
 "그건 전쟁 때부터 그랬답니다. 공습경보 감시 대원들을 위해서 열쇠를 거기 걸어 두곤 했거든요. 안에 있는 작은 알코올 난로로 직접 뜨거운 코코아를 끓여 먹을 수 있게 말예요. 전쟁이 끝난 후에도 창고엔 쓸모없는 물건들만 쌓여 있었기 때문에 계속 밖에다 열쇠를 걸어 뒀어요. 그 편이 부인회 사람들한테도 편했고요. 열쇠를 집 안에 놓아두면 오히려 더 불편하잖아요. 창고를 치우고 사용할 준비를 하고 싶은데 집 안에 사람이 아무도 없으면 어쩌겠어요? 우리 집엔 날마다 일을 해 주러 오는 아주머니밖에 상주하는 하인이 없었으니까요…….”

에마의 목소리가 점차 사그라들었다. 그녀는 마치 딴 생각을 하고 있는 것처럼 무덤덤하고 기계적으로 말했다.

세드릭이 의아하다는 듯 재빨리 그녀를 쳐다보았다.

“무슨 걱정거리라도 있어, 누나? 대체 무슨 일이야?”

해럴드가 벌컥 화를 내며 쏘아붙였다.

“세드릭 형, 지금 그걸 질문이라고 하는 거야?”

“물론이지. 어떤 낯선 여자가 러더퍼드 저택에 있는 창고 안에서 죽었고 (이거 완전히 빅토리아 시대의 멜로드라마로군!) 그것 때문에 다소 충격을 받았다손 치더라도 에마 누나는 언제나 이성적인 사람이란 말이야. 왜 아직까지 계속 걱정을 하고 있는지 모르겠군. 그만 잊어버려. 사람은 무엇에든 익숙해지게 마련이니까.”

해럴드가 신랄하게 대꾸했다.

“살인 사건은 익숙해질 수 있는 게 아니야. 형이라면 또 모르겠지만. 마요르카에서는 살인 사건이 흔할지 몰라도…….”

“이비사야. 마요르카가 아니라.”

“이거나 저거나.”

“전혀 달라. 완전히 다른 섬이라고.”

해럴드는 아랑곳하지 않고 말을 이었다.

"내 말은, 다혈질인 라틴계 사람들 사이에서 사는 형한테는 살인이 일상적인 일일지 몰라도 영국에 사는 우리한테는 아주 심각한 문제라는 거지."

그는 더욱 화가 난 어조로 덧붙였다.

"더구나 형, 이런 공적인 자리에 오면서 그런 차림을 하다니……."

"내 옷이 어디가 어때서? 편안하기 그지없는데."

"장소에 어울리지 않잖아."

"뭐, 어쨌든 옷이라곤 지금 이것밖에 없으니 어쩔 수 없지. 우리 가족을 돕기 위해 서둘러 고향집에 돌아오다 보니 옷 가방도 챙길 시간이 없었거든. 난 화가고, 화가는 편안한 옷을 좋아하는 법이지."

"아직도 그림을 그리려고 한단 말이야?"

"그게 무슨 뜻이냐? 그림을 그리려고 하다니……?"

윔본 씨가 권위 있는 태도로 헛기침을 했다. 그가 나무라듯 말했다.

"이런 식의 대화는 아무런 소용도 없습니다. 에마 씨, 런던으로 돌아가기 전에 혹시 내가 도울 일이 있다면 망설이지 말고 말해 주십시오."

윔본 씨의 꾸짖음은 효과가 있었다. 에마 크랙켄소프가 재빨리 대답했다.

"여기까지 와 주셔서 정말 감사해요."

"아닙니다. 가족을 위해 심리 절차를 지켜보는 것은 누군가가 응당 해야 할 일이지요. 조금 있다가 저택에서 경위님과 만나기로 했습니다. 이런 불상사가 벌어지긴 했지만 곧 모든 일이 확실하게 해결될 것이라 믿습니다. 내 생각엔 무슨 일이 있었는지 별로 의심의 여지가 없는 것 같군요. 아까 에마 씨가 말했듯이, 이 근방 사람이라면 누구나 긴 창고의 열쇠가 문 바깥쪽에 걸려 있다는 걸 알고 있었으니까요. 겨울철에는 이 동네 연인들의 밀회 장소로 이용되었을 확률이 높습니다. 말다툼을 벌이다가 남자가 이성을 잃어버린 겁니다. 자기가 한 일을 깨닫고 잔뜩 겁에 질려 있던 차에 무심코 석관이 눈에 띈 거죠. 그러곤 시체를 숨기기에 안성맞춤이라는 생각을 하게 된 겁니다."

루시는 마음속으로 생각했다.

'그래, 꽤 그럴 듯해. 보통 사람이라면 저렇게 생각할 만해.'

세드릭이 말했다.

"이 동네 연인이라고 하셨는데, 이 근처 사람들은 그 여자가 누군지 모른다고 했습니다."

"아직 수사 초기 단계니까요. 머지않아 신원을 알아낼 겁니다. 그리고 남자는 이 지방 주민이지만 여자는 외부 사람일 수도 있습니다. 브랙햄프턴의 다른 지역에서 왔을지도 모르죠. 브랙햄프턴은 무척 넓은 곳이니까요. 지난 20년간 엄청나게 발전했지요."

세드릭이 반론을 펼쳤다.

"만일 내가 연인을 만나러 온 여자라면, 허허벌판 한복판에 있는 그런 추운 창고로 오라는 말 따위는 안 들었을 겁니다. 따뜻한 영화관에서 기분 좋게 껴안고 있자고 했겠죠. 그렇지 않습니까, 아일스

7장 113

배로우 양?"

"언제까지 이런 이야기만 할 거야?"

해럴드가 푸념하듯 말했다.

그의 질문과 동시에 자동차가 러더퍼드 저택 현관 앞에 멈추어 섰다. 그들은 모두 차에서 내렸다.

8장

I

서재로 들어선 윔본 씨는 이미 만난 적이 있는 베이컨 경위와 그 뒤에 서 있는 금발의 잘생기고 낯선 사내를 보고는 늙은이 특유의 날카로운 눈을 약간 끔뻑거렸다.

베이컨 경위가 소개했다.

"이분은 런던 경시청의 크래독 경위입니다."

"런던 경시청이라, 흐음."

윔본 씨의 눈썹이 추켜올라 갔다.

더못 크래독은 쾌활한 태도로 편안하게 이야기를 꺼냈다.

"이번 사건을 수사해 달라는 요청을 받았습니다. 윔본 씨는 크랙켄소프 집안을 대리하고 계시니 약간의 기밀 정보를 알려 드리는 편이 공정할 것 같군요."

진실 중 지극히 작은 부분만을 보여 주면서 그것이 마치 전체 진실인 양 생색을 내는 데는 크래독 경위를 따라갈 사람이 없었다.

"베이컨 경위도 동의하리라 믿습니다."

그는 동료 경찰을 힐끗 바라보며 덧붙였다.

베이컨 경위는 엄숙한 표정으로 고개를 끄덕였지만, 사실 이 모든 것은 미리 약속해 놓은 것이었다.

크래독이 입을 열었다.

"사실을 말씀드리자면 이렇습니다. 그동안 수집한 정보에 따르면 죽은 여자는 이 지역 출신이 아니라 런던에서 내려왔으며 최근 외국에서 들어왔을 가능성이 큽니다. 아직 확신할 수는 없지만 프랑스일 확률이 높습니다."

윔본 씨는 다시 눈썹을 추켜올렸다.

"그래요? 정말입니까?"

"그런 까닭에 서장님께서는 런던 경시청이 이 사건을 맡는 편이 나으리라고 생각한 겁니다."

베이컨 경위가 설명했다.

"난 그저 사건이 빨리 해결되길 바랄 뿐입니다. 경위님도 아시다시피 이번 일 때문에 크랙켄소프 가족 전원이 큰 고충을 겪고 있습니다. 물론 사건과 개인적인 관련은 없으나 그들은……."

윔본 씨가 아주 잠깐 말을 멈춘 사이를 틈타 크래독 경위가 재빨리 끼어들었다.

"자신의 소유지에서 살해된 여성의 시체가 발견되었다는 것은 그리 기분 좋은 일이 아니지요. 그 심정 이해합니다. 이제 가족 분들 각자와 간단히 면담을 나누고 싶습니다."

"난 도무지 이해가 안 갑니다만……."

"그분들이 무슨 말을 해 줄 수 있을지 말입니까? 그리 흥미로운 것은 없을 겁니다. 하지만 아무도 모르는 법이죠. 아마도 제가 원하는 대부분의 정보는 웜본 씨께 얻을 수 있을 것 같군요. 이 집과 가족들에 관한 정보 말입니다."

"도대체 정체불명의 젊은 외국인 여자가 이 집에 와서 살해된 것과 이 집 가족들이 무슨 관계가 있다는 겁니까?"

크래독이 말했다.

"글쎄요, 사실 핵심은 이겁니다. 그 여자는 어째서 이 저택에 찾아왔을까요? 한때 이 저택과 관계가 있던 사람은 아니었을까요? 예를 들어 어쩌면 이곳에서 하녀로 일했던 것은 아닐까요? 여주인의 시중을 드는 몸종 말입니다. 그게 아니라면 전에 러더퍼드 저택에 살던 사람을 찾아온 것은 아닐까요?"

웜본 씨는 차가운 어투로 1884년 조사이어 크랙켄소프가 건축한 이래 러더퍼드 저택은 줄곧 크랙켄소프 일가의 소유였다고 대꾸했다.

크래독이 말했다.

"그것 참 흥미로운 사실이군요. 크랙켄소프 집안의 내력을 간단히 설명해 주시겠습니까?"

웜본 씨는 어깨를 으쓱했다.

"말씀드릴 것이 별로 없습니다. 조사이어 크랙켄소프 씨는 향을 첨가한 달콤한 비스킷이니 조미료, 피클 등을 만들어 판매하는 제조업자였습니다. 그 사업으로 어마어마한 재산을 모았고, 이 저택을 지었지요. 지금은 그의 장남 루서 크랙켄소프 씨가 살고 있습니다."

"다른 아들은 없습니까?"

"헨리라고 둘째 아들이 있었지만 1911년에 자동차 사고로 죽었습니다."

"그리고 현재의 크랙켄소프 씨는 이 집을 팔 생각을 한 번도 하지 않았고요?"

변호사가 건조한 목소리로 말했다.

"그는 그럴 수가 없습니다. 부친의 유서 조항 때문이지요."

"유서에 대해 말씀해 주시겠습니까?"

"내가 왜 그래야 합니까?"

크래독 경위가 미소를 지었다.

"왜냐하면 마음만 먹으면 저희가 직접 서머싯 하우스(런던의 템스 강변에 있는 등기소 및 세무서 등이 있는 건물 — 옮긴이)에 가서 조사해 볼 수도 있기 때문입니다."

윔본 씨의 얼굴에 마지못한 미소가 떠올랐다.

"좋습니다, 경위님. 내가 거절한 이유는 당신이 요구하는 정보가 이번 사건과는 아무런 관련도 없어 보였기 때문입니다. 조사이어 크랙켄소프 씨의 유언장은 매우 간단합니다. 그분은 상당한 재산을 신탁의 형태로 남겼으며, 그분의 아들 루서는 거기서 비롯되는 수

입을 평생 지급받습니다. 그리고 루서가 사망하면 재산이 루서의 자녀들, 즉 에드먼드, 세드릭, 해럴드, 알프레드, 에마와 에디스에게 동등하게 분배됩니다. 에드먼드는 전쟁 때 죽었고, 에디스는 4년 전에 죽었습니다. 따라서 루서 크랙켄소프가 사망한다면 세드릭, 해럴드, 알프레드, 에마, 그리고 에디스의 아들 알렉산더 이스틀리가 재산을 나눠 받지요."

"저택은 어떻게 됩니까?"

"저택은 루서 크랙켄소프의 생존해 있는 자식 중 가장 나이 많은 아들이나 혹은 그 자식이 소유합니다."

"에드먼드 크랙켄소프는 결혼했습니까?"

"아니요."

"그렇다면 실질적으로 저택을 물려받는 사람은……."

"다음 아들인 세드릭이지요."

"루서 크랙켄소프 자신은 저택을 처분할 수 없습니까?"

"없습니다."

"재산에 손을 댈 수도 없겠군요."

"그렇습니다."

"흠, 그것 참 이상한 방식이군요. 아버지가 아들을 그리 좋아하지 않았나 봅니다."

크래독 경위가 날카롭게 말했다.

"제대로 보셨습니다. 조사이어 씨는 장남이 가업에, 아니 어떤 종류의 사업에도 전혀 관심을 보이지 않자 무척 실망했습니다. 젊은 시절 루서는 해외여행을 다니거나 소위 예술품을 수집하는 데 많은 시간을 투자했지요. 조시이어 씨는 그런 일들에 그리 이해심이 많은 분이 아니었습니다. 그래서 그는 다음 세대를 위해 재산을 신탁 형태로 남겼습니다."

"그렇다면 그 다음 세대는 재산을 물려받기 전까지 자신이 직접 돈을 벌거나 부친이 주는 돈을 제외하면 아무런 수입도 없는 셈이군요. 한편 부친은 상당한 수입이 있음에도 불구하고 재산을 처분할 권리가 없고 말입니다."

"바로 그렇습니다. 그런데 이 사실이 정체불명의 외국인 여자가 살해된 사건과 도대체 무슨 관계가 있다는 건지 난 도무지 모르겠습니다."

크래독 경위가 재빨리 동의했다.

"제가 봐도 사건과 관계가 있는 것 같지는 않군요. 그저 모든 사실을 확인해 두고 싶었을 뿐입니다."

윔본 씨는 그를 날카롭게 쏘아보더니, 자신이 따지고 든 것이 효과를 발휘한 것 같아 만족스러운 듯 자리에서 일어났다.

"난 이제 런던으로 돌아갈 겁니다. 알고 싶은 게 더 없다면 말이지요."

그는 두 경찰을 차례대로 쳐다보았다.

"없습니다. 감사합니다."

그때 홀 바깥쪽에서 요란한 종소리가 울렸다. 그 소리는 점점 더 커졌다.

"맙소사. 아이들이 치고 있나 봅니다."

윔본 씨가 투덜거렸다.

크래독 경위는 시끄러운 소음 속에서도 잘 들리게 하려고 목소리를 한층 높였다.

"가족들이 조용히 점심 식사를 할 수 있도록 우리는 이만 물러나겠습니다. 하지만 점심 식사가 끝난 후에는 다시 돌아올 겁니다. 2시 15분쯤이 적당하겠군요. 그때 가족들 전원과 개별적으로 간단히 면담을 할 생각입니다."

"꼭 그래야 합니까?"

크래독은 어깨를 으쓱했다.

"글쎄요……. 그저 가능성을 탐색해 보는 겁니다. 어쩌면 누군가가 희생자의 신원을 밝히는 데 도움이 될 실마리를 줄 수 있을지도 모르니까요."

"과연 그럴지 모르겠군요, 경위님. 난 그럴 것 같지 않은데요. 어쨌든 행운을 빕니다. 방금도 말했듯이 이런 불행한 사건은 조속히 해결될수록 모두에게 좋을 테니까요."

윔본 씨는 고개를 내저으며 느린 걸음걸이로 방을 나갔다.

II

루시는 심리에서 돌아오자마자 곧장 부엌으로 향했다. 브라이언 이스틀리가 부엌에 고개를 들이밀었을 때에는 점심 식사를 준비하느라 한창 바쁘던 중이었다.

"좀 도와 드릴까요? 이래 봬도 십안일은 꽤 한답니다."

루시는 약간 건성으로 그를 흘깃 쳐다보았다. 브라이언은 검시 심리가 시작되기 직전에 MG사의 소형차로 법원에 도착했기 때문에 그때까지 루시는 그를 찬찬히 평가할 시간이 없었다.

브라이언 이스틀리는 상당히 호감이 가는 외모를 지니고 있었다. 그는 갈색 머리칼에 애수 어린 푸른 눈동자, 그리고 풍성한 옅은 색 콧수염을 기르고 있는 30대 중반의 젊은 남성으로 상냥한 인상이었다.

그는 부엌으로 들어와 식탁 한쪽 끝에 걸터앉으며 말했다.

"아이들은 아직 돌아오지 않았습니다. 자전거로 돌아오려면 아직 20분은 더 걸리겠지요."

루시가 미소를 지었다.

"그 애들은 아무것도 놓치지 않으려고 단단히 결심한 것 같더군요."

"그렇다고 야단을 칠 수는 없지요. 그 나이에 생전 처음 심리를 경험한 데다, 그것도 자기 집 안에서 일어난 일이니까요."

"죄송하지만, 거기서 일어나 주시겠어요, 이스틀리 씨? 접시를 놓아야 해요."

브라이언은 순순히 그녀의 말에 따랐다.

"기름이 굉장히 뜨겁군요. 여기 뭘 넣을 거죠?"

"요크셔푸딩(밀가루, 우유, 달걀로 만든 푸딩으로 고기 기름으로 굽는다. 흔히 로스트비프와 함께 먹는다 — 옮긴이)이오."

"오, 맛있고 훌륭한 정통 요크셔푸딩. 전통 영국식 로스트비프. 그게 오늘 메뉴인가요?"

"네."

그는 먹음직스럽다는 듯 코를 킁킁거렸다.

"장례식에 먹는 고기라는 거군요. 냄새 좋은데요? 제가 수다를 좀 떨어도 되겠습니까?"

루시는 오븐에서 팬을 하나 더 꺼냈다.

"도와주러 오신 거라면, 도와주시는 편이 좋겠는데요. 여기, 이 감자를 다 뒤집어 주세요. 반대쪽도 노릇노릇해지게요."

브라이언은 민첩한 동작으로 그녀가 시키는 대로 했다.

"이게 다 우리가 심리에 참석해 있던 내내 오븐에 들어 있던 겁니까? 다 타 버렸겠군요."

"설마요. 오븐에 조절기가 붙어 있는걸요."

"일종의 전자두뇌군요. 그렇죠?"

루시는 브라이언 쪽으로 재빨리 시선을 보냈다.

"그런 셈이죠. 이제 팬을 오븐에 넣으세요. 행주 받으시고요. 두 번째 단에다 넣어야 해요. 그 위에는 요크셔푸딩을 넣을 거거든요."

브라이언은 그대로 하다가 갑자기 날카로운 비명을 짧게 질렀다.

"데었어요?"

"조금요. 심한 것은 아닙니다. 요리란 정말 위험한 일이군요!"

"직접 요리를 해 본 적이 없나 봐요?"

"솔직히 말하면 해 봤습니다. 그것도 상당히 자주 하지요. 하지만 이런 건 아니지요. 난 달걀을 삶을 줄 압니다. 시간 재는 걸 잊어버리지만 않는다면요. 달걀과 베이컨 요리도 할 수 있고 스테이크를 석쇠에 올리거나 깡통 수프를 데워 먹는 것쯤은 할 수 있지요. 우리 아파트에도 이런 작은 전기 기구가 하나 있거든요."

"런던에 사시나요?"

"그걸 산다고 할 수 있다면, 그런 셈이죠."

그는 풀 죽은 목소리로 대답했다. 브라이언은 루시가 요크셔푸딩 반죽 재료를 접시에 쏟는 모습을 바라보았다.

"이거 참 멋지군요."

그는 이렇게 말하며 한숨을 내쉬었다.

당장 해야 할 급한 일들을 끝낸 루시는 좀 더 관심을 가지고 그를 바라보았다.

"뭐가요? 이 부엌 말인가요?"

"예. 옛날 우리 집 부엌이 생각납니다. 내기 이곘을 적 살던 집 말입니다."

루시는 브라이언 이스틀리에게서 묘하게 쓸쓸한 인상을 받았다. 더 자세히 들여다보니 그는 처음 생각했던 것보다 더 나이가 많아 보였다. 아마 서른 살보다는 마흔 살에 더 가까우리라. 그는 알렉산더의 아버지라는 느낌이 들지 않았다. 브라이언 이스틀리는 전쟁 때, 루시가 한창 감수성이 예민하던 열네 살 소녀 시절에 봤던 수많은 젊은 조종사들을 연상시켰다. 그녀는 전후 시절을 거치며 그 와중에 성장했다. 그러나 브라이언은 마치 전후를 거치지 않고 시간을 뛰어넘은 것만 같았다. 그의 다음 말이 그 점을 증명했다. 브라이언은 다시 식탁 모서리에 걸터앉았다.

"세상은 참 살기 힘든 곳입니다. 그렇지 않습니까? 환경에 익숙해진다는 것 말입니다. 우린 그런 훈련을 받지는 않으니까요."

루시는 에마에게 들은 이야기를 떠올리며 대꾸했다.

"전투기 조종사셨다면서요? 공군수훈 십자훈장을 받았다고 들었어요."

"그런 것 때문에 더 힘든 겁니다. 훈장 같은 걸 받으면 사람들이 여러모로 잘해 주려고 하거든요. 일자리를 구해 준다거나 그런 것들 말입니다. 정말 고마운 일이죠. 하지만 그런 일은 모두 관리직입니다. 나 같은 사람은 그런 데 소질이 없지요. 하루 종일 책상 앞에 앉아 숫자나 두드려야 하다니 말입니다. 내게도 몇 가지 괜찮은 생각이 있었지요. 실제로 한두 가지쯤 시도도 해 봤는데, 뒤를 봐줄 사람이 없더군요. 동업을 하거나 돈을 대 줄 사람을 구할 수가 없었어요. 자본만 조금 있다면……."

그는 조용히 생각에 잠겼다.

"당신은 에디를 모르지요? 내 아내랍니다. 아, 당연히 알 리가 없겠지요. 에디는 이 집 식구들과 많이 달랐습니다. 무엇보다도 젊었지요. 그녀는 공군 여자 보조 부대에 있었어요. 에디는 늘 자기 아버지가 괴짜라고 말하곤 했죠. 그건 사실입니다. 돈이라면 인색하기 그지없거든요. 무덤까지 가지고 갈 것도 아니면서 말입니다. 장인어른이 세상을 뜨고 나면 모두가 골고루 나눠 받을 겁니다. 물론 에디의 몫은 알렉산더에게 가고요. 스물한 살이 될 때까지는 재산에 손을 못 대게 되어 있지만 말입니다."

"죄송해요. 하지만 한 번만 더 식탁에서 내려와 주실래요? 그레이비소스를 만들어 담아야 해서요."

그때 알렉산더와 스토다트 웨스트가 발갛게 상기된 얼굴로 가쁜 숨을 몰아쉬며 들어왔다.

알렉산더가 아버지에게 따스하게 말을 걸었다.

"안녕, 아빠. 여기 계셨군요. 우와, 고기가 엄청난데요? 요크셔푸딩도 있어요?"

"그래."

"학교에서 주는 요크셔푸딩은 맛이 정말 끔찍했어요. 축축하고 흐느적거리고."

"길 좀 비켜 줘요. 그레이비소스를 만들어야 하니까."

루시가 말했다.

"넉넉하게 만드셔야 해요. 우리 둘이서 두 접시 꽉꽉 채워서 먹어도 되죠?"

"물론이죠."

"좋고말고야!"

스토다트 웨스트가 신경 써서 오스트레일리아식으로 소리쳤다.

"하지만 묽으면 싫어요."

알렉산더가 걱정스러운 듯 말했다.

"절대로 묽지 않을 거예요."

"아일스배로우 양은 정말 끝내주는 요리사예요."

알렉산더가 아버지에게 말했다.

순간적으로 루시는 이 두 사람의 역할이 뒤바뀐 것 같다는 인상을 받았다. 알렉산더는 마치 자상한 아버지가 아들에게 말하듯 이야기하고 있었다.

"혹시 저희가 도울 일은 없나요, 아일스배로우 양?"

스토다트 웨스트가 예의바르게 말했다.

"있지요. 알렉산더, 가서 식사 종을 울려 줘요. 제임스는 이 쟁반을 식당으로 가져가고. 이스틀리 씨는 고기를 가져가세요. 난 감자와 요크셔푸딩을 내갈 테니까요."

알렉산더가 말했다.

"런던 경시청 사람이 와 있어요. 그 사람도 우리랑 같이 점심을 먹을까요?"

"그건 알렉산더의 이모님이 결정할 문제 같은데요."

"에마 이모는 별로 싫어하지 않으실 거예요……. 굉장히 관대하시거든요. 하지만 해럴드 삼촌은 싫어하겠죠. 살인 사건 이야기만 하면 신경질을 부리시더라고요."

알렉산더는 쟁반을 들고 부엌문을 나가며 어깨 너머로 덧붙여 말했다.

"윔본 씨는 지금 경시청에서 나온 경위들이랑 서재에 계세요. 하지만 점심 식사를 함께하시진 않을 거래요. 런던으로 돌아갈 거라고 하셨거든요. 빨리 와, 스토더스. 어라, 벌써 종을 치러 갔네."

바로 그때 종이 울리기 시작했다. 스토다트 웨스트는 예술가였다. 소년은 심혈을 기울여 정성껏 종을 울렸고, 덕분에 더 이상의 대화는 불가능했다.

브라이언은 고기 요리가 담긴 쟁반을 날랐고, 루시는 야채 접시를 들고 그 뒤를 따랐다. 잠시 후 그녀는 넘쳐흐를 만큼 그레이비소스가 가득 담긴 접시 두 개를 가지러 다시 부엌으로 들어갔다.

윔본 씨는 홀에서 장갑을 끼고 있었다. 에마가 서둘러 계단을 내려왔다.

"정말로 점심을 드시지 않고 그냥 가실 건가요, 윔본 씨? 식사 준비는 벌써 다 되었는데요."

"아닙니다. 런던에서 중요한 약속이 있어요. 기차에 식당차도 있고요."

"이렇게 와 주셔서 정말 감사합니다."

에마는 다시금 고맙다는 인사를 했다.

윔본 씨가 에마의 손을 잡았다.

"아무것도 걱정하지 말아요. 이분은 런던 경시청에서 사건을 수사하러 내려오신 크래독 경위님입니다. 2시 15분쯤 돌아와서 가족들에게 수사에 도움이 될 만한 사실들을 몇 가지 물을 겁니다. 하지만, 다시 말하지만 에마, 아무것도 걱정하지 말아요."

그는 크래독을 쳐다보았다.

"경위님이 내게 한 이야기를 크랙켄소프 양에게 말해도 괜찮겠습니까?"

"물론입니다."

"크래독 경위님은 이번 사건이 단순한 지역 사건이 아니라고 확신하고 있답니다. 살해된 여자는 런던에서 내려왔으며, 외국인일 가능성이 크다는군요."

에마 크랙켄소프가 날카롭게 물었다.

"외국인이라고요? 혹시 프랑스인인가요?"

윔본 씨는 그녀를 안심시키기 위해서 무심코 한 말이었는데 에마의 반응에 약간 놀란 듯 보였다. 더못 크래독의 시선이 그에게서 재빨리 에마의 얼굴로 옮겨갔다.

에마는 어째서 죽은 여자가 프랑스인이라고 생각한 것일까? 그리고 왜 저렇게 당황하는 것일까? 경위는 궁금했다.

9장

I

 루시가 준비한 근사한 점심 식사를 정당히 평가한 사람은 두 소년과 자신을 영국으로 돌아오게 만든 상황으로부터 아무런 영향도 받지 않은 듯 보이는 세드릭 크랙켄소프뿐이었다. 그는 사실 이 모든 일을 약간 섬뜩하지만 재미있는 농담 정도로 여기는 것 같았다.
 루시는 세드릭의 그러한 태도를 동생 해럴드가 몹시 불쾌하게 생각하고 있음을 알아차렸다. 해럴드는 이 살인 사건을 크랙켄소프 가문에 대한 일종의 모욕으로 받아들여 너무나도 분한 나머지 음식을 제대로 넘기지도 못했다. 에마도 걱정스럽고 우울한 표정으로 앉아 점심을 거의 먹지 않았다. 알프레드는 자기 생각에만 빠져 있는지 말이 없었다. 그는 가늘고 가무잡잡한 얼굴에 미간이 다소 좁은, 상당히 잘생긴 남자였다.

점심 식사가 끝나자 경찰들이 나타나 세드릭 크랙켄소프 씨와 이야기를 나누고 싶다고 정중히 요청했다.

크래독 경위는 매우 쾌활하고 붙임성이 있었다.

"앉으십시오, 크랙켄소프 씨. 듣자 하니 발레아레스 제도(지중해 서부에 있는 15개의 섬이 포함된 스페인 군도 — 옮긴이)에서 방금 돌아오셨다면서요? 그곳에 사십니까?"

"벌써 6년이나 됐습니다. 이비사에 살고 있지요. 이 음침한 나라보다 나한테 훨씬 잘 어울리거든요."

크래독 경위가 맞장구를 쳤다.

"확실히 우리보다는 햇빛을 더 많이 받고 사시겠군요. 얼마 전에 저택을 방문하셨다고 들었습니다. 정확히 말하자면 크리스마스 때 말입니다. 그런데 이렇게 빨리 다시 돌아오신 이유는 뭡니까?"

세드릭이 히죽 웃었다.

"누나로부터 전보를 받았습니다. 이제껏 우리 집안 소유지에서 살인이 일어난 적은 한 번도 없었거든요. 이런 기회를 놓칠 수는 없어 곧장 돌아왔지요."

"범죄학에 관심이 있으십니까?"

"오, 그런 고상한 단어를 쓸 필요도 없습니다! 난 살인 사건이 좋습니다. 추리 소설 같은 것도 좋아하지요. 그런데 바로 우리 집 문 앞에서 그런 일이 실제로 일어나다니, 이거야말로 일생일대의 기회가 아닙니까? 게다가 가엾은 누나한테도 도움이 필요할 것 같았거든요. 아버지도 보살피고 경찰도 상대해야 하고, 골치 아픈 일이 많을 테니까요."

"알겠습니다. 게임을 즐기는 당신의 본능과 가족애를 자극했단 말이지요. 누님도 당신에게 무척 고마워하고 있을 겁니다. 물론 다른 두 동생들도 서둘러 달려왔지만 말입니다."

세드릭이 말했다.

"하지만 격려하고 위로하러 온 건 아니지요. 해럴드는 엄청나게 난처해하고 있습니다. 수상한 여자의 살인 사건에 휘말리는 건 시티의 거물에게는 그리 기분 좋은 일이 아닐 테니까요."

크래독의 눈썹이 살며시 추켜올라 갔다.

"수상한 여자라고요?"

"글쎄요, 그 점에선 당신이 전문가 아닙니까? 이제까지 밝혀진 사실만으로 보자면 내게는 그렇게 보이는군요."

"나는 어쩌면 당신이 그 여자가 누군지 추측할 수 있을지도 모른다고 생각했습니다만."

"이봐요, 경위님. 다 알면서 왜 그러십니까. 다른 경찰이 말해 주지 않던가요? 난 그 여자가 누군지 모른다니까요."

"난 추측이라고 했습니다, 크랙켄소프 씨. 그 여자를 본 적은 없을지 몰라도, 그 여자가 누구인지 혹은 누구였는지 추측은 할 수 있지 않겠습니까?"

세드릭이 고개를 내저었다.

"잘못 짚으셨습니다. 난 짐작도 안 가거든요. 경위님은 아마 그 여자가 우리 형제 중 누군가와 밀회라도 즐기려고 긴 창고에 온 게 아닌가 생각하시는 모양인데, 우리 형제들은 아무도 여기 살지 않습니다. 이 집에는 여자와 노인네뿐이에요. 설마 그 여자가 존경하옵는 우리 아버지와 데이트를 즐기러 온 거라고 추측하는 건 아니겠지요?"

"우리가 하고 싶은 말은……. 베이컨 경위도 내 말에 동의할 겁니다. 죽은 여자가 한때 이 집과 관계가 있던 게 아닐까 하는 겁니다. 어쩌면 꽤 오래 전 일일 수도 있습니다. 기억을 되살려 보십시오, 크랙켄소프 씨."

세드릭은 잠시 생각에 잠겼지만 이내 고개를 저었다.

"우리 집도 다른 사람들과 마찬가지로 가끔 외국인 하녀나 가정부를 둔 적이 있습니다만, 죽은 여자일 가능성이 있는 사람은 떠오르지 않는군요. 다른 식구들에게 물어보는 게 좋겠습니다. 나보다 더 잘 알 테니까요."

크래독은 의자 깊숙이 기대 앉아 말을 이었다.

"물론 다른 식구 분들에게도 여쭤 볼 겁니다. 심리에서 들으셨겠지만, 의학적 증거로는 사망 시기를 정확하게 추정할 수 없었습니다. 2주일 내지 4주일 전이 전부였지요. 그렇다면 마침 크리스마스 전후가 됩니다. 크리스마스 휴가 때 여기 왔다고 하셨죠? 언제 영국에 도착해 언제 떠나셨습니까?"

세드릭이 생각에 잠겼다.

"어디 보자……. 비행기를 타서 크리스마스 전주 토요일에 도착했으니까…… 아마 21일일 겁니다."

"마요르가에서 직항을 타신 겁니까?"

"그렇습니다. 새벽 5시에 출발해 정오쯤 도착했지요."

"스페인으로 떠난 날은 언제입니까?"

"그 다음 금요일, 그러니까 27일입니다."

"감사합니다."

세드릭이 씨익 웃었다.

"공교롭게도 시기가 딱 들어맞는군요. 하지만 경위님, 젊은 여자를 목 졸라 죽이는 건 내가 좋아하는 크리스마스 놀이가 아니랍니다."

"나도 그러지 않길 바랍니다, 크랙켄소프 씨."

베이컨 경위는 아무 말 없이 불만스러운 표정을 짓고 있었다.

"그런 행동에서는 크리스마스다운 평화도 온정도 찾아볼 수 없으니까요. 안 그렇습니까?"

세드릭은 베이컨 경위에게 질문을 던셨지만, 그는 그저 조용히 끙 소릴 낼 뿐이었다. 크래독 경위가 정중하게 말했다.

"감사합니다, 크랙켄소프 씨. 이제 됐습니다."

세드릭이 문을 닫고 나가자 크래독이 물었다.

"어떻게 생각합니까?"

베이컨 경위가 다시 투덜거렸다.

"아무 데서나 잘난 척하는 인간이군요. 저런 인간들은 도무지 좋아할 수가 없습니다. 소위 예술가라는 무리들은 게으르고 되는대로 사는 데다 평판이 좋지 않은 여자들과 어울려 다닌단 말이죠."

크래독이 미소를 지었다.

베이컨은 말을 이었다.

"옷 입는 것도 마음에 들지 않습니다. 도대체 예의를 어디다 갖다 버렸는지, 저런 차림으로 심리에 나오다니. 저렇게 더러운 바지를 보는 것도 정말 오랜만이네요. 그리고 저 친구 넥타이 봤습니까? 무슨 색깔 끈으로 꼬아서 만들었나? 굳이 대답해야 한다면 내 보기에는 여자를 목 졸라 살해하고도 전혀 양심의 가책도 받지 않을 그런 사내 같군요."

"하지만 그는 여자를 목 졸라 죽이진 않았습니다. 21일 전에 마요르카를 떠나지 않았다면 말입니다. 그리고 우린 그 정도는 쉽게 알아낼 수 있지요."

베이컨이 그에게 날카로운 시선을 던졌다.

"방금 그 사람에게 실제 범행 일자를 안 알려주던데요?"

"얼마 동안은 어둠 속에 묻어 둘 생각입니다. 난 사건 초반에는 정보를 소매 속에 감춰 두는 걸 좋아하거든요."

베이컨은 그 말을 완벽하게 이해한다는 듯 고개를 끄덕였다.

"때가 되면 내놓겠다는 겁니까? 하긴, 언제나 그게 최상의 방법이지요."

"자, 그럼 이번에는 잘난 시티 양반께서 뭐라고 하는지 한번 들어볼까요."

해럴드 크랙켄소프는 입술을 꼭 다문 채 말을 거의 하지 않았다. 정말 끔찍하다……. 이건 매우 불운한 사건이다. 신문이……. 그는 벌써부터 불안해하고 있었다. 벌써 기자들이 인터뷰를 요청하고 있다……. 그런 골치 아픈 일이라니……. 참으로 유감이다…….

마침내 차마 문장이라고 할 수도 없는 해럴드의 단편적인 진술이 끝났다. 해럴드는 악취라도 맡은 양 코를 찡그리며 의자에 등을 기댔다.

경위의 탐문으로도 아무런 성과를 얻지 못했다. 해럴드는 그 여자가 누구인지 혹은 누구일지 전혀 모른다고 대답했다. 그 역시 크리스마스 때 러더퍼드 저택을 방문했다. 그는 크리스마스 전날에서야 비로소 저택에 내려왔지만 다음주 주말까지 머물렀다.

"알겠습니다. 이상입니다."

크래독 경위는 더 이상 질문하지 않고 끝냈다. 그는 이미 해럴드 크랙켄소프가 협조하지 않을 것이라고 예상했다.

크래독 경위는 세 번째로 알프레드를 불렀다. 그는 이 모든 일이 사소한 소동에 불과하다는 듯 태연히게 길어 늘어왔다.

크래독은 알프레드 크랙켄소프가 왠지 낯이 익다는 희미한 느낌을 받았다. 분명히 어디선가 그를 본 기억이 있었다. 아니면 신문에 실린 사진을 본 걸까? 크래독의 기억은 무언가 불명예스러운 일과 연관이 있다고 말했다. 그는 알프레드에게 무슨 일을 하냐고 물었지만, 그의 대답은 모호했다.

"지금은 보험 일을 하고 있습니다. 얼마 전까지는 시장에 새로운 종류의 축음기를 출시하는 일에 관심이 있었고요. 정말 혁신적인 기계랍니다. 사실 그 일로 상당히 성공을 거두었죠."

크래독 경위는 뛰어난 안목을 지닌 사람이었다. 알프레드가 입고 있는 번지르르한 양복이 실은 싸구려에 불과하다는 사실을 그가 꿰뚫어 보았으리라고는 아무도 눈치채지 못했을 것이다. 비록 초라하고 올이 드러날 정도로 닳아 해지긴 했지만 세드릭의 옷은 고급 옷감과 훌륭한 솜씨로 만든 것이었다. 그렇지만 지금 눈앞에 앉아 있는 알프레드의 옷에서는 입은 사람의 성격을 말해 주는 값싼 천박함이 흘렀다. 크래독은 쾌활한 태도로 의례적인 질문들을 던졌다. 알프레드는 흥미가 있는 듯했다. 심지어 약간 즐기고 있는 듯이 보였다.

"그 여자가 여기서 일을 했을지도 모른다니, 그건 정말 기발한 생각이군요. 하지만 시중드는 하녀는 아니었을 겁니다. 누나는 그런 하녀를 둔 적이 없거든요. 요즘엔 아무도 그런 하녀를 두지 않을걸요. 물론 집안일을 돕는 외국인 하녀들은 많았습니다. 폴란드 하녀도 있었고, 성미가 고약한 독일인 하녀도 한두 명 있었던 것 같군요. 그렇지만 에마 누나가 그 여자를 알아보지 못했다면 그 가설은 포기하는 게 좋을 겁니다. 누나는 사람 얼굴을 기가 막히게 기억하거든요. 그렇지만 만약 그 여자가 런던에서 왔다면……. 그런데 왜 그 여자가 런던에서 왔다고 생각하는 겁니까?"

그는 무심한 태도로 슬쩍 질문을 던졌지만, 눈은 날카로웠고 호기심에 가득 차 있었다.

크래독 경위는 미소를 띠우며 고개를 가로저었다.

알프레드는 그를 뚫어져라 응시했다.

"말할 수 없다 이겁니까? 코트 주머니에 왕복 기차표라도 들어 있었나요? 그겁니까?"

"그럴지도 모르지요."

"어쨌든 만약 그 여자가 정말 런던에서 왔다면, 그 여자와 만나기로 한 남자는 아무에게도 들키지 않게 살인을 하기에는 긴 창고가 안성맞춤이라고 생각했던 겁니다. 그렇다면 그 남자는 이곳을 잘 알고 있었던 게 분명해요. 나라면 경위님, 먼저 그 남자부터 찾아보겠습니다."

"그러고 있습니다."

크래독 경위가 말했다. 짧고 조용하지만 자신감 넘치는 말투였다.

크래독은 알프레드에게 감사를 표하고 방에서 내보낸 다음, 베이컨 경위에게 말했다.

"분명히 어디선가 본 적이 있는데……."

베이컨 경위가 결론을 내렸다.

"예리한 친굽니다. 너무나도 예리해서 가끔 자신을 베어버리는 부류지요."

II

"나까지 보자고 할 줄은 몰랐습니다."

브라이언 이스틀리가 방으로 들어오더니 문 근처에서 머뭇거리며 변명하듯 말했다.

"엄밀히 말하자면 난 이 집안사람이 아니니까요."

"어디 봅시다. 5년 전 세상을 떠난 에디스 크랙켄소프 양의 남편 브라이언 이스틀리 씨 되시죠?"

"그렇습니다."

"그렇다면 이스틀리 씨, 혹시 우리에게 도움이 될 만한 사실을 알고 계시진 않습니까?"

"아니요, 아무것도 모릅니다. 나도 도움을 드릴 수 있으면 좋겠습니다만. 모든 게 너무 이상합니다. 이런 시골에 혼자 내려와서는 한겨울에 춥고 낡은 창고에서 남자랑 만날 약속을 하다니. 나로선 이해가 안 갑니다."

"정말이지 매우 복잡한 사건입니다."

크래독 경위가 맞장구를 쳤다.

"죽은 여자가 외국인이라는 게 사실입니까? 소문을 듣자 하니 그렇던데요."

"뭔가 생각나는 거라도 있습니까?"

경위는 그를 날카롭게 쳐다보았지만, 브라이언은 그저 멍하니 앉아 있을 뿐이었다.

"아니요, 전혀."

"프랑스인이었을 가능성이 있습니다."

베이컨 경위가 의심스러운 듯 음침하게 말했다.

브라이언의 얼굴에 살짝 생기가 돌았다. 푸른 눈동자에 흥미가 감돌더니, 커다랗고 멋진 콧수염을 만지작거리기 시작했다.

그는 고개를 저었다.

"정말입니까? 명랑한 파리 여자라고요? 전체적으로 보면 더더욱 말이 안 되는데요, 그렇지 않습니까? 그런 여자가 이런 창고에서 시체로 발견되다니 말입니다. 혹시 석관에서 시체가 발견된 사건이 또 있습니까? 충동적으로 욱 하는 기질이 있다거나, 아니면 콤플렉스가 있는 사람의 짓은 아닐까요? 칼리굴라(방탕한 생활과 독재로 유명한 로마 황제 — 옮긴이) 같은 작자들의 짓이라고 생각하시나요?"

크래독 경위는 굳이 그런 추측에 반론을 가하지 않았다. 대신 그는 평범한 어조로 물었다.

"이 집 식구들 중에 프랑스인과 관련이 있거나 인척 관계가 있는 사람은 없습니까? 당신이 아는 한에서 말입니다."

브라이언은 크랙켄소프 가문 사람들은 그렇게 명랑한 이들이 아니라고 말했다.

"해럴드는 꽤 괜찮은 결혼을 했습니다. 물고기 같은 얼굴을 한 여자인데, 가난한 귀족의 딸이라고 하더군요. 알프레드는 여자에게 별로 관심이 없는 것 같습니다. 평생 동안 수상쩍은 거래에만 정신이 팔려 있는데, 늘 끝이 안 좋았지요. 이비사에는 세드릭을 쫓아다니는 스페인 여자들이 몇 명 있습니다. 여자들은 늘 세드릭에게 푹 빠지더군요. 면도도 안 하고 잘 씻지도 않는 것 같은데 말입니다. 내 눈엔 어디가 그렇게 여자들에게 매력적으로 비치는지 모르겠는데, 여하튼 늘 여자들이 쫓아다닙니다. 음, 그리 도움이 되지는 않는 것 같군요, 그렇죠?"

그는 두 경찰에게 히죽 웃어 보였다.

"내 아들 알렉산더한테 물어보는 게 나을 겁니다. 그 아이와 제임스 스토다트 웨스트가 단서를 찾는다고 돌아다니고 있거든요. 반드시 뭔가 찾아낼 거예요."

크래독 경위는 자신도 그러길 바란다고 말했다. 그는 브라이언 이스틀리에게 감사를 표하고 에마 크랙켄소프 양과 이야기를 나누고 싶다고 말했다.

III

크래독 경위는 전보다 훨씬 주의 깊게 에마 크랙켄소프를 관찰했다. 그는 아직도 점심 식사 전에 그녀의 얼굴에서 봤던 놀란 표정에 의문을 품고 있었다.

조용한 여자. 어리석지도 않고 특별히 똑똑하지도 않은, 남자들이 자연스럽게 받아들이는 편안하고 부드러운 여자. 집을 가정으로 변신시키고 거기에 조용하고 안락하며 조화로운 분위기를 부여하는 기술을 가진 여자. 그것이 바로 크래독 경위가 생각하는 에마 크랙켄소프였다.

이런 유형의 여자는 흔히 과소평가되는 경향이 있었다. 하지만 온순해 보이는 그들의 겉모습 뒤에는 강인한 정신이 숨어 있었다. 이 점을 간과해서는 안 되었다. 어쩌면 석관 속 시체와 관련된 수수께끼를 밝힐 실마리는 에마의 마음속 깊은 곳에 숨어 있는지도 몰랐다.

머릿속에서 이런 생각들이 스쳐 지나가는 동안 크래독 경위는 별로 중요하지 않은 질문들을 던졌다.

"이미 베이컨 경위에게 아는 것을 모두 말씀하셨으리라 믿습니다. 그러니 많은 질문으로 근심을 더해 드리진 않겠습니다."

"뭐든지 물어보세요."

"윔본 씨가 말씀하셨듯, 우리는 죽은 여자가 이 지역 출신이 아니라는 결론을 내렸습니다. 그 점은 이 댁 식구들에게 다행스러운 일이라고, 적어도 윔본 씨는 그렇게 생각하시는 것 같더군요……. 하지만 우리 경찰들에게는 일이 더욱 어려워진 셈입니다. 신원 파악이 어려우니까요."

"소지품 같은 건 없었나요? 핸드백이라든가 신분증 같은 것도 전혀요?"

크래독은 고개를 저었다.

"핸드백도 없었고, 주머니 안에도 아무것도 없었습니다."

"그 여자의 이름도 모르고 어디 출신인지도 모르고, 아무 것도 모른다는 말씀인가요?"

크래독은 속으로 생각했다.

'이 여자는 알고 싶어 하는군. 죽은 여자가 누구인지 간절히 알고 싶어 하고 있어. 언제부터 그랬을까? 처음부터? 베이컨은 내게 아무 말도 하지 않았는데……. 더구나 베이컨은 꽤 날카로운 양반인데 말이야.'

크래독이 말했다.

"우린 희생자에 대해 아는 것이 전혀 없습니다. 그래서 여러분이 우리를 도와주길 바라는 겁니다. 정말 아무것도 모르십니까? 그 여자를 알아보지 못하더라도, 누구인지 짐작도 가지 않습니까?"

어쩌면 자신의 착각일지도 모르지만, 크래독은 에마가 대답을 망설이고 있다는 인상을 받았다.

"전혀 모르겠어요."

에마가 말했다.

크래독 경위의 태도에 갑자기 변화가 일었다. 어조가 약간 딱딱해진 것을 제외하면 거의 알아차리기 힘든 변화였다.

"윔본 씨가 죽은 여자가 외국인인 것 같다고 말했을 때, 어째서 프랑스인이라고 생각하셨습니까?"

에마는 당황하지 않았다. 그녀는 눈썹을 살짝 추켜올렸다.

"내가 그랬나요? 오, 그랬던 것 같군요. 왜 그랬는지는 나도 잘 모르겠어요. 외국인이라고 하면 국적이 확실히 밝혀지기 전까진 으레 프랑스인이라고 짐작하잖아요. 우리나라에 있는 외국인은 대부분 프랑스 사람이니까요. 그렇지 않나요?"

"꼭 그렇지는 않습니다, 크랙켄소프 양. 특히 요즘 영국에는 외국인이 많습니다. 이탈리아인, 독일인, 오스트레일리아인……. 스칸디나비아반도 출신들도 많지요."

"네, 그렇겠죠."

"죽은 여자가 특별히 프랑스인이라고 생각할 만한 이유가 있었습니까?"

그녀는 서둘러 부정하지 않았다. 에마는 잠시 생각에 잠겼다가 거의 유감스럽다는 표정으로 고개를 가로저었다.

"없어요. 그렇게 생각할 이유는 없는 것 같네요."

그녀는 조금도 흔들림 없이 침착한 눈길로 크래독을 마주보았다. 크래독은 베이컨 경위를 쳐다보았다. 베이컨 경위는 앞쪽으로 몸을 기울이고 작은 에나멜 콤팩트를 꺼냈다.

"이거 혹시 아십니까, 크랙켄소프 양?"

그녀는 콤팩트를 받아 들고 찬찬히 살펴보았다.

"아뇨, 분명히 제 건 아니에요."

"누구의 물건인지 짐작 가는 데는 없습니까?"

"전혀요."

"그렇다면 이제 더 이상 당신을 귀찮게 할 이유가 없을 듯합니다."

"감사합니다."

그녀는 두 사람에게 살짝 미소를 보내더니 자리에서 일어나 방을 떠났다. 이번에도 역시 자신만의 상상일지 모르지만, 크래독은 에마가 어떤 안도감에 사로잡혀 서둘러 방을 나간다는 인상을 받았다.

"저 여자가 뭔가를 안다고 생각합니까?"

베이컨이 물었다.

"어떤 단계에 이르면 모든 사람이 자기 입으로 말하는 것보다 더 많이 알고 있는 것 같다는 생각이 들지요."

크래독 경위가 우울하게 대답했다.

"그리고 실제로도 그렇지요."

베이컨이 경험에서 우러나온 말을 했다. 그러곤 이렇게 덧붙였다.

"단지, 대개는 실제 사건과 아무런 관계가 없는 경우가 많지만 말입니다. 자기 집안의 사소한 오점이거나 세상에 알려질까 봐 두려워하는 시시한 실수에 불과하죠."

"그래요, 나도 압니다. 하지만 적어도……."

그러나 크래독 경위가 무슨 말을 하려고 했는지는 결국 영원히 알 수 없었다. 바로 그때 서재 문이 벌컥 열리더니 크랙켄소프 노인이 머리끝까지 화가 나서 발을 질질 끌며 들어왔기 때문이다.

"이런 몰상식한 짓이 있나! 런던 경시청에서 사람이 내려 왔는데 제일 먼저 가장(家長)을 만나러 오지 않아? 이 저택의 주인이 누구요? 응? 참으로 궁금하구먼. 어디 대답해 보시오. 이 저택의 주인이 누구냔 말이오?"

"물론 크랙켄소프 씨 당신입니다."

크래독이 의자에서 일어나며 달래듯이 말했다.

"이미 베이컨 경위에게 아는 사실을 모두 진술하셨다고 들었습니다. 게다가 건강이 좋지 못하다고 들었기에 질문을 너무 많이 하면 안 된다고 생각했지요. 큄퍼 선생님이 말하길……."

"조용히 하고 내 말 잘 들으시오. 내 말 들어! 난 강인한 사람은 아니오……. 큄퍼로 말하자면, 꼭 할망구 같은 친구지. 실력은 좋아. 내 병에 대해서도 잘 알고 있고. 하지만 날 담요에 꼭꼭 싸서 숨겨 두려고만 하지. 더구나 먹는 걸 가지고 과민 반응이나 하고 말이오.

지난 크리스마스 때 위장병이 났을 때에는 완전히 야단법석을 떨더구먼. 뭘 먹었느냐, 누가 요리를 했느냐, 누가 시중을 들었느냐. 계집애같이 호들갑은! 내 건강이 아무리 좋지 않다고 해도 당신들에게 필요한 도움은 줄 수 있소. 내 집에서, 아니 내 소유의 창고에서 살인 사건이 일어나다니! 그런데 사실 그건 아주 흥미로운 건물이라오. 엘리자베스 왕조 시대 때 작품이거든. 이 지방 건축가들은 아니라고 부인하지만, 그 친구들은 자기가 뭔 소리를 지껄이고 있는지도 모르는 얼간이들이야. 내 장담하는데 1580년에서 하루도 안 부족할 게요. 하지만 지금 중요한 건 그게 아니지. 그래, 뭘 알고 싶소? 당신네들 가설은 뭐요?"

"가설을 세우기엔 너무 이른 것 같습니다, 크랙켄소프 씨. 우린 아직도 죽은 여자의 신원을 밝히기 위해 노력하는 중입니다."

"외국인이라고 했소?"

"그렇게 추정하고 있습니다."

"적의 스파이라든가?"

"그런 것 같지는 않습니다."

"아니, 그거야 당신 생각이고. 틀림없소, 바로 그거야! 그런 작자들은 어디에나 있다오. 우리 주위에 몰래 침투해 들어온 게야! 내무성 사람들은 어째서 그런 걸 내버려 두는지 모르겠군. 산업 기밀을 빼가러 왔을 거야. 그래, 틀림없어. 그 여자는 그런 짓을 했던 거요."

"브랙햄프턴에서 말입니까?"

"이 근처엔 공장들이 널리고 널렸다오. 우리 집 뒷문 바로 뒤에도 하나 있는걸."

크래독이 물어보듯 베이컨을 쳐다보자 베이컨 경위가 대답했다.

"금속 상자를 만드는 공장이 있습니다."

"그 사람들이 진짜로 뭘 만드는지 그걸 어찌 아나? 놈들 말을 곧이곧대로 믿어선 안 돼! 그래, 그 여자가 스파이가 아니었다고 칩시다. 그럼 그 여자는 대체 누구란 말이오? 내 잘난 아들들 중 한 놈이랑 그렇고 그런 사이라는 거요? 만약 그렇다면 알프레드일 거요. 해럴드는 아냐. 놈은 너무 조심성이 많거든. 그리고 세드릭은 아예 이 나라에 살지도 않고. 좋아, 그 여자는 알프레드와 연인 사이였소. 그런데 어떤 정신 나간 놈이 여자가 여기서 알프레드를 만나는 줄 알고 따라와서 죽인 게요. 자, 내 추리가 어떻소?"

크래독 경위는 외교적인 수완을 발휘해 그것도 하나의 가정일 수 있지만 알프레드 크랙켄소프 씨는 죽은 여자를 알아보지 못했다고 설명했다.

"하! 겁이 나서 둘러댄 거요! 알프레드 녀석은 언제나 겁쟁이였거든. 하지만 거짓말쟁이이기도 하지. 명심하시오, 그 녀석은 입술에 침 하나 바르지 않고 거짓말을 해 댄다오. 내 아들들은 하나같이 변변찮아. 독수리 떼처럼 내가 죽기만을 기다리고 있지. 그 짓밖엔 할 게 없거든."

크랙켄소프 노인은 킬킬거렸다.

"평생 그렇게 기다리라지. 죽어서 놈들한테 좋은 짓은 안 할 테니까. 자, 이제 내가 할 수 있는 건 다했소……. 피곤하구먼. 가서 좀 쉬어야겠어."

크랙켄소프 노인은 발을 질질 끌며 다시 나갔다.

베이컨이 의아하다는 듯 말했다.

"알프레드의 정부(情婦)라고? 내 생각엔 방금 저 노인이 지어낸 것 같군요."

그는 잠시 망설이다가 덧붙였다.

"사실 개인적으로 알프레드는 별로 문제 될 게 없다고 봅니다. 어떤 면에서 좀 교활하고 약삭빠르긴 하지만 그래도 우리가 찾는 범인은 아닌 것 같습니다. 난 그 공군 장교가 의심스러워요."

"브라이언 이스틀리 말입니까?"

"그렇습니다. 그런 부류를 몇 번 본 적이 있거든요. 이른바 세상을 표류하는 사람들이지요. 위험과 죽음, 흥분을 너무 일찍 깨달아 버린 사람들. 그래서 인생이 따분하다고 여기지요. 지루하고, 불만스럽고. 어떤 면에서 본다면 우리가 가혹한 일을 한 것인지도 모릅니다. 하지만 그렇다고 우리가 어떻게 할 수 있었겠습니까? 어쨌든 그 사람들은 과거에만 매달려 있을 뿐 미래가 없습니다. 그런 부류의 사람들은 대부분 무작정 모험에 달려들지요. 평범한 사람들은 신중하다고는 할 수 없어도 본능적으로 안전한 길을 택하게 마련인데 이 사람들은 두려움이라는 걸 몰라요. 안전하게 행동한다는 것 자체가 아예 사전에 없습니다. 만약 이스틀리가 어떤 여자와 관계가 있었고 그 여자를 죽이고 싶었다면……."

그는 말을 멈추고 말도 안 된다는 듯 두 손을 저었다.

"하지만 왜 그가 여자를 죽이고 싶어 했겠습니까? 설사 여자를 죽였다고 해도 장인이 살고 있는 저택 창고에 있는 석관 속에 집어넣을 이유가 없지요. 아니, 난 크랙켄소프 가족이 살인 사건과 아무런 관계도 없다고 생각합니다. 만일 관계가 있다면 시체를 자기 집 뒷마당에 갖다 놓을 리가 없지 않습니까."

크래독 역시 그 말에 수긍했다.

"여기에서 더 할 일이 남아 있습니까?"

크래독은 없다고 대답했다.

베이컨은 브랙햄프턴에 나가 차나 한잔하자고 권했지만, 크래독 경위는 오랜 지인을 만나러 갈 예정이라고 대답했다.

10장

I

마플 양은 도자기로 만든 강아지와 마게이트로부터 도착한 선물들을 배경으로 허리를 똑바로 세우고 앉아 디못 크래독 경위를 향해 만족스러운 미소를 지었다.

"당신이 이 사건을 맡아서 참 다행이에요. 그러길 바라고 있었거든요."

"마플 양의 편지를 받고 곧장 부청장님께 가져갔습니다. 부청장님은 그때 마침 브랙햄프턴 경찰에서 지원을 요청했다는 소식을 접한 참이었고요. 브랙햄프턴 서에선 그것이 단순히 지방 사건이 아니라고 생각한 모양이더군요. 부인에 대해 말씀드렸더니 부청장님께서도 무척 흥미를 느끼신 것 같았습니다. 예전에 제 대부님께 부인에 대해 들으신 적이 있다고 하더군요."

"그리운 헨리 경."

마플 양이 애정을 담아 중얼거렸다.

"그래서 전 부청장님께 리틀 패독스 사건에 대해 다 말씀드려야 했지요. 그 다음에 그분이 뭐라고 했는지 알고 싶지 않으십니까?"

"비밀이 아니라면 듣고 싶네요."

"이렇게 말씀하시더군요. '흠, 정말 기묘한 사건이로군. 두 노부인의 상상이라고 생각했던 것이 모든 가능성을 뒤엎고 사실로 밝혀졌단 말이지? 그리고 자네가 그중 한 명과 아는 사이라고? 그렇다면 이 사건에 자네를 보내야겠구먼.' 그래서 제가 여기 오게 된 겁니다. 자, 그럼 친애하는 마플 양. 이제 우린 어디로 가야 할까요? 부인도 짐작하시겠지만, 이건 공식적인 방문이 아닙니다. 제 부하도 데려오지 않았고요. 먼저 부인과 터놓고 솔직하게 이야기하는 것이 우선이라고 생각했습니다."

마플 양은 그를 향해 미소를 지었다.

"당신의 공적인 모습만 아는 사람은 당신이 이렇게 인간적인 사람이라고는 상상도 못할 거예요. 게다가 오늘은 평소보다 더 잘생겨 보이네요. 어머나, 얼굴 붉히지 말아요……. 자, 그럼 지금까지 정확히 무슨 이야기를 들었나요?"

"들을 수 있는 이야기는 다 들었다고 생각합니다. 부인의 친구분인 맥길리커디 부인이 세인트 메리 미드 마을 경찰서에 진술한 내용, 그녀의 진술을 뒷받침하는 검표원의 증언과 브랙햄프턴 역장에게 보낸 쪽지도 확인했습니다. 그리고 관련 당국, 즉 철도청과 경찰이 이미 적설한 조사를 한 것으로 압니다. 하지만 부인이 놀라운 어림짐작만으로 그들 모두를 앞질렀다는 데에는 의심의 여지가 없지요."

"어림짐작이 아니에요. 그리고 내게는 그들보다 유리한 점이 하나 있었죠. 바로 엘스페스 맥길리커디라는 사람을 잘 알고 있다는 거예요. 다른 사람들은 그렇지 않았고요. 사실 그녀의 이야기가 사실인지 뒷받침해 줄 만한 확고한 증거도 없고 실종 신고가 들어온 여자도 없으니, 당연히 사람들은 나이 많은 여자의 터무니없는 상상에 불과하다고 생각했지요. 노인들은 종종 그러잖아요. 하지만 엘스페스 맥길리커디는 달라요."

크래독 경위가 맞장구를 쳤다.

"엘스페스 맥길리커디 부인은 그렇지 않았죠. 저도 그분을 빨리 만나 뵙고 싶습니다. 실론섬에 가시지 않았더라면 더 좋았을 텐데요. 어쨌든 그곳에서라도 면담을 가질 수 있도록 조치를 취하고 있습니다."

"내 추리 과정은 그리 독창적이라고 할 수 없답니다. 모두 마크 트웨인의 글 속에 들어 있거든요. 말을 찾은 소년 이야기 말이에요. 그 아이는 자기가 말이라면 어디로 갈까 생각했지요. 그리고 거기 갔더니 정말로 말이 있었잖아요."

"그래서 부인은 부인께서 잔인하고 냉혹한 살인마라면 어떻게 할까 생각하신 겁니까?"

크래독은 이렇게 말하며 분홍색과 흰색이 어우러진 나약해 뵈는 마플 양의 얼굴을 유심히 들여다보았다.

"정말이지 부인의 정신력은……."

마플 양은 활기차게 고개를 끄덕이며 말했다.

"내 조카 레이먼드는 부엌 개수대 같다고 말하곤 했지요. 하지만 내가 늘 그 애에게 말했듯이, 개수대는 꼭 필요한 가정 설비랍니다. 실제로 아주 위생적이기도 하고요."

"그렇다면 조금 더 나아가, 살인범 입장에서 볼 때 그가 지금 어디 있을 것 같은지 말씀해 주실 수 있을까요?"

마플 양은 한숨을 내쉬었다.

"나도 그럴 수 있다면 좋겠어요. 하지만 전혀 모르겠어요. 정말로요. 단지 그 집에 살았던 사람임에는 틀림없어요. 아니면 러더퍼드 저택을 아주 잘 알고 있거나."

"그 말씀엔 동감합니다. 하지만 그렇게 되면 범위가 너무 넓습니다. 그곳에서 집안일을 했던 여자들만 해도 꽤 많은 데다 부인회도 있고, 그전에는 공습경보 감시대도 들락날락했다고 하더군요. 그들은 모두 긴 창고와 석관, 그리고 창고 열쇠가 어디 걸려 있는지도 알고 있습니다. 그 지방 사람들이라면 대부분 알고 있었던 것 같더군요. 근처에 살고 있는 사람이라면 누구라도 그 창고가 자신의 목적에 안성맞춤이라고 생각했을 겁니다."

"정말 그래요. 경위님의 고충을 알 것 같군요."

"어쨌든 시체의 신원을 밝혀내기 전까지는 아무것도 할 수가 없습니다."

"그리고 그것도 아주 힘든 일이겠죠?"

"오, 걱정 마십시오. 결국엔 알아낼 테니까요. 지금 실종자 명단에서 연령과 외모가 비슷한 여자들을 찾아보고 있습니다. 아직 확실하게 맞아떨어지는 사람은 없습니다만. 경찰의에 따르면 희생자는 약 35세 가량이고 건강 상태는 양호하며 최소한 한 번 이상 출산한 것으로 보아 기혼자랍니다. 모피 코트는 런던 상점에서 산 싸구려입니다. 지난 석 달 동안 런던에서만 수백 개가 팔렸고, 그 중 약 60퍼센트를 금발의 여성이 사갔다는군요. 여자의 사진을 알아본 점원은 없었습니다. 크리스마스 직전에 구입한 거라면 그럴 만도 하지요. 그녀의 다른 옷들은 주로 외제인데 대부분 파리에서 구입한 것입니다. 영국 세탁소 표시는 없었습니다. 파리 경찰과 연락했는데, 지금 확인 중에 있다는군요. 조만간 누군가가 친척이나 하숙인이 실종되었다고 신고할 겁니다. 이제 시간 문제랄까요."

"콤팩트는 아무런 도움도 안 되었나요?"

"불행히도 그렇습니다. 리볼리 가에서 수백 개씩 팔려 나가는 종류거든요. 그건 그렇고, 그런 건 발견하자마자 곧바로 경찰에 가져오셨어야죠. 아니면 아일스배로우 양이라도."

마플 양은 고개를 저었다. 그녀가 지적했다.

"하지만 그때까지만 해도 범죄 사건이 있다는 의문 자체가 없었어요. 한 젊은 아가씨가 골프 연습을 하다가 수풀 속에서 별로 값어치도 없는 낡은 콤팩트 하나를 주웠다고 그걸 들고 곧장 경찰서에 가는 게 더 이상하잖아요?"

마플 양은 잠시 말을 멈추었다가 확고한 어조로 덧붙였다.
"난 시체부터 찾는 게 최우선이라고 생각했어요."
크래독 경위가 씨익 웃었다.
"시체가 발견되리라는 데 한 치의 의심도 안 하셨군요."
"당연히 발견될 거라고 생각했어요. 루시 아일스배로우는 매우 유능하고 지적인 여성이거든요."
"맞는 말씀이십니다. 제 자리를 빼앗길까 봐 겁이 날 지경이라니까요. 무서울 정도로 유능하더군요. 그런 여자랑 결혼할 남자는 아무도 없을 겁니다."
"그거야 모를 일이죠. 나라면 그런 확신은 않겠어요……. 물론 아주 특별한 타입의 남자여야겠지만."
마플 양은 잠시 생각에 잠겼다.
"루시는 러더퍼드 저택에서 어떻게 지내고 있나요?"
"제가 보기엔 다들 그녀에게 완전히 의지하고 있는 것 같습니다. 말 그대로 그녀의 손에서 음식을 받아먹고 있지요. 그 집안사람들은 아일스배로우 양과 부인의 관계에 대해서는 전혀 모릅니다. 우리가 철저하게 입을 다물고 있거든요."
"이젠 루시와 나는 아무 관계도 없어요. 내가 부탁한 일은 모두 끝냈으니까."
"그렇다면 아일스배로우 양은 언제든 원하기만 하면 그곳을 떠날 수 있는 겁니까?"
"그럼요."

"그런데도 남아 있단 말이죠? 흐음, 이유가 뭘까요?"
"내게도 말하지 않았어요. 루시는 머리가 좋은 아가씨예요. 내 생각엔 관심이 있는 것 같아요."
"이 사건에요, 아니면 가족들에게요?"
마플 양이 입을 열었다.
"어쩌면 그 둘을 분리하기가 어려울 수도 있지요."
크래독은 마플 양을 뚫어져라 바라보았다.
"오, 설마……. 설마 그건 아니겠지요."
"뭔가 특별히 짚이는 것이라도 있나요?"
"제 생각엔 부인한테 있는 것 같은데요."
마플 양이 고개를 저었다.
더못 크래독은 한숨을 내쉬었다.
"그렇다면 제가 할 수 있는 일은, 전문 용어를 빌려 표현하자면 '조사를 속행'하는 것뿐이군요. 경찰 생활이란 늘 이렇게 똑같다니까요."
"분명히 좋은 결과가 있을 거예요."
"혹시 달리 생각나는 건 없으십니까? 또 다른 훌륭한 짐작이라도?"
마플 양이 모호하게 말했다.
"난 극단 같은 걸 생각하고 있었어요. 이 마을 저 마을을 돌아다니면서 공연을 하는, 집이나 연고가 없는 사람들 말이에요. 그런 젊은 여성이라면 실종된다 하더라도 아무도 모르죠."

"그렇군요. 거기서 뭘 건질 수 있을지도 모르겠습니다. 그 점에 특별히 주의를 기울여 조사하겠습니다."

크래독이 이상하다는 듯 덧붙였다.

"왜 그렇게 웃으시죠?"

"오, 갑자기 생각이 나서요. 우리가 시체를 발견했다는 말을 들으면 엘스페스 맥길리커디가 어떤 표정을 지을까요?"

II

"세상에."

맥길리커디 부인이 말했다.

"세상에!"

맥길리커디 부인은 더 이상 아무 말도 하지 못했다. 그녀는 경찰 신분증을 가지고 자신을 찾아온 언변 좋고 상냥한 젊은이를 쳐다보고는 다시 그가 건네준 사진을 내려다보았다.

"맞아요, 그 여자예요. 틀림없어요. 가엾기도 해라. 어쨌든 시체를 찾았다니 다행이에요. 아무도 내 말을 안 믿었거든요. 경찰도 철도청 사람들도 코웃음만 쳤어요. 아무도 믿어 주지 않으니 정말 괴롭더군요. 여하튼 내가 의무를 다하지 않았다고 비난할 사람은 없을 거예요."

그 착한 젊은이는 그녀의 말에 맞장구를 치며 그렇다고 말했다.

"시체를 어디서 발견했다고 했죠?"

"러더퍼드라고 불리는 저택의 창고입니다. 브랙햄프턴 외곽에 있는 곳이죠."

"들어 본 적도 없는 곳이에요. 어쩌다가 시체가 거기 있게 된 걸까요?"

젊은이는 대답하지 않았다.

"제인 마플이 찾아냈겠죠, 그렇죠? 제인을 믿었다니까."

젊은이가 수첩을 꺼내 들고 말했다.

"시체를 발견한 사람은 루시 아일스배로우 양입니다."

맥길리커디 부인이 말했다.

"그 이름도 처음 들어요. 하지만 그 역시 제인 마플이 손을 쓴 게 틀림없어요."

"맥길리커디 부인, 부인은 이 사진 속의 여자가 당신이 기차 안에서 본 여자와 동일 인물이라고 확신하십니까?"

"네, 어떤 남자한테 목이 졸리고 있었죠. 확실해요."

"그 남자에 대해 설명해 주시겠습니까?"

"키가 컸어요."

맥길리커디 부인이 말했다.

"그리고요?"

"머리색이 짙었어요."

"그리고요?"

"그게 다예요."

맥길리커디 부인이 말했다.

"등을 돌리고 서 있어서 얼굴은 못 봤어요."

"만일 그 사람을 다시 보면 알아볼 수 있겠습니까?"

"알아볼 수 있을 리가 없죠! 나한테 등을 돌리고 서 있었다니까요. 얼굴이 안 보였어요."

"나이가 어느 정도나 될지도 짐작이 안 가시나요?"

맥길리커디 부인이 골똘히 생각했다.

"음, 아뇨. 잘 모르겠어요. 그러니까……. 음, 확실하진 않은데……. 아주 젊진 않았어요. 어깨가 음…… 굳어 있었어요. 무슨 뜻인지 알겠어요?"

젊은이가 고개를 끄덕였다.

"서른은 넘었을 거예요. 그 정도밖엔 모르겠네요. 사실 난 그 남자를 보고 있지 않았거든요. 난 여자를 보고 있었어요. 그 손이 목을 조르는데 그 여자의 얼굴이…… 온통 새파랗게 질려서는……. 가끔은 꿈에도 나타난다니까요……."

"정말 고통스러운 경험을 하셨습니다."

젊은이가 동정하듯 말한 후 수첩을 덮고 다시 말했다.

"영국에는 언제 돌아오십니까?"

"최소한 3주일 뒤에요. 내가 가야 할 필요는 없겠죠?"

그는 재빨리 그녀를 안심시켰다.

"오, 물론입니다. 현재로선 부인이 하실 일은 없습니다. 물론 범인을 체포하면……."

면담은 그렇게 끝났다.

마플 양의 편지가 우편을 통해 친구에게 도착했다. 편지는 날카롭고 어지러운 필체로 쓰여 있었으며 수없이 밑줄이 그어져 있었다. 하지만 맥길리커디 부인은 오랜 경험을 통해 손쉽게 해독할 수 있었다. 마플 양은 친구에게 모든 이야기를 상세히 적어 보냈고, 맥길리커디 부인은 흡족한 마음으로 단어 하나하나를 탐독했다.

그녀와 제인이 사람들에게 본때를 보여 준 것이다!

11장

I

"난 당신이라는 사람을 도무지 이해할 수 없습니다."

세드릭 크랙켄소프가 말했다.

그는 길고 황폐한 돼지우리의 무너져 내린 벽 옆에 편안히 기대서서 루시 아일스배로우를 바라보았다.

"뭐가 이해가 안 간다는 거죠?"

"도대체 여기서 뭘 하고 있는 겁니까?"

"먹고살기 위해 일을 하고 있죠."

"하녀 일 말인가요?"

루시가 말했다.

"그 수많은 일을 다 좋아할 리가 없어요. 요리에 침구 정돈에, 당신이 뭐라고 부르든 그 온갖 야단법석에, 기름이 동동 떠다니는 물에 팔꿈치까지 담그고 해야 하는 일들이라니!"

루시는 소리 내어 웃었다.

"세세한 부분은 좀 그래요. 하지만 요리는 내 창조 본능을 충족시키고, 내 안의 무언가는 어질러진 것을 깨끗이 청소하는 걸 좋아하거든요."

"난 정신없이 어질러진 곳에 삽니다. 그리고 난 그런 게 좋아요."

세드릭이 도전적인 어조로 덧붙였다.

"그런 것 같네요."

"이비사에 있는 내 오두막은 단순 그 자체죠. 접시 세 개, 컵과 받침 접시 두 개, 침대 하나, 식탁과 의자 몇 개. 사방에는 먼지가 굴러다니고 여기저기 물감 얼룩과 돌 부스러기가 난무하죠. 난 그림도 그리고 조각도 하거든요. 그리고 내 물건에는 아무도 손을 댈 수 없습니다. 여자는 집 근처에 오지도 못하게 할 겁니다."

"그 어떤 능력을 갖춘 여자라도요?"

"그게 무슨 뜻입니까?"

"당신처럼 예술적 취향을 갖춘 분이라면 약간의 애정 생활을 즐기지 않을까 해서요."

세드릭이 점잖을 빼며 말했다.

"당신이 애정 생활이라고 부르는 문제는, 순전히 내 문제입니다. 내가 가까이 하지 않겠다는 여자는 정리 정돈을 좋아하고 참견하기 좋아하며 사람들을 좌지우지하는 능력이 있는 사람입니다."

"당신이 산다는 그 오두막에 정말 가 보고 싶네요. 내겐 큰 도전이 될 테니까요!"

"그럴 기회는 없을 겁니다."

"그렇겠죠."

돼지우리에서 벽돌이 몇 장 떨어졌다. 세드릭이 고개를 돌려 쐐기풀이 무성한 구덩이를 바라보았다.

"늙은 마지가 생각나는군요. 아직도 똑똑하게 기억납니다. 아주 사랑스리운 암퇘지였죠. 새끼도 쑥쑥 잘 낳았고요. 세일 마시막으로 새끼를 뱄을 때는 아마 열일곱 마리를 낳았을 겁니다. 날이 좋은 오후면 형제들과 함께 이곳에 와서 마지의 등을 막대기로 긁어주곤 했지요. 마지가 무척 좋아했거든요."

"어째서 이곳은 이렇게 엉망인 거죠? 전쟁 때문은 아닐 텐데요."

"여기도 청소를 하고 싶은 모양이죠? 당신 정말 참견쟁이로군요. 이제야 왜 당신이 시체를 발견했는지 알 것 같습니다. 그 그리스 로마식 석관도 내버려 둘 수 없었던 거죠?"

그는 잠시 후 말을 이었다.

"아니, 전쟁 때문은 아닙니다. 우리 아버지 때문이죠. 아버지를 어떻게 생각합니까?"

"생각해 볼 시간이 없었는데요."

"말 돌리지 마십시오. 아버진 지독한 짠돌이에, 내 생각엔 정신 상태도 좀 이상합니다. 아버진 우리를 증오하죠. 아, 에마 누나는 빼고요. 다 할아버지의 유언 때문입니다."

루시는 이해가 안 간다는 듯 그를 바라보았다.

"우리 할아버지는 엄청난 부자였습니다. 크런지나 그래거 색, 코지 크리스프 같은, 차에 곁들여 먹는 과자나 간식으로 재산을 모았죠. 그러다가 선견지명이 있어서인지 갑자기 치즈와 카나페 쪽으로 방향을 돌렸습니다. 요즘 칵테일파티 같은 데 자주 나오는 거 있잖습니까. 그런데 우리 아버진 차나 과자보다는 더 고상한 것에 관심을 가졌습니다. 이탈리아와 발칸반도, 그리스 등을 여행하며 미술품을 수집하기 시작했습니다. 할아버지는 화가 단단히 났지요. 할아버지는 아버지가 사업을 할 만한 재목도 아니고 예술 작품을 알아보는 안목도 형편없다고 생각하셨습니다. 사실 둘 다 옳은 판단이었지만 말입니다. 그래서 모든 재산을 손자들을 위해 신탁에 넣어 두었답니다. 아버지는 평생 동안 신탁에서 나오는 수입을 받지만 원금에는 손을 댈 수 없습니다. 그래서 아버지가 어떻게 했는지 압니까? 아예 돈을 쓰는 걸 관뒀어요. 여기 내려와 돈을 저축하기 시작했지요. 아마 지금쯤은 할아버지가 남긴 돈에 맞먹을 정도로 거액을 모았을걸요. 그동안 해럴드와 나, 알프레드와 누나는 할아버지 돈이라곤 구경도 못 해 봤습니다. 난 빈털터리 화가입니다. 해럴드는 금융계에 진출해 지금은 시티에서 아주 잘나가는 사업가가 되었죠. 녀석은 우리 형제 중에서 돈 버는 재주가 가장 뛰어나거든요. 요즘엔 파산 직전이라는 소리를 어디선가 들은 것 같지만 말입니다. 알프레드는…… 흠, 알프레드는 우리 사이에서 '반짝 알프'로 통한답니다."

"왜요?"

"정말 알고 싶어 하는 것도 많군요. 그건 알프가 우리 집안의 말썽꾸러기이기 때문이에요. 감옥에 간 적은 없지만 거의 그럴 뻔했지요. 전쟁 중에는 군수성에 있었는데 조금 이상한 상황에서 일을 그만두기도 했고요. 그 뒤에는 조금 수상한 과일 통조림 사업을 했고, 또 달걀 판매 때문에 말썽이 있기도 했습니다. 심각할 정도는 아니지만 늘 무언가 의심스러운 일들을 하고 다니지요."

"잘 알지도 못하는 사람한테 그렇게 집안 이야기를 해도 괜찮은 건가요?"

"왜요? 당신이 무슨 경찰 스파이라도 됩니까?"

"그럴지도 모르죠."

"내 생각으론 아닙니다. 당신은 경찰이 우리한테 관심을 보이기 훨씬 전부터 여기서 일하고 있었잖아요. 내가 보기에는······."

그는 입을 다물었다. 에마가 채소밭 문을 통해 나타났던 것이다.

"안녕, 엠 누나? 얼굴이 무슨 걱정거리라도 있는 것 같은데?"

"그래. 할 말이 있어, 세드릭."

"전 이만 들어가 봐야겠어요."

루시가 눈치 좋게 말하자 세드릭이 붙잡았다.

"가지 말아요. 살인 사건 덕분에 당신도 우리 가족이 되었으니까."

"전 할 일이 많아요. 파슬리를 조금 따러 나온 것뿐인걸요."

루시는 빠른 걸음으로 채소밭을 나갔다. 세드릭의 시선이 그녀의 뒷모습을 좇았다.

세드릭이 말했다.

"상당히 미인이야. 저 여잔 정말 누구지?"

"오, 루시는 꽤 유명해. 이런 일의 전문가지. 하지만 루시 아일스배로우에 대해선 신경 쓰지 말렴. 세드릭, 난 걱정이 되어서 미칠 것 같아. 경찰은 죽은 여자가 외국인이라고 생각하고 있어. 프랑스인이라고 말이야. 세드릭, 그 여자가 혹시 마르틴느는 아닐까?"

II

잠시 세드릭은 무슨 소리인지 모르겠다는 듯 에마를 물끄러미 쳐다보았다.

"마르틴느? 그게 도대체 누구……, 아, 설마 그 마르틴느를 말하는 거야?"

"그래, 넌 그런 생각……"

"왜 그 여자가 마르틴느라는 건데?"

"글쎄, 생각해 봐. 그 여자가 전보를 보낸 게 이상하잖아. 시기적으로도 대충 맞아떨어지고……. 어쩌면 마르틴느가 진짜로 여기에 내려왔는데……."

"말도 안 되는 소리. 어째서 마르틴느가 저택에 와서 긴 창고를 찾아갔겠어? 도대체 무엇 때문에? 내가 보기엔 완전히 말도 안 되는 소리야."

"하지만 베이컨 경위님이나 다른 경찰에게 말해야 하는 게 아닐까?"

"무슨 말을 해?"

"그러니까 마르틴느에 대해서 말이야. 그 편지도."

"누나, 이 사건과 전혀 관련도 없는 일을 쓸데없이 꺼내서 문제를 더 복잡하게 만들려는 거야? 어쨌든 난 그 마르틴느가 보냈다는 편지를 믿지 않아."

"하지만 난 믿어."

"누나는 아침 식사 전에는 불가능한 일도 가능하다고 믿는 사람이잖아. 내 충고를 듣고 싶어? 입 다물고 그냥 가만히 앉아 있는 게 좋아. 시체의 신원을 밝히는 건 경찰의 몫이야. 그리고 내 장담컨대, 해럴드도 나하고 똑같은 말을 할걸."

"오, 그래, 해럴드라면 그러겠지. 알프레드도 똑같은 소리를 할 거고. 하지만 걱정이 돼, 세드릭. 정말 걱정스러워서 견딜 수가 없어. 뭘 어떻게 해야 할지 도통 모르겠어."

세드릭이 재빨리 대답했다.

"아무것도 안 해도 돼. 그냥 아무 말도 하지 마, 누나. 굳이 자진해서 문제를 일으킬 필요는 없잖아. 그게 내 삶의 신조라고."

에마 크랙켄소프는 한숨을 내쉬었다. 그녀는 여전히 거북한 기분으로 천천히 저택으로 돌아갔다.

그녀가 차도에 들어섰을 때 큄퍼 선생이 저택에서 나와 자신의 낡은 오스틴 자동차 문을 열고 있었다. 그는 에마를 보자 그녀에게 다가갔다.

"에마, 아버님은 상태가 매우 좋으십니다. 살인 사건이 체질에 맞나 봅니다. 삶에 활력을 주는 모양이에요. 다른 환자들에게도 이 처방을 추천해야겠어요."

에마는 무심코 미소를 지었다. 큄퍼 선생은 언제나 사람들의 반응을 읽는 눈치가 빨랐다.

"뭔가 문제라도 있습니까?"

그가 묻자 에마가 큄퍼 선생을 올려다보았다. 그녀는 의사의 친절과 호의에 상당히 많이 의지해 왔다. 큄퍼는 단순히 집안의 주치의가 아니라 믿고 기댈 수 있는 친구였다. 그의 계산된 퉁명스러움으로는 그녀를 속일 수 없었다. 에마는 그 뒤에 숨어 있는 친절함을 알고 있었다.

"네, 걱정되는 게 있어서요."

에마는 순순히 인정했다.

"내게 말해 주겠습니까? 아, 물론 내키지 않는다면 안 해도 괜찮습니다만."

"오, 아니에요. 말씀드리고 싶어요. 선생님도 이미 아는 이야기이기도 하니까요. 문제는 내가 어떻게 해야 할지 모르겠다는 거예요."

"당신의 판단은 언제나 훌륭하고 믿음직하지요. 문제가 뭡니까?"

"기억할지 모르겠는데, 내가 언젠가 우리 오빠에 대해 말한 적이 있었죠? 전쟁 때 전사한 오빠 말이에요."

"프랑스 여자와 결혼했다던, 아니 결혼하려고 했다던 그 오빠 말입니까? 그런 이야기였죠?"

"그래요. 내가 그 편지를 받고 나서 거의 직후에 오빠 전사하고 말았죠. 그 후로 그 여자에 대해선 한마디도 듣지 못했고요. 사실 우리가 그 여자에 대해 아는 거라곤 세례명뿐이었어요. 그 여자가 언젠가는 우리 앞에 나타나거나 아니면 편지라도 쓰리라고 생각했는데, 아무 연락도 없더군요. 그야말로 아무 소식도 없었어요. 한 달 전까지만 해도요. 크리스마스 직전이었죠."

"기억납니다. 편지를 받았다고 했나요?"

"그래요. 자기가 영국에 와 있으니 저택에 들러 우리를 만나 보고 싶다는 내용이었어요. 그래서 약속도 정하고 모든 걸 준비해 두었는데 마지막 순간에 전보를 보내서는 갑자기 프랑스로 돌아갈 일이 생겼다는 거예요."

"그런데요?"

"경찰은 살해된 여자가 프랑스 사람이라고 생각해요."

"정말 그렇답니까? 내 눈에는 영국인처럼 보였는데. 하긴 그런 건 쉽게 판단할 수 있는 문제가 아니죠. 그렇다면 당신이 지금 걱정하는 이유는 죽은 여자가 당신 오빠의 부인일지도 몰라서입니까?"

"네."

"그럴 것 같지는 않은데요."

쿰퍼 선생이 재빨리 덧붙였다.

"하지만 당신 심정은 이해가 갑니다."

"경찰에게 그 일을 말해야 할지 말아야 할지 고민이 되어요. 세드릭이나 다른 동생들은 그럴 필요가 없다지만요. 선생님은 어떻게 생각하세요?"

"흠."

쿼퍼 선생은 입술을 지그시 깨물었다. 그는 잠시 동안 아무 말 없이 생각에 잠겨 있더니 이윽고 내키지 않다는 듯 입을 열었다.

"당신이 조용히 있는다면 물론 일은 훨씬 간편해질 겁니다. 다른 형제들의 기분도 알 것 같군요. 하지만 그렇다 해도……."

"예?"

쿼퍼는 에마를 물끄러미 바라보았다. 그의 눈 속에 애정이 듬뿍 빛났다.

"나라면 경찰에게 말하겠습니다. 그렇게 하지 않는다면 당신은 계속 고민만 할 테니까요. 난 당신을 잘 알거든요."

에마가 살짝 얼굴을 붉혔다.

"난 참 바보인가 봐요."

"하고 싶은 대로 하세요, 에마. 다른 식구들은 신경 쓰지 말고요. 그 일 때문에 가족 모두와 전투를 벌여야 한다고 해도 나는 당신 편이니까."

12장

I

"아가씨! 이봐, 아가씨! 이리 좀 들어와 보시오."

루시는 깜짝 놀라 고개를 돌렸다. 크랙켄소프 노인이 문 안쪽에서 열심히 그녀를 불렀다.

"절 부르신 건가요, 크랙켄소프 씨?"

"말 좀 그만하고, 이리 들어와 보시오."

루시는 명령조의 손짓에 따랐다. 크랙켄소프 노인은 그녀의 팔을 붙잡고 문 안쪽으로 끌어당기더니 문을 닫았다.

"당신에게 보여 주고 싶은 게 있소."

루시는 주위를 둘러보았다. 작은 방은 원래 서재로 사용하기 위해 만든 것 같았으나 오랫동안 그런 용도로 이용되지 않은 듯했다.

책상에는 먼지가 내려앉은 종이 더미가 쌓여 있고, 천장 귀퉁이에는 거미줄이 드리워져 있었다. 공기는 축축하고 곰팡내가 났다.

"방을 청소해 드릴까요?"

루시가 묻자 크랙켄소프 노인은 거칠게 고개를 내저었다.

"아니, 그럴 필요 없소! 난 이 방을 항상 잠가 두지. 에마는 늘 여길 기웃거리고 싶어 하지만 내가 허락하질 않아. 여긴 내 방이거든. 저기 저 돌들 보이오? 저건 지질학 표본이오."

루시는 열두 개에서 열네 개쯤 되어 보이는 돌멩이들을 쳐다보았다. 어떤 것은 반짝반짝 윤이 났고 어떤 것은 표면이 거칠었다.

그녀가 부드럽게 말했다.

"근사하네요. 무척 흥미로워요."

"당신 말이 맞소. 암, 흥미롭고말고. 아가씬 똑똑한 여자야. 저건 아무한테나 보여 주는 게 아니라오. 어디, 몇 가지 더 보여 주지."

"정말 친절하시네요. 하지만 전 하던 일을 마서 해야 해요. 이 집에는 여섯 명의 사람들이……."

"내 재산을 거덜내고 있지. 녀석들이 여기 내려와서 하는 일이라곤 그것뿐이야. 먹어 치우는 것! 그렇게 먹어 대면서 땡전 한 푼 안 내지. 거머리 같은 놈들! 놈들이 원하는 건 내가 빨리 죽는 것뿐이야. 하! 하지만 난 아직 죽지 않아. 죽어서 놈들을 기쁘게 하진 않을 거라고. 난 에마가 생각하는 것보다 훨씬 건강하거든."

"저도 그렇게 생각해요."

"그리고 그렇게 늙지도 않았어. 에마는 날 별 볼 일 없는 늙은이로 취급하지만 아가씨는 나를 늙은이라고 생각하지 않겠지?"

"물론이죠."

루시가 대답했다.

"분별 있는 아가씨로고. 자, 이걸 좀 보시오."

그는 벽에 걸려 있는 커다랗고 색이 바랜 그림을 가리켰다. 그것은 가계도였다. 그중 일부분은 어찌나 세밀한지 이름을 읽으려면 돋보기가 필요할 정도였다. 그렇지만 먼 조상의 이름은 크고 두꺼운 대문자로 적혀 있고, 이름 위에는 왕관이 그려져 있었다.

크랙켄소프 노인이 말했다.

"왕가의 후예들이오. 우리 어머니의 가계도지. 아버지 쪽이 아니야. 아버지는 천한 평민이었소! 평범한 노친네였지! 날 싫어했어. 내가 늘 한 수 위였거든. 어머니 쪽 핏줄을 닮아서 말이야. 예술과 고전 조각품에 타고난 감각을 지니고 있었지. 하지만 아버지는 그런 건 눈곱만치도 몰랐어. 어리석은 노인네. 난 어머니를 기억하지 못하오. 내가 2살 때 돌아가셨거든. 그 집안의 마지막 자손이었지. 가세가 기울어서 아버지에게 시집을 온 게야. 저길 좀 보시오. 참회왕 에드워드, 에셀레드 2세, 그 외에도 많다오. 그것도 노르만족이 침공하기 전이야. 노르만 정복 전이라고. 대단하지 않소? 응?"

"정말 그렇군요."

"이번엔 다른 걸 보여 주지."

그는 루시를 짙은 오크 목재로 만든 거대한 가구가 놓여 있는 방 반대쪽으로 데리고 갔다. 루시는 자신의 팔을 단단히 붙잡고 있는 손가락 힘에 다소 불안함을 느꼈다. 확실히 오늘 크랙켄소프 노인은 진허 연약해 보이지 않았다.

"이거 보이오? 러싱턴에서 만든 거요. 우리 어머니 집안 조상들이 살던 곳이지. 엘리자베스 여왕 시대 물건이야. 이걸 옮기는 데 장정이 넷이나 달라붙어야 했다오. 저 안에 뭐가 들어 있는지 궁금하지 않소? 응? 보여 줄까?"

"네, 보여 주세요."

루시는 예의바르게 대꾸했다.

"궁금한 것이로구먼, 그렇지? 하여튼 여자들은 다들 호기심이 많다니까."

그는 주머니에서 열쇠를 꺼내 장롱 아래쪽 문을 열었다. 그러고는 놀랍도록 새것처럼 보이는 금고를 꺼냈다. 그는 다시 열쇠로 금고를 열었다.

"자, 여기 보시오, 아가씨, 이게 뭔지 알겠소?"

크랙켄소프 노인은 종이로 싸인 작은 원통을 꺼내더니 종이의 한쪽 끝을 벗겼다. 그의 손바닥 위로 금화 몇 닢이 굴러 떨어졌다.

"이걸 좀 보시오. 만져 봐요. 느껴 보시오. 이게 뭔지 알겠소? 알리가 없지! 아가씬 너무 젊으니까! 이게 바로 소브린(영국의 옛 1파운드 금화 — 옮긴이)이라오. 진짜 금화란 말이오. 지저분한 지폐 나부랭이가 나오기 전까지만 해도 모두 이걸 사용했지. 종이 쪼가리하고는 차원이 달라. 훨씬 값어치가 있지. 아주 옛날에 모아 두었던 거요. 이것 말고 다른 것들도 들어 있다오. 아주 많은 것을 담아 두었지. 모두 미래를 위해 준비해 둔 거요. 에마는 모르오. 아무도 모르지. 이건 우리끼리 비밀이오. 알겠소, 응? 내가 왜 아가씨한테 이런 걸 보여 주고 있는지 아시오?"

"모르겠는데요."

"왜냐하면 아가씨가 나를 나약하고 병든 늙은이로 생각하지 않길 바라기 때문이오. 나이는 좀 먹었지만 난 아직 팔팔하거든. 내 아내는 벌써 옛날 옛적에 죽었소. 사사건건 대드는 여자였지. 내가 애들한테 지어 준 이름도 좋아하지 않았어. 얼마나 좋은 색슨 이름들인데! 우리 가문의 계보에도 관심이 없었고. 물론 나도 그 여자가 뭐라고 하든 신경도 안 썼지만. 그 여자는 심지가 나약했어. 뭐든 중간에 포기해 버렸지. 하지만 아가씨는 달라. 기백이 넘치지. 심지가 곧고 생기발랄하거든. 내 아가씨에게 충고 몇 마디 하지. 젊은 남자에게 마음을 쏟지 마시오. 젊은 것들은 다들 머저리야! 당신도 장래를 대비해야지! 기다리시오……."

그의 손가락이 루시의 팔을 파고들었다. 크랙켄소프 노인은 몸을 굽혀 그녀의 귀에 대고 속삭였다.

"내가 하고 싶은 건 이 말뿐이오. 기다리시오. 저 멍청한 놈들은 내가 곧 죽을 거라고 생각하지만, 천만의 말씀! 내가 저놈들보다 훨씬 오래 살지 말란 법도 없지. 어디 두고 보시오. 그래, 때가 되면 다 알게 될 거요. 해럴드한테는 자식이 없지. 세드릭과 알프레드는 아예 결혼을 안 했어. 에마는……. 에마는 아마 당장은 결혼하지 않을 거요. 큄퍼한테 마음이 있는 것 같지만 큄퍼는 에마와 결혼할 생각이 없을걸. 그리고 알렉산더가 있지. 그래, 알렉산더가 있었어……. 그렇지만 난 알렉산더가 좋단 말이야……. 그래, 정말 곤란하군. 난 알렉산더가 마음에 들어…….''

그는 잠시 말을 멈추었다가 얼굴을 찡그리며 말했다.

"자, 아가씨. 어떻게 생각하오, 응? 어떠냐니까?"

"아일스배로우 양!"

닫힌 서재 문 뒤편에서 에마의 목소리가 희미하게 들려왔다. 루시는 감사히 그 기회를 붙잡았다.

"크래켄소프 양이 부르네요. 전 이만 가 봐야겠어요. 이런 귀한 것들을 보여 주셔서 감사합니다."

"잊지 마시오……. 우리 둘만의 비밀이오……."

"명심할게요."

루시는 이렇게 대답하고서 서둘러 서재를 빠져나왔다. 루시는 방금 조건부의 구혼을 받아들인 것인지 아니면 거절한 것인지 자신도 확신할 수 없었다.

II

더못 크래독은 런던 경시청에 있는 자신의 사무실 책상 앞에 앉아 있었다. 그는 편안한 자세로 의자 깊숙이 비스듬히 앉아 한쪽 팔꿈치를 책상 위에 괸 채 전화 수화기에 대고 이야기하고 있었다. 그는 프랑스어로 말하고 있었는데, 상당히 유창한 실력을 자랑했다.

"비록 가정에 지나지 않지만 확실히 일리가 있는 가정이지."

전화기 반대편에서 파리 경시청 사람의 대답이 들려왔다.

"벌써 그 범위를 중심으로 조사에 착수했네. 내 부하의 말이 두세 개의 확실한 수사선을 확보했다는군. 가족이나 연인이 없다면 그런 여자들은 수사 범위에서 쉽게 제외되곤 하지. 그런 여자들에게는 특히 관심을 기울이는 사람도 없거든. 순회공연을 떠났을 수도 있고 새로운 남자가 생겼을 수도 있으니까 말이네. 보통 그런 건 괜히 캐물을 일이 아니잖나. 자네가 보낸 사진이 너무 흐릿해서 알아보기 힘들다는 사실이 유감일 뿐이야. 교살은 얼굴을 흉하게 만들거든. 어쨌든 그건 별로 도움이 되지 않았네. 그만 이 사건에 관한 최근 보고서를 받아 보러 가 봐야겠군. 어쩌면 새로운 정보가 있을지도 몰라. 오르브와, 몽 셰르(나중에 보세나, 친구)."

크래독이 예의 바르게 작별 인사를 하고 있을 때, 책상 위에 쪽지 한 장이 전달되어 왔다. 거기에는 이렇게 쓰여 있었다.

    에마 크랙켄소프 양
    러더퍼드 저택 사건과 관련하여
    크래독 경위와 면담 요청

크래독 경위는 수화기를 내려놓고 경관에게 말했다.

"크랙켄소프 양을 모셔 오게."

기다리는 동안, 그는 의자에 등을 기대고 골똘히 생각했다.

역시 그가 옳았던 것이다. 에마 크랙켄소프는 무언가를 알고 있었다. 많지는 않지만 무언가를 알고 있다는 것만은 틀림없었다. 그리고 이제 그에게 털어놓기로 결심한 것이다.

에마 크랙켄소프가 들어오자 그는 자리에서 일어나 악수를 청하고 의자를 권했다. 담배도 한 대 권했으나 그녀는 괜찮다고 거절했다. 그 후에는 잠시 침묵이 흘렀다. 에마는 적절한 말을 고르기 위해 고민하고 있는 듯했다. 크래독 경위는 앞으로 몸을 기울였다.

"제게 하실 말씀이 있어서 찾아오신 거지요, 크랙켄소프 양? 뭐 도울 일이라도 있습니까? 뭔가 걱정거리가 있으신 것 같군요. 이번 사건과는 아무 관계도 없을 것 같은 아주 사소한 문제지만 어떤 면에선 관계가 있을지도 모른다고 생각하시는 거지요? 그것을 말씀하시려고 오늘 찾아오신 게 아닙니까? 죽은 여자의 신원을 파악하는 일과 관계가 있는지도 모르겠군요. 그녀가 누구인지 아십니까?"

"아니, 그런 건 아니에요. 그게…… 그럴 리는 없다고 생각하지만…… 그렇지만……."

"하지만 가능성이 있을지도 모른다는 이유로 고민하고 계시는군요. 제게 말씀해 주십시오. 마음이 가벼워질지도 모르니까요."

에마는 잠시 뜸을 들이다가 마침내 입을 열었다.

"동생들을 이미 만나 보신 줄은 압니다. 하지만 제겐 오빠가 한 명 있어요. 에드먼드라고, 전쟁 때 죽었지요. 오빠 죽기 전에 프랑스에서 편지를 한 통 보냈어요."

그녀는 핸드백을 열고 닳고 글씨가 희미해진 편지를 꺼내 소리 내어 읽었다.

"이 편지를 읽고 너무 충격을 받지 않길 바라, 에마. 난 곧 결혼할 거야. 프랑스 여자와 말이야. 너무 갑작스럽지? 하지만 너라면 마르틴느를 좋아할 거야. 만약 내게 무슨 일이 생기면 그녀를 보살펴 주렴. 아버지께는 네가 잘 말씀드려 주겠니? 틀림없이 노발대발하실 테니까."

크래독 경위가 손을 내밀었다. 에마는 잠시 망설이다가 이내 편지를 그의 손 위에 올려놓았다. 그녀는 빠른 어조로 이야기를 계속했다.

"이 편지를 받고 나서 이틀 뒤에, 우리는 에드먼드 오빠가 작전 중 실종되었고 전사한 것으로 추정된다는 전보를 받았어요. 그 후에 전사 확정 소식을 들었고요. 던커크(프랑스 됭케르크 지역의 영어식 표기로 국내에는 「덩케르크」라는 영화 제목으로 더 익숙하게 알려져 있다 — 옮긴이) 철수 직전이라 매우 혼란스럽던 시기였죠. 알아볼 수 있는 한 알아보았지만, 에드먼드 오빠가 결혼했는지 여부는 군 기록에서 찾을 수 없었어요. 하지만 아까도 말했듯이 워낙 혼란스러운 시기였으니까요. 그 여자한테서도 아무 소식도 못 들었고요. 전쟁이 끝난 뒤에 조사를 해 보려고 했지만 우리가 아는 거라곤 여자의 세례명뿐이었고, 공교롭게도 그 지역이 독일군에게 점령되었던 터라 여자의 정확한 이름이나 다른 자세한 사항을 모르고는 아무것도 알아낼 수가 없었어요. 결국 난 두 사람이 결혼을 하지 못했고 그 여자는 전쟁이 끝나기 전 다른 남자와 결혼을 했거나 아니면 죽었을지도 모른다고 생각했지요."

크래독 경위는 고개를 끄덕였다. 에마가 말을 이었다.

"그러니 내가 한 달 전에 마르틴느 크랙켄소프라고 서명된 편지를 받았을 때 얼마나 놀랐을지 상상해 보세요."

"지금 갖고 계십니까?"

에마는 가방에서 다시 편지 한 통을 꺼내 그에게 건넸다. 크래독은 흥미롭게 편지를 읽어 나갔다. 편지는 비스듬한 프랑스어로 적혀 있었는데, 교육을 잘 받은 듯한 글씨체였다.

친애하는 마드무아젤

이 편지를 받고 너무 놀라지 않으셨으면 합니다. 당신의 오빠 에드먼드가 우리가 결혼한 사실을 알렸는지 모르겠군요. 그이는 그럴 거라고 말했는데요.

그이는 저와 결혼한 시 며칠 뒤에 전사했고, 그와 동시에 우리 마을은 독일군에게 점령당하고 말았습니다. 전쟁이 끝난 뒤 저는 당신에게 연락을 하지 않기로 결심했어요. 에드먼드는 그렇게 하라고 말했지만, 그때 나는 새 삶을 시작했기 때문에 그럴 필요가 없었지요. 하지만 이젠 사정이 바뀌었습니다. 저는 제 아들을 위해 이 편지를 쓰고 있습니다. 당신 오빠의 아들이에요. 전 그 아이가 응당 누려야 할 혜택을 더 이상 주지 못할 사정에 처했답니다. 저는 다음 주 초에 영국에 갈 예정입니다. 당신을 찾아뵈어도 괜찮을까요? 답장은 북 10구 엘버스 크레센트 126번지로 부탁드립니다. 부디 이 편지를 받고 너무 놀라지 않길 바랍니다.

　　　　　　　　　　진심 어린 마음으로,
　　　　　　　　　　마르틴느 크랙켄소프

크래독은 한동안 아무 말도 하지 않았다. 그는 편지를 되돌려주기 전 다시 한번 신중하게 읽었다.
"이 편지를 읽고 어떻게 하셨습니까, 크랙켄소프 양?"
"그때 마침 제부인 브라이언 이스틀리가 집에 머물고 있어서 그에게 이야기를 했어요. 그런 다음 런던에 있는 해럴드에게 전화를 걸어서 상의했고요. 해럴드는 편지가 의심스럽다면서 지극히 신중하게 행동하라고 하더군요. 이 여자의 말이 사실인지 확실히 조사를 해 봐야 한다면서요."
에마는 잠시 말을 멈추었다가 이야기를 계속했다.
"물론 나도 그게 당연하다고 생각해서 해럴드의 말에 동의했어요. 하지만 이 여자가 에드먼드가 말한 진짜 마르틴느라면 당연히 그 여자를 반갑게 맞이해야 한다는 생각도 들었죠. 그래서 난 그 여자가 말한 주소로 답장을 보내 러더퍼드 저택을 방문해 달라고 했어요. 그런데 며칠 뒤에 런던에서 전보가 왔답니다. 유감스럽지만 예기치 못한 일이 생겨서 프랑스로 급히 돌아가야 한다는 내용이었어요. 그 뒤로는 아무런 연락도 못 받았고요."
"그게 언제 일입니까?"
에마가 얼굴을 찡그렸다.

"크리스마스 직전이오. 그렇게 정확하게 기억하고 있는 건, 원래 그녀에게 우리 집에서 크리스마스를 함께 보내자고 하고 싶었기 때문이에요. 하지만 아버지가 용납하지 않으셨기 때문에 다른 식구들이 저택에 아직 머물고 있을 크리스마스 다음 주말에 찾아오라고 했어요. 전보를 보면 그녀는 크리스마스 며칠 전에 프랑스로 돌아간 것 같아요."

"그렇다면 당신은 석관에서 시체로 발견된 여자가 마르틴느라고 생각하는 겁니까?"

"오, 아니에요. 그렇지 않아요. 하지만 경위님이 그 여자가 외국인일지도 모른다고 하셨기 때문에……. 그럴 리는 없겠지만 불안한 느낌이 들더라고요. 그래서 혹시……."

그녀는 말꼬리를 흐렸다.

크래독은 재빨리 안심시키듯 말했다.

"이 일을 말씀해 주셔서 대단히 감사합니다, 크랙켄소프 양. 지금 즉시 알아보도록 하지요. 사실 개인적으로는 당신에게 편지를 쓴 여자가 실제로 프랑스로 돌아가 그곳에서 아무 일 없이 잘 살고 있을 거라 믿어 의심치 않습니다. 그러나 다른 한편으로는, 당신도 아시다시피 시기적으로 일치하는 부분이 있군요. 심리 때 들으셨겠지만 경찰의 증언에 따르면 희생자는 약 3~4주 전에 사망한 것으로 보이거든요. 자, 이젠 아무 걱정 마십시오, 크랙켄소프 양. 마음 편히 우리 경찰에게 맡겨 주시기 바랍니다."

그런 다음 조심스럽게 덧붙였다.

"아까 해럴드 크랙켄소프 씨와 상의했다고 했는데, 아버지와 다른 동생들에게는 말씀하시지 않았습니까?"

그녀는 희미하게 미소를 지었다.

"오, 물론 아버지께도 말씀드렸어요. 무척 화를 내셨죠. 아버지는 그 편지가 우리에게서 돈을 뜯어내려는 수작이라고 하셨어요. 아버진 돈에 대해서라면 항상 흥분하시거든요. 당신이 가난한지라 한 푼이라도 아껴야 한다고 생각하시죠. 아니, 어쩌면 그런 척만 하시는 건지도 모르겠지만요. 나이 든 분들은 다 그런 강박관념에 사로잡히나 봐요. 하지만 물론 그건 사실이 아니에요. 아버지는 수입이 많은데, 실제로 그 수입 중 4분의 1도 쓰시지 않는답니다. 적어도 요즘처럼 소득세가 높아지기 전에는 그랬어요. 지금은 저축한 재산이 꽤 될 거예요."

그녀는 잠시 입을 다물었다가 말을 이었다.

"그리고 다른 두 동생들에게도 말했어요. 알프레드는 무슨 농담처럼 여기더군요. 분명히 사기꾼의 짓이라면서요. 세드릭은 아예 관심도 없었어요. 그 애는 조금 자기중심적인 경향이 있거든요. 우리 생각은 마르틴느를 만날 때 그 자리에 우리 집안의 변호사인 윔본 씨도 함께 모시는 거였어요."

"윔본 씨는 그 편지를 어떻게 받아들이던가요?"

"사실 윔본 씨한테는 이 이야기를 하지도 못했어요. 막 그 문제를 결정하려는 순간 마르틴느의 전보가 도착했거든요."

"그 후로는 아무 조치도 취하지 않았고요?"

"네, 봉투에 '본인에게 전달 요망'이라고 써서 런던의 주소로 보냈는데, 아무 답변도 없더군요."

"그건 좀 이상하군요······. 흠······."

크래독은 에마를 날카롭게 쳐다보았다.

"크랙켄소프 양께서는 그 편지를 어떻게 생각하십니까?"

"잘 모르겠어요."

"편지를 받았을 당시의 생각은 어땠습니까? 그 편지가 진짜라고 생각했나요, 아니면 아버님이나 동생들과 같은 생각이었습니까? 제부 생각은 어땠나요?"

"아, 브라이언은 편지가 사실이라고 생각했어요."

"당신은요?"

"난······, 난 확신하지 못했어요."

"그렇다면 그 편지를 받고 어떤 기분이 들었나요? 만일 그 여자가 진짜 에드먼드의 미망인이라면 어떨 것 같습니까?"

에마의 표정이 부드러워졌다.

"난 에드먼드 오빠를 좋아했어요. 형제들 중에서 제일 좋아했지요. 그 편지는 마르틴느 같은 여자가 그런 처지가 되었을 때 쓸 만한 편지였어요. 편지에 묘사한 상황의 흐름도 매우 자연스러워 보였고요. 그녀는 전쟁이 끝난 뒤에 다른 남자와 결혼을 했거나 아니면 자신과 아이를 돌봐 줄 남자를 사귀었을 거예요. 그러다 그 남자가 죽었거나 그녀를 떠나서 우리 가족에게 도움을 요청한 거겠죠. 에드먼드가 그렇게 하라고 말했으니까요. 내가 보기에 편지는 충분히 진실되고 자연스러워 보였어요. 하지만 해럴드는 그게 사기꾼의 짓이라면 전에 마르틴느를 알았거나 그녀에 대해 모든 걸 상세히 알고 있는 여자가 쓴 걸 거라고 말했어요. 그래서 그렇게 그럴 듯한 편지를 쓸 수 있었던 거라고요. 사실 그 말도 일리가 있어요. 하지만 난 그래도…….'

그녀는 입을 다물었다.

"사실이기를 바라셨던 거군요?"

크래독이 상냥하게 말했다.

에마는 고맙다는 듯 그를 바라보았다.

"네, 난 사실이길 바랐어요. 에드먼드가 아들을 남겼다면 정말 기쁜 일일 테니까요."

크래독은 고개를 끄덕였다.

"당신의 말대로, 편지는 겉으로 보기에는 충분히 진짜처럼 보입니다. 뜻밖인 건 그 후에 일어난 일이지요. 마르틴느 크랙켄소프가 갑자기 파리로 돌아간 것과 그 후로는 그녀로부터 아무런 소식도 듣지 못했다는 사실 말입니다. 당신은 친절한 답장을 보냈고 그녀를 받아들일 준비를 하였습니다. 그런데 어째서 마르틴느는 파리로 돌아간 후에라도 답장을 쓰지 않은 걸까요? 그러니까 그녀가 진짜 마르틴느라는 가정하에 말입니다. 만일 그 여자가 사기꾼이라면 설명은 간단합니다. 난 당신이 윔본 씨에게 조언을 구했고, 그가 여자의 뒷조사를 하는 바람에 여자가 사기 행각을 들킬까 봐 달아난 게 아닐까 생각했습니다. 그런데 방금 당신은 윔본 씨에게는 이 문제를 알리지도 않았다고 했지요. 물론 당신 동생들 중 한 명이 그와 비슷한 일을 했을 가능성도 있습니다. 이 마르틴느라는 여자에게는 들키고 싶지 않은 배경이 있는지도 모릅니다. 어쩌면 의심 많고 빈틈 없는 사업가가 아니라 에드먼드의 다정한 누이만을 상대하면 될 거라고 생각했을 수도 있습니다. 많은 질문을 받지 않고도 어린 애를 위해 당신에게서 돈을 뜯어내려고 한 거지요. 뭐, 지금은 어린 애가 아니라 열다섯에서 열여섯쯤 되는 다 큰 소년으로 자랐겠지만요. 그런데 막상 마주치고 보니 완전히 다른 상황에 처했다는 걸 알게 된 겁니다. 제 생각에는 심각한 법적 문제가 발생할 것 같은데요. 만약 에드먼드 크랙켄소프가 결혼을 하여 적법한 아들을 남겼다면, 그는 당신 조부의 유산 상속인 중 한 명이 되지요?"

에마는 고개를 끄덕였다.

"더구나 제가 들은 바로는 그는 러더퍼드 저택과 그 주변의 토지를 상속받게 됩니다. 지금으로서는 대단히 값진 땅일 겁니다."

에마는 약간 놀란 듯 보였다.

"네, 그래요. 그 생각은 못해 봤네요."

크래독 경위가 말했다.

"뭐, 걱정하지 않으셔도 됩니다. 여기 오셔서 솔직하게 말씀하신 건 참으로 잘하신 일입니다. 조사는 해 보겠습니다만, 제 생각엔 그 편지를 쓴 여자, 아마도 가짜 편지로 한몫 잡으려고 했던 여자와 석관에서 시체로 발견된 여자와는 아무 관계도 없을 것 같습니다."

에마는 안도의 한숨을 쉬며 자리에서 일어났다.

"역시 말하길 잘했어요. 친절하게 대해 주셔서 정말 감사합니다."

크래독은 에마를 문 앞까지 배웅했다.

그런 다음 그는 웨더럴 경사를 호출했다.

"봅, 자네가 해 줄 일이 있네. 북 10구 엘버스 크레센트 126번지에 다녀오게. 러더퍼드 저택에서 발견된 여자의 사진을 가져가서 크랙켄소프 부인, 마르틴느 크랙켄소프 부인이라는 여자에 대해 알아봐. 12월 15일에서 31일 사이에 그곳에 살았거나 아니면 그곳에서 편지를 받아보았을 걸세."

"알겠습니다, 경위님."

크래독은 책상 위에서 기다리는 다양한 일감을 처리하느라 바쁜 시간을 보냈다. 오후에는 공연계에서 일하는 친구를 만났지만 아무런 수확도 거두지 못했다.

이후 사무실로 돌아왔을 때, 그는 책상 위에 파리에서 온 전보가 있는 것을 발견했다.

자네가 보낸 세부 사항들이 마리츠키 발레단의 안나 스트라빈스카와 일치함. 이쪽으로 와 주길. 파리 경시청의 데생.

크래독은 커다랗게 안도의 한숨을 내쉬며 찌푸린 이맛살을 폈다. 그는 생각했다.

'마침내! 마르틴느 크랙켄소프는 그만 파야겠군……'

그는 야간 페리를 타고 파리로 가기로 결심했다.

13장

I

"함께 차를 마시자고 초대해 줘서 고마워요. 정말 친절하시네요."
마플 양이 에마 크랙켄소프에게 말했다.
마플 양은 특히 오늘따라 상냥하고 푸근해 보였는데, 온화한 노부인의 모습 그 자체였다. 그녀는 주변을 둘러보며, 잘 재단된 검은 양복을 입은 해럴드 크랙켄소프와 매력적인 미소를 띤 채 그녀에게 샌드위치를 건네는 알프레드, 너덜너덜한 트위드 재킷을 입고 벽난로 장식 옆에 서서 다른 식구들을 못마땅한 얼굴로 바라보고 있는 세드릭에게 환한 미소를 지어 보였다.
"이렇게 와 주셔서 기뻐요."
에마가 예의바르게 말했다.

그날 점심 식사가 끝난 후까지도 이런 장면이 연출되리라고는 가족 누구도 상상하지 못했다. 그런데 에마가 갑자기 외친 것이다.

"맙소사, 깜박 잊고 있었네. 오늘 아일스배로우 양에게 차 마시는 시간에 친척분을 초대하라고 했어."

해럴드가 퉁명스럽게 말했다.

"나중에 오라고 해요. 아직 우리끼리 할 이야기가 산더미 같은데. 낯선 사람은 질색이라고."

"부엌이나 아님 다른 곳에서 차를 마시라고 해."

알프레드의 말에 에마가 단호하게 대꾸했다.

"오, 그건 안 돼. 그럴 수는 없어. 어떻게 그런 무례한 짓을 하니."

세드릭이 말했다.

"그냥 오라고 해. 어쩌면 그 할머니한테서 우리 훌륭한 루시 양에 대한 이야기를 들을 수 있을지도 모르잖아. 난 그 아가씨에 대해 좀 더 자세히 알고 싶거든. 과연 그 여자를 믿어도 될지 아직 확신이 안 서. 너무 똑똑하단 말이야."

해럴드가 말했다.

"그 여잔 연줄도 많고 신원도 확실해. 하지만 나도 나름대로 알아봐야겠어. 뭐든 확실하게 해 두고 싶으니까. 혼자서 저택을 기웃거리고 다니다가 시체를 발견한 게 이상하잖아."

"그 골치 아픈 시체가 누군지 알아낼 수만 있다면."

알프레드가 말했다.

해럴드가 화난 목소리로 덧붙였다.

"누나, 이 말은 꼭 해야겠는데, 경찰에 가서 죽은 여자가 에드먼드 형의 프랑스인 여자 친구일지도 모른다는 소리를 하다니, 제정신이야? 그럼 경찰은 여자가 여기 왔을 때 우리 중 누군가가 그 여자를 죽였을지도 모른다고 의심할 거란 말이야."

"오, 해럴드. 너무 과장하지 말렴."

알프레드가 말했다.

"해럴드 형의 말이 맞아. 누나가 무슨 생각으로 그랬는지 모르겠지만, 요즘엔 어딜 가나 사복형사가 날 미행하고 있는 것 같단 말이지."

"나는 그러지 말라고 했어. 그런데 큄퍼 선생이 부추긴 거지."

세드릭의 말에 해럴드가 화가 나서 외쳤다.

"이건 그 사람이 참견할 문제가 아니잖아! 처방약이나 건강보험에나 신경 쓸 것이지."

에마가 힘없이 말했다.

"제발, 싸우지 말아. 이름은 모르지만 그 부인이 차를 마시러 온다는 게 얼마나 기쁜지 모르겠다. 손님이 와 있으면 계속 똑같은 문제를 가지고 왈가왈부하지도 않을 테니까. 난 그만 가서 몸단장이나 하고 올게."

에마가 방을 나갔다.

"그 루시 아일스배로우 양이라는 여자……."

해럴드는 잠시 말을 멈추었다.

"세드릭 형이 말한 대로 창고를 기웃거리면서 석관을 열어 봤다는 것 자체가 너무 이상해. 무슨 헤라클레스도 아니고. 아무래도 조사를 해 봐야겠어. 점심 식사 때 그 여자 분위기가 우리를 좀 적대시하는 거 같던데······."

"나한테 맡겨 둬. 대체 무슨 꿍꿍이인지 알아낼 테니까."

알프레드가 말했다.

"내 말은 도대체 왜 그 석관을 열어 봤냐는 거야."

"어쩌면······ 그 여자가 진짜 루시 아일스배로우가 아닐지도 모르지."

세드릭이 말했다.

"하지만 도대체 왜? 이런, 젠장!"

해럴드가 짜증스레 외쳤다.

그들은 걱정스러운 표정으로 서로의 얼굴을 바라보았다.

"게다가 이번엔 무슨 성가신 할망구가 차를 마시러 온다질 않나. 안 그래도 생각할 게 이렇게 많은데!"

"우선 오늘 저녁에 이야기하자고. 그전에 그 노부인한테서 루시에 관한 정보를 짜내야지."

알프레드가 말했다.

그렇게 해서 마플 양은 루시의 자동차를 타고 와서 벽난로 가에 앉아, 샌드위치를 건네주는 알프레드를 향해 잘생긴 남자에게 으레 보이는 미소를 띠우고 있게 된 것이다.

"어머, 고맙기도 해라······. 혹시 이건······? 아, 달걀과 정어리군요. 맛있겠네요. 난 차를 마실 때 간식을 너무 많이 먹는 것 같아요. 나이가 들면 그렇게 되나 봐요······. 물론 저녁 때에는 조금밖에 안 먹는답니다……. 건강을 조심해야 하거든요."

마플 양은 이 집의 여주인을 다시 돌아보았다.

"정말 근사한 저택이네요. 아름다운 물건들도 많고요. 저 청동상을 보니 우리 아버지가 파리 박람회에서 사 오셨던 물건들이 생각나네요. 어머나, 정말 당신 조부께서요? 고전적인 양식이네요, 그렇죠? 참 멋있어요. 형제들이 한자리에 모여 정말 기쁘겠군요. 요즘엔 가족들이 흩어져 사는 경우가 많잖아요. 인도라든가. 하긴 요즘엔 많이 돌아온 것 같지만. 그리고 아프리카도 있죠. 서부 해안의 기후가 그렇게 지독하다면서요?"

"동생들 둘은 런던에 살고 있어요."

"에마 양한텐 참 다행스러운 일이네요."

"하지만 세드릭은 화가인데, 이비사에 살아요. 발레아레스 제도에 있는 섬이죠."

마플 양이 말했다.

"화가들은 섬을 무척 좋아하나 봐요, 그렇죠? 쇼팽도 마요르카에 살았잖아요. 아, 하지만 그 사람은 음악가였죠. 맞아, 내가 생각한 사람은 고갱이었어요. 서글픈 삶이었죠. 나름 허송세월한 것 같기도 하고. 솔직히 난 원주민 여자 그림은 별로 좋아하지 않는답니다. 고갱이 칭송받는 화가라는 건 알지만 그 선정적인 노란색은 도저히 좋아할 수가 없더라고요. 그 사람의 그림을 보고 있으면 불쾌한 기분이 들어요."

그녀는 세드릭을 약간 나무라듯 쳐다보았다.

"루시의 어린 시절 이야기를 들려주세요, 마플 양."

세드릭이 말했다.

마플 양은 밝은 미소를 지으며 그녀를 올려다보았다.

"루시는 늘 머리가 좋은 애였어요. 그래, 정말로 그랬단다, 얘야. 아무 말 말렴. 수학을 특히 잘했답니다. 그리고 보니 정육점 주인이 최고급 소고기 가격을 너무 높게 불렀을 때가 생각나네요……."

마플 양은 루시의 어린 시절을 거침없이 늘어놓았고, 그러다 자신이 살고 있는 시골 마을로 이야기를 옮겨 갔다.

그녀의 회상은 브라이언과, 열성적으로 단서를 찾아다니던 까닭에 온몸이 흠뻑 젖고 먼지투성이가 된 두 소년이 등장하는 바람에 방해를 받고 말았다. 다시 한번 차가 나오고, 그와 함께 큄퍼 선생이 나타났다. 그는 손님을 소개받은 뒤 테이블 주위를 둘러보고는 눈썹을 살짝 추켜올렸다.

"오늘 아버님 기분이 별로 좋지 않으신가요, 에마?"

"오, 아니에요. 그게……. 오늘 오후에는 조금 피곤하시다는군요."

마플 양이 익살맞은 미소를 띠며 말했다.

"손님을 피하고 싶은가 보군요. 우리 아버지 생각이 나네요. 어머니께 이렇게 묻곤 하셨죠. '늙은 고양이들이 많이 오나? 내 차는 서재로 갖다 주시게.' 그럴 땐 참 심술궂으셨어요, 우리 아버지도."

"부디 오해하진 마세요."

에마가 입을 열었지만 세드릭이 재빨리 끼어들었다.

"아버진 사랑스러운 아들들이 놀러 올 때면 늘 서재에서 차를 드시죠. 심리학적인 문제 아닙니까, 의사 선생님?"

평소에 식사를 제대로 할 만한 시간이 없는 탓에 감사의 뜻을 노골적으로 드러내며 눈앞의 샌드위치와 커피 케이크를 열심히 먹고 있던 큄퍼 선생이 대답했다.

"심리학이란 심리학자에게 맡겼을 때나 정확하지요. 문제는 요즘엔 누구나 다 아마추어 심리학자라는 거죠. 요즘 내 환자들은 내가 미처 입을 열기도 전에 자기가 무슨 콤플렉스에 무슨 노이로제를 앓고 있다고 정확하게 설명한다니까요. 고마워요, 에마. 한 잔 더 주겠습니까? 오늘은 점심을 먹을 시간이 없었거든요."

"난 늘 의사들이 고귀하고 자기 희생적인 생활을 하고 있다고 생각했어요."

마플 양의 말에 큄퍼 선생이 말했다.

"의사들을 많이 안 만나 보셨나 보군요. 많은 의사가 거머리 취급을 당한답니다. 사실 실제로 그런 의사들도 많고요. 어쨌든 이젠 우리도 정부의 관리를 받으며 돈을 번답니다. 더 이상 알지도 못하는 의사한테 청구서가 날아올 일도 없어요. 문제는 덕분에 모든 환자가 '정부'에서 최대한 많은 걸 받아내려고 혈안이 되어 있다는 거죠. 그 결과 제니가 밤에 기침을 두 번 했다고 해서, 아니면 지미가 사과 몇 알을 집어 먹었다는 이유로 불쌍한 의사가 한밤중에 달려가야 한다는 겁니다. 오, 세상에. 정말 맛있는 케이크군요. 에마, 당신은 정말 훌륭한 요리사예요!"

"내가 만든 게 아니에요. 아일스배로우 양의 솜씨랍니다."

"당신 솜씨도 결코 뒤지지 않을 겁니다."

큄퍼가 충직하게 말했다.

"아버지를 뵈러 가시겠어요?"

에마가 자리에서 일어나자 의사가 그녀의 뒤를 따랐다. 마플 양은 두 사람이 방을 떠나는 모습을 지켜보았다.

"크랙켄소프 양은 효심이 매우 깊은 따님이네요."

마플 양이 말했다.

"어떻게 저렇게 아버지를 견디고 살 수 있는지 신기할 정도죠."

언제나 거리낌 없는 세드릭이 말했다.

"누나는 이 집에서 편안히 지내고 있답니다. 아버지도 누나에게 의지하고 있고요."

해럴드가 재빨리 말했다.

"누나는 괜찮을 거야. 노치녀 체질이거든."

세드릭이 말했다.

마플 양의 눈이 희미하게 반짝였다.

"오, 정말 그렇게 생각하세요?"

해럴드가 재빨리 대답했다.

"형이 노처녀라는 단어를 나쁜 뜻으로 말한 게 아닙니다, 마플 양."

"어머나, 마음이 상한 게 아니랍니다. 단지 과연 그 말이 맞을까 하고 의아해한 것뿐이에요. 난 크랙켄소프 양이 노처녀 타입이라고는 생각하지 않아요. 결혼을 늦게 하긴 하겠지만, 아주 행복한 결혼 생활을 할 것 같네요."

"여기서 사는 한은 그렇게 될 것 같지 않은데요. 결혼할 상대가 없으니까요."

세드릭이 말했다.

마플 양의 눈이 한층 더 의미심장하게 빛났다.

"목사님은 어디에나 있지요. 그리고 의사도요."

그녀는 부드럽고 장난기 어린 눈길로 한 사람을 바라보더니 천천히 다른 사람에게로 시선을 움직였다. 그들이 결코 생각해 보지도 않았고 별로 반갑지도 않을 무언가를 암시하고 있는 게 명백했다.

마플 양은 자리에서 일어나다가 작은 모직 스카프와 가방을 떨어뜨리고 말았다.

3형제는 세심한 태도로 그것들을 주워 주었다.

"정말 친절하기도 해라. 오, 내 작은 파란색 목도리, 고마워요. 참, 아까도 말했지만 이렇게 초대해 줘서 정말 감사해요. 언제나 이 집이 어떤 곳인지 상상하곤 했거든요. 우리 루시가 일하는 곳을 그려보려고요."

마플 양이 노래하듯 말했다.

"완벽한 가정의 조건이죠. 살인 사건이 일어났으니."

세드릭이 말했다.

"형!"

해럴드의 목소리에는 분노가 묻어 있었다.

마플 양은 미소를 지으며 세드릭을 바라보았다.

"당신을 보면 누가 생각나는지 아세요? 우리 마을 은행장 아들인 토머스 이드가 떠오른답니다. 언제나 사람들을 놀래곤 했죠. 은행 일이 적성에 안 맞아서 결국에는 서인도제도로 떠났어요. 아버지가 돌아가셨을 때 고향에 돌아와서는 꽤 많은 유산을 물려받았고요. 그 애에겐 참 잘된 일이었죠. 언제나 돈을 벌기보다는 쓰는 데 더 소질이 있었거든요."

II

 루시는 마플 양을 집까지 데려다주었다. 저택으로 돌아와 뒤쪽 오솔길로 막 접어든 순간, 어둠 속에서 누군가 불쑥 튀어나오더니 헤드라이트 불빛 앞에서 걸음을 멈추었다. 그가 손을 쳐들었다. 루시는 그때서야 그를 알아보았다. 알프레드 크랙켄소프였다.
 자동차에 올라타며 알프레드가 말했다.
 "이제 좀 낫군요. 으으, 추워라. 기분 좋은 산책이나 좀 해 볼까 했더니만 안 되겠군요. 이모님은 잘 모셔다 드렸나요?"
 "네, 무척 즐거우셨대요."
 "그런 것 같더군요. 나이 많은 숙녀들께서는 어떤 모임이든 즐거워하시는 것 같더군요. 그렇지만 우리가 보기엔 지루하죠. 그중에서도 러더퍼드 저택만큼 지루한 곳도 없을 겁니다. 난 여기 이틀만 와 있어도 죽을 것 같더군요. 당신은 어떻게 그렇게 오래 붙어 있는 거죠, 루시? 루시라고 불러도 괜찮겠죠?"
 "네, 괜찮아요. 글쎄요, 난 전혀 지루하지 않던데요. 게다가 여기

영원히 있을 것도 아니고요."

"난 당신을 지켜봤습니다. 당신은 아주 영리한 여자예요, 루시. 요리나 청소 따위에 인생을 낭비하기엔 너무 똑똑하단 말입니다."

"말씀 감사합니다만, 난 책상머리에 앉아 있는 것보다는 요리나 청소를 하는 게 더 좋아요."

"나도 그래요. 하지만 인생을 사는 데에는 다른 방식도 있지요. 프리랜서가 될 수도 있잖습니까."

"지금도 그런데요."

"이런 일이 아니라, 내 말은 당신 자신을 위해 일하라는 겁니다. 당신의 기지를 발휘해서……."

"어떤 일에다가요?"

"권력에 대항하는 일이죠! 우리를 구속하는 온갖 어리석고 시시한 법이며 규제 같은 것에 한 방 먹이는 겁니다. 재미있는 건, 머리만 잘 굴리면 그런 것들을 피할 길은 늘 존재한다는 겁니다. 그런데 당신은 매우 똑똑하거든요. 자, 어떻습니까? 내 말뜻 알겠어요?"

"어쩌면요."

루시는 마구간 안으로 차를 몰았다.

"한번 해 보지 않겠습니까?"

"이야기를 더 자세하게 들어 봐야겠는데요."

"솔직하게 말하자면, 사랑스러운 아가씨. 당신을 고용하고 싶다 이겁니다. 당신의 태도는 매우 귀중한 가치를 지니고 있거든요. 당신은 누구에게나 신뢰감을 주죠."

"빛 좋은 개살구를 파는 일을 도와 달라는 건가요?"
"전혀 위험하지 않아요. 그저 법을 조금 비켜 가는 것뿐이죠. 정말 그뿐입니다. 당신은 무척 매력적이에요, 루시. 난 당신을 파트너로 삼고 싶어요."

알프레드의 손이 루시의 팔을 슬그머니 건드렸다.

"그것 참 고마운 말씀이네요."

"하지 않겠다는 뜻입니까? 생각해 봐요. 얼마나 재미있을지 생각해 보십시오. 그 엄숙한 척하는 잘난 사람들을 당신의 재주와 기지를 발휘해 납작하게 눌러 버릴 때 느끼는 그 즐거움을 상상해 봐요. 문제는 돈이 필요하다는 겁니다."

"불행히도 내겐 돈이 없어요."

"오, 그건 문제가 안 됩니다! 머지않아 내 손에 약간 들어올 테니까요. 우리 존경하는 아버지도 영원히 살지는 못할 겁니다. 구두쇠 영감 같으니. 아버지가 돌아가시면 나도 진짜 돈 같은 걸 손에 만져 볼 수 있어요. 어떻습니까, 루시?"

"계약 조건은요?"

"원한다면 결혼도 괜찮습니다. 여자들은 아무리 진취적이거나 자립심이 강해도 결혼을 하고 싶어 하는 것 같더군요. 게다가 아내는 남편에게 불리한 증언을 할 수도 없지요."

"듣기 좋은 말은 아니군요!"

"마음에도 없는 말 하지 마십쇼, 루시. 내가 당신한테 푹 빠져 있다는 걸 모르나요?"

놀랍게도 루시는 묘한 매력을 느꼈다. 알프레드에게는 어딘가 이상한 매력이 있었다. 순전히 동물적인 마력인 것 같았다. 루시는 웃으면서 그의 손에서 팔을 빼냈다.

"장난할 시간 없어요. 난 가서 저녁 식사를 준비해야 해요."

"그렇겠죠. 당신은 정말 뛰어난 요리사니까요. 저녁 식사에는 뭐가 나오죠?"

"얌전히 기다리세요. 당신은 아이들만큼이나 참을성이 없군요!"

그들은 저택 안으로 들어갔고, 루시는 서둘러 부엌으로 향했다. 음식을 준비하던 루시는 해럴드가 나타나자 깜짝 놀랐다.

"아일스배로우 양, 잠시 나와 이야기 좀 할 수 있겠습니까?"

"나중에 하면 안 될까요, 크랙켄소프 씨? 보시다시피 지금은 바쁘거든요."

"오, 물론입니다. 저녁 식사가 끝난 다음엔 어떻습니까?"

"네, 그때라면 괜찮아요."

저녁 식사는 제시간에 준비되었고, 역시 사람들의 찬사를 받았다. 루시는 설거지를 끝내고 홀로 나갔다. 해럴드 크랙켄소프가 그녀를 기다리고 있었다.

"무슨 일인가요, 크랙켄소프 씨?"

"이쪽으로 들어가서 이야기할까요?"

해럴드는 응접실 문을 열고 안으로 들어갔다. 루시가 들어오자 그는 문을 닫았다.

해럴드가 설명을 시작했다.

"난 내일 아침 떠납니다. 하지만 그전에 당신의 능력에 얼마나 깊은 감명을 받았는지 말하고 싶었습니다."

루시는 다소 놀라 대답했다.

"감사합니다."

"난 당신이 여기서 재능을 낭비하고 있다고 생각합니다. 두말 할 필요 없는 낭비요."

"그렇게 생각하시나요? 전 그렇게 생각하지 않는데요."

'적어도 이 사람은 내게 결혼하자고 말하지 않겠지.'

루시는 생각했다. 해럴드에게는 이미 아내가 있으니 말이다.

"이런 유감스러운 사건이 발생한 와중에도 우리를 친절하게 돌봐주었으니 나중에 런던에 오면 나를 방문해 주십시오. 전화로 약속을 잡으면 내 비서에게 미리 일러둘 테니까요. 솔직히 당신처럼 탁월한 능력을 지닌 사람이라면 우리 회사에서 일을 해도 좋을 것 같습니다. 당신의 재능을 어떤 분야에서 가장 잘 활용할 수 있을지는 나중에 의논할 수 있겠지요. 아일스배로우 양, 나는 당신에게 넉넉한 보수는 물론 밝고 유망한 미래를 주고 싶습니다. 좀 놀랐겠지만 기분은 좋지요?"

그의 미소는 너그러웠다.

루시는 차분하게 대답했다.

"감사합니다, 크랙켄소프 씨. 생각해 보겠어요."

"너무 오래 생각하진 마십시오. 이 세상에서 성공하고 싶다는 열망을 지닌 젊은 여성이라면 절대로 놓칠 수 없는 기회니까요."

다시금 그의 이가 반짝였다.

"잘 자요, 아일스배로우 양."

"세상에······. 세상에나······. 이거 정말 재미있는걸······."

루시는 혼잣말로 중얼거렸다.

침실로 올라가는 길에 루시는 계단 위에서 세드릭과 마주쳤다.

"잠깐 나 좀 봅시다, 루시. 할 말이 있어요."

"혹시 당신과 결혼해 함께 이비사에 가서 당신을 돌봐 달라는 말은 아니겠죠?"

세드릭은 깜짝 놀라다 못해 조금 당황한 듯 보였다.

"그런 생각은 해 본 적도 없습니다."

"미안해요. 내가 실수했네요."

"난 그저 이 집에 기차 시간표가 있는지 물어보려는 것뿐이었습니다."

"그뿐인가요? 홀에 있는 탁자 위에 있어요."

세드릭이 핀잔을 주듯 말했다.

"그거 알아요? 모든 사람이 당신과 결혼하고 싶어 한다고 착각하지 마시죠. 당신은 꽤 예쁘긴 하지만 그 정도로 미인은 아니란 말입니다. 그런 걸 두고 뭐라고 말하는지 당신도 알죠? 그런 식으로 착각하다간 계속 나빠지기만 할 겁니다. 솔직히 만약 내가 결혼을 한다면 당신은 이 세상에서 내가 결혼을 고려할 마지막 여자라고요. 마지막 여자!"

"그런가요? 그렇게 강조해서 거듭 말할 필요는 없어요. 당신으로

선 내가 계모가 되는 편이 더 좋을지도 모르겠네요."
"그건 또 무슨 소립니까?"
세드릭은 멍청한 표정으로 그녀를 바라보았다.
"들었잖아요."
루시는 이렇게 말하고 자신의 방으로 들어가 문을 닫았다.

14장

I

더못 크래독은 파리 경시청의 아르망 데생과 가까운 사이였다. 두 사람은 한두 사건에서 만난 이후 좋은 관계를 유지하고 있었다. 크래독이 프랑스어를 유창하게 할 줄 알기 때문에 그들의 대화는 대부분 프랑스어로 이루어졌다.

"말해 두지만 이건 하나의 가능성일 뿐이야."

데생이 그에게 경고했다.

"이건 발레단의 사진일세. 왼쪽에서 네 번째가 그 여자야. 알아볼 수 있겠나?"

크래독 경위는 솔직히 잘 모르겠다고 대답했다. 사실 교살된 젊은 여자의 얼굴은 알아보기 쉽지 않았고, 사진 속의 젊은 여자들은 모두 두꺼운 화장을 하고 지나치게 커다란 새 모양의 머리 장식을 쓰고 있었다.

"가능성은 있어 보이지만 그 이상은 모르겠네. 이 여자는 누구지? 이 여자에 대해 뭘 알고 있나?"

크래독의 질문에 상대방이 쾌활한 목소리로 대답했다.

"거의 모른다고 할 수 있지. 별로 중요한 인물은 아니거든. 마리츠키 발레단 역시 유명한 곳이 아니고. 지방의 작은 극장들을 전전하며 순회 공연을 다닌다는군. 명성도 없고, 잘 알려진 스타나 유명한 발레리나도 없어. 하지만 발레단을 운영하는 마담 졸리에를 만나게 해 주겠네."

마담 졸리에는 사업가다운 활기찬 프랑스 여자로, 날카로운 눈매에 코 위에는 털이 무성했으며 피둥피둥 살이 쪄 있었다. 그녀는 두 사람의 방문이 달갑지 않다는 사실을 노골적으로 드러내며 언짢은 얼굴로 그들을 쏘아보았다.

"난 경찰이 싫어요. 기회만 되면 나를 성가시게 한다니까."

키가 크고 말랐으며, 다소 우울해 보이는 데생이 말했다.

"아니, 안 되죠, 마담. 그렇게 말씀하시면 안 되지요. 내가 언제 당신을 곤란하게 한 적이 있습니까?"

마담 졸리에가 곧바로 대답했다.

"그 바보 같은 애가 페놀(섭취하면 치명적인 독성 물질 — 옮긴이)을 마셨을 때요. 교향악단 단장과 사랑에 빠져서 그랬죠. 그 남잔 여자한텐 관심도 없고 다른 취향을 가지고 있었거든요. 그런데 그걸 가지고 당신이 난리법석을 떨었잖아요! 내 아름다운 발레단한테는 치욕 같은 일이었어요."

"오히려 그 반대였죠. 손님들이 몰려오지 않았습니까. 더구나 벌써 3년 전 일이고요. 그 생각은 그만 떨쳐 버리고 이제 이 여자에 대해 말해 보십시오. 안나 스트라빈스카 말입니다."

"그 애가 뭘 어쨌는데요?"

마담이 신중하게 물었다.

"러시아 사람입니까?"

크래독 경위가 물었다.

"오, 아니에요. 이름 때문에 그런가요? 원래 이런 데 있는 여자애들은 그런 식으로 예명을 붙이잖아요. 그 앤 그렇게 중요하지도 않았고, 춤도 잘 못 추고, 유난히 예쁜 것도 아니었어요. 엘르 에테 아세 비엥, 세 투(그 앤 그냥 괜찮은 정도였어요. 그게 다예요). 발레단에서 군무를 추기엔 적당했지만 솔로를 맡을 정도는 아니었죠."

"그럼 프랑스인이었습니까?"

"아마 그럴 거예요. 프랑스 여권을 가지고 있었거든요. 하지만 언젠가 영국인 남편이 있다는 말을 한 적이 있어요."

"영국인 남편이 있다고요? 살아 있답니까, 아니면 죽었답니까?"

마담 졸리에가 어깨를 으쓱했다.

"죽었거나, 아니면 그 애를 떠났겠죠. 내가 그런 걸 어떻게 알아요? 이런 곳에 있는 애들은 늘 남자랑 문제가 생기잖아요."

"그녀를 마지막으로 본 건 언제입니까?"

"단원들을 데리고 6주일 동안 런던에 간 적 있었어요. 토키랑 본머스, 이스트본, 또 이름이 잘 기억 안 나는 데랑 해머스미스에서 공연을 한 다음에 프랑스로 돌아왔는데, 안나는 안 왔어요. 그러더니 편지만 한 장 달랑 보냈더군요. 극단을 그만두고 자기 남편 식구들하고 같이 살기로 했다나. 뭐, 그런 말도 안 되는 소리만 적혀 있었어요. 난 그게 거짓말이라고 생각했어요. 그저 새로 남자를 하나 만났나 보다고 생각했죠."

크래독 경위가 고개를 끄덕였다. 마담 졸리에라면 정말로 그렇게 생각했으리라는 생각이 들었다.

"어차피 난 손해 볼 게 없으니까 신경 안 썼어요. 춤을 출 여자애라면 얼마든지 괜찮은 애로 새로 구할 수 있거든요. 그래서 그냥 그런가 보다 어깨를 한 번 들썩이곤 머릿속에서 지워 버렸죠. 뭐 하러 신경을 써요? 그런 애들은 다 똑같은데. 남자라면 아주 껌뻑 죽죠."

"그게 며칠입니까?"

"우리가 프랑스로 돌아온 날이오? 어디 보자……. 맞아, 크리스마스 전 일요일이었어요. 안나가 떠난 건…… 그보다 이틀 전이었나, 사흘 전이었나? 기억이 잘 안 나네요……. 하지만 해머스미스에서 공연을 했던 그 주 주말에는 안나 없이 공연을 해야 했어요. 안무를 모조리 뜯어 고쳐야 했지요. 정말이지 생각 없는 계집애 같으니. 하지만 이런 데 있는 애들은 다 똑같으니까요. 남자만 만나는 순간에는 하나같이 바보가 된다니까. 그래서 난 단원들에게 이렇게 말했답니다. '흥! 그 애가 다시 돌아온대도 난 절대로 안 받아 줄 거야!'"

"많이 성가셨겠군요."

"오! 난 상관 안 해요. 크리스마스도 자기가 꼬인 남자랑 같이 지냈겠죠. 하지만 내가 상관할 일이 아닌걸요. 다른 여자애를 찾으면 되니까. 마리츠키 발레단에서 춤출 기회를 찾아 달려드는 젊은 애들 말이에요. 안나만큼 출 수 있는, 아니 안나보다 더 잘 추는 애들을 찾으면 되죠."

마담 졸리에는 잠시 말을 멈추었다가 갑자기 지대한 관심을 드러내며 말했다.

"그런데 그 애를 왜 찾으려는 거예요? 어디서 돈벼락이라도 맞았나요?"

크래독 경위가 예의바르게 대답했다.

"그 반대입니다. 우리는 그녀가 살해되었을지도 모른다고 생각하고 있습니다."

마담 졸리에는 다시 무관심한 표정으로 돌아갔다.

"사 세 쀠(그럴 수도 있죠)! 그런 일도 일어나곤 하죠. 아, 저런! 그 애는 독실한 가톨릭 신자였는데. 일요일엔 꼬박꼬박 미사에 참가하고, 고해성사도 했죠."

"혹시 그녀가 아들 얘기를 말한 적은 없습니까, 마담?"

"아들이라고요? 걔한테 애가 있었단 말이에요? 어머나, 그건 믿어지지 않는데. 이런 데 있는 여자애들은 그런 일이 생기면 어디로 가서 처리해야 하는지 다들 알거든요. 무슈 데생도 저만큼이나 잘 아실 텐데요."

크래독이 말했다.

"무대 생활을 하기 전에 아이를 낳았을지도 모르지요. 예를 들어, 전쟁 중에라든가 말입니다."

"아! 당 라 게르(전쟁 중에 말이군요)! 그건 가능한 이야기죠. 하지만 난 아무것도 몰라요."

"단원들 중에서 그녀와 가장 가깝게 지내던 친구는 누구입니까?"

"두세 명 정도 이름을 알려 줄 수는 있지만, 특별히 가까운 친구는 없었어요."

마담 졸리에에게서 달리 유용한 정보는 얻지 못했다.

그녀에게 콤팩트를 보여 주자 안나도 비슷한 것을 가지고 있긴 했지만 그건 다른 여자들도 마찬가지라고 했다. 또 안나가 런던에서 모피 코트를 샀을 수도 있지만 자신은 모르는 일이라고 했다.

"난 리허설이다 무대 조명이다, 다른 사업과 얽힌 어려운 문제들을 해결하느라 정신이 없었어요. 단원들이 무슨 옷을 입었는지 따위에 신경 쓸 시간이 없었다고요."

마담 졸리에와 이야기를 마친 뒤 두 형사는 그녀가 이름을 알려 준 무용수들을 만나 보았다. 그중 한두 명은 안나와 꽤 잘 아는 사이였지만, 모두 안나는 자신의 이야기를 많이 하는 편이 아니었고 설사 하더라도 대부분 거짓말이었다고 말했다.

"그 애는 자기가 대공의 애인이었다거나 영국 재계 거물의 애인이었다는 둥 이야기 지어내는 걸 좋아했어요. 전쟁 때는 레지스탕스로 활약했다는 말도 했다니까요. 심지어 할리우드에서 영화배우를 했다고도 했어요."

다른 여자가 말했다.

"내 생각에 그 애는 원래 보수 중산층 집안 출신인 것 같아요. 발레를 좋아한 것도 단순히 그게 낭만적이라고 생각했기 때문이었겠죠. 하지만 춤은 잘 못 추었죠. 아버지가 아미앵에서 포목상을 하고 있다고 하면 전혀 낭만적이지 않잖아요! 그래서 이야기를 지어낸 거죠."

첫 번째 여자가 말했다.

"심지어 런던에서는요, 어느 돈 많은 남자가 유람선으로 세계 일주를 시켜 줄 거라고도 했어요. 자기가 자동차 사고로 죽은 그 남자 딸이랑 닮았다나! 쿠엘레 블라그(허풍도 정도껏이지)!"

"나한테는 돈 많은 스코틀랜드 귀족이랑 살 거라고 했어. 거기서 사슴 사냥을 할 거라고."

도움이 될 만한 것은 아무것도 없었다. 그들에게서 얻은 것은 안나 스트라빈스카가 능란한 거짓말쟁이였다는 사실뿐이었다. 그녀는 분명 스코틀랜드에서 귀족과 사슴 사냥을 하고 있지도 않을 것이고 햇빛이 쨍쨍 내리쬐는 유람선 갑판에서 세계 일주를 하고 있지도 않을 것이다. 그러나 그렇다고 해서 러더퍼드 저택에서 발견된 시체가 안나라고 단정할 만한 근거 또한 전혀 없었다. 사진을 본 두 여자와 마담 졸리에는 확신하지 못하고 머뭇거렸다. 세 사람은 모두 죽은 여자와 안나가 닮았다고 시인했다. 하지만 알 수 없는 일이었다. 얼굴이 온통 부풀어 올라 있으니, 그게 누구인지 어찌 알겠는가?

현재까지 명백하게 밝혀진 사실은 12월 19일에 안나 스트라빈스카는 프랑스로 돌아가지 않기로 결심했고, 12월 20일에는 그녀와 닮은 모습의 여자가 브랙햄프턴행 4시 33분 열차 안에서 교살되었다는 것뿐이었다.

만일 석관 속에서 발견된 여자가 안나 스트라빈스카가 아니라면, 지금 안나는 어디 있는 것일까? 그 질문에 대한 마담 졸리에의 대답은 간단하고도 지당했다.

"남자랑 함께 있겠죠!"

크래독 경위는 어쩌면 그녀의 말이 옳을 것이라는 생각이 들어 씁쓸했다.

그러나 안나가 영국인 남편이 있다고 언급했다는 것은 또 하나의 가능성이 있다는 얘기였다.

그 남편이 에드먼드 크랙켄소프일 수도 있을까?

하지만 안나의 지인들이 들려준 바로 미루어 보건대, 그럴 가능성은 별로 없어 보였다. 그보다 더욱 그럴 듯한 가능성은 안나가 한때 마르틴느와 가까운 사이여서 그녀의 세세한 과거까지 알고 있다는 것이었다. 에마 크랙켄소프에게 편지를 쓴 여자는 안나일지도 몰랐다. 그리고 만일 그게 사실이라면 안나는 어떤 종류의 질문이나 조사를 받을까 봐 두려웠을 터였다. 어쩌면 마리츠키 발레단과 관계를 끊는 편이 현명하다고 생각했을 수도 있었다. 하지만 만일 그렇다 하더라도, 그녀는 지금 어디 있는 것일까?

그리하여 다시금 마주한 결론은, 결국 마담 졸리에의 대답이 가장 그럴 듯하다는 것이었다.
남자와 함께……

II

파리를 떠나기 전 크래독은 데생과 함께 마르틴느라는 여자에 대해 의견을 나누었다. 데생은 이 여자가 석관에서 발견된 여자 시체와는 아무런 관련이 없다는 데 영국인 경찰 동료와 의견을 함께했다. 그럼에도 불구하고 그는 이 문제를 조사해 봐야겠다는 데 동의했다.
그는 크래독에게 던커크 함락 직전 제4사우스셔 연대 소속 에드먼드 크랙켄소프 중위와 마르틴느라는 여자가 결혼한 기록이 있는지 파리 경시청에서 최선을 다해 조사하겠다고 크래독을 안심시켰다.
하지만 데생은 확실하게 보장할 수는 없다는 말을 덧붙였다. 문제의 그 지역은 당시 독일군에게 점령되었을 뿐만 아니라 그 후로도 점령 기간 동안 심각한 파괴와 고통을 겪었던 것이다. 많은 건물과 기록이 파괴되어 더 이상 남아 있지 않았다.
"하지만 걱정 말게, 친구. 최선을 다 할 테니."
그와 크래독은 서로 작별을 고했다.

III

크래독이 돌아와 보니 웨더럴 경사가 침울한 분위기로 보고를 하기 위해 기다리고 있었다.

"경위님이 말씀하신 엘버스 크레센트 126번지는 숙박업소였습니다. 상당히 수준 높은 곳이더군요."

"여자의 신원은 알아냈나?"

"아니요. 그 주소로 편지를 받아 본 사람들 가운데 사진과 비슷한 여자가 있었다고 알아본 사람은 아무도 없었습니다. 어차피 크게 기대하지도 않았습니다. 벌써 한 달 전 일인 데다가 그곳을 이용하는 사람들도 많으니까요. 정확히 말하자면 학생들이 묵는 하숙집입니다."

"어쩌면 가명으로 묵었을지도 모르네."

"그렇다 하더라도 사진을 보고 알아보는 사람은 아무도 없었습니다."

경사는 뒤이어 덧붙였다.

"호텔들도 돌아보았습니다만, 어느 호텔에서도 마르틴느 크랙켄소프라는 이름으로 묵은 사람은 없었습니다. 경위님이 파리에서 거신 전화를 받고 안나 스트라빈스카도 조사해 보았습니다. 그녀는 발레 단원들과 함께 브룩 그린이라는 싸구려 호텔에 숙박했더군요. 극단 쪽 사람들이 자주 이용하는 곳입니다. 공연이 끝난 19일 목요일 밤에 체크아웃을 했고, 그 후의 기록은 없습니다."

크래독은 고개를 끄덕였다. 그는 좀 더 자세히 조사해 보라고 지시했지만 내심으로는 성과가 있으리라고 기대하지 않았다.

그는 잠시 동안 곰곰이 생각하다가 '웜본, 헨더슨 앤드 카스테어즈' 사무소에 전화를 걸어 웜본 씨와 만날 약속을 잡았다.

얼마 후, 크래독 경위는 웜본 씨가 먼지투성이 서류 다발로 잔뜩 뒤덮인 커다란 구식 책상 앞에 앉아 있는, 유난히 공기가 탁한 방으로 안내되었다. 존 폴즈 경, 레이디 데린, 조지 로바텀 향사 등 이름표가 붙은 다양한 증서 상자들이 벽을 타고 가득 쌓여 있었다. 지나간 시대의 유물인지 아니면 현재 진행 중인 법적 사건들과 관계된 것인지 경위는 알 수 없었다.

웜본 씨는 이 방문객을 가문 변호사가 경찰을 대하듯 정중하면서도 경계심 가득한 눈초리로 바라보았다.

"무엇을 도와 드릴까요, 경위님?"

"이 편지를 봐주십시오."

크래독은 마르틴느의 편지를 책상 위에 올려놓고 건너편으로 밀었다. 웜본 씨는 마지못해 손가락으로 편지를 살짝 건드렸지만 집어 들지는 않았다. 얼굴을 약간 붉히더니, 입술을 굳게 다물었다.

"그렇군요. 그런 거군요! 어제 아침 에마 크랙켄소프 양이 보내온 편지를 받았습니다. 자기가 경시청을 찾아간 이야기와 그……, 이제껏 일어난 모든 상황을 써 놓았더군요. 나로서는 이해할 수가 없습니다. 아주 당황스러워요. 어째서 그 편지를 받자마자 나와 상의하지 않은 걸까요? 도무지 말도 안 되는 일이에요. 그 즉시 나한테 알렸어야지!"

크래독 경위는 최대한 평범하고 적절한 말을 골라 흥분한 윔본 씨를 진정시켰다.

"나는 에드먼드가 결혼을 했으리라고는 한 번도 의심한 적이 없습니다."

윔본 씨가 감정이 상한 듯한 목소리로 말했다.

크래독 경위는 아마도 전쟁 때였을 거라고 말하며 말꼬리를 흐렸다.

윔본 씨가 성을 내며 비난하듯 소리쳤다.

"전쟁 때라고요! 그래요, 그랬겠죠. 전쟁이 터졌을 때 우리는 링컨 법률학회에 있었는데, 바로 옆 건물에 직격탄이 떨어져 수많은 법률 기록이 소실되었습니다. 다행히 정말 중요한 기록은 무사했지요. 폭격이 있기 전에 시골로 안전하게 옮겨 놓았거든요. 어쨌든 그런 기록들이 소실된 탓에 많은 혼란이 발생했지요. 그 당시 크랙켄소프 가문과 관계된 일을 맡고 있던 분은 우리 아버지였습니다. 당신께서는 6년 전에 돌아가셨는데, 한 번쯤은 에드먼드의 결혼에 대해 언급하신 것 같기도 합니다. 하지만 겉으로 보기에 두 사람은 결혼을 생각하긴 했지만 실제로 결혼식을 올린 것 같지는 않았습니다. 그래서 아버지는 그 이야기를 별로 중요하게 여기지 않으셨지요. 솔직히 말씀드리면 난 그 이야기가 아주 수상쩍습니다. 그토록 오랜 세월이 지났는데 지금 와서 갑자기 나타나 자기가 에드먼드의 부인이며 아들이 있다고 주장하다니, 매우 수상하기 그지없어요. 그 여자가 갖고 있는 증거가 무엇인지 좀 보고 싶습니다."

"만약 그 여자가 사실을 말하고 있다면, 그 여자와 아들은 어떻게 됩니까?"

크래독이 물었다.

"크랙켄소프가의 지원을 받겠지요."

"네, 그건 저도 알고 있습니다. 제 말은 그 여자와 아들이 법적으로 어떤 권리를 갖느냐는 겁니다. 만일 그녀가 자신의 주장을 입증할 수 있다면 말입니다."

"아, 무슨 말씀인지 알겠군요."

윔본 씨는 방금 짜증을 내느라 옆으로 치워 놓은 안경을 다시 집어 들어 콧잔등에 걸치고는 크래독 경위에게 날카로운 시선을 집중시켰다.

"지금 당장은 아무것도 없습니다. 하지만 만약 그녀의 아들이 적법한 혼인으로 탄생한 에드먼드 크랙켄소프의 아들임을 증명할 수 있다면, 아이는 루서 크랙켄소프의 사망과 동시에 조사이어 크랙켄소프의 신탁 중 일부를 상속받게 됩니다. 그뿐 아니라 장자의 아들 된 권리로 러더퍼드 저택을 상속받겠지요."

"그 저택을 상속받고 싶어 하는 사람이 있을까요?"

"그곳에서 살기 위해서요? 아니요, 그런 사람은 없을 겁니다. 하지만 친애하는 경위님, 저택은 막대한 값어치가 있습니다. 어마어마하다고 할 수 있지요. 산업용으로 건물을 짓는 데 적합한 땅이니까요. 브랙햄프턴의 노른자위라고 할 수 있습니다. 그럼요, 상당히 가치 있는 상속분이지요."

"루서 크랙켄소프 씨가 사망할 경우 세드릭 씨가 저택을 상속받는다고 하셨지요?"

"그렇습니다. 그가 부동산을 물려받습니다. 현재 살아 있는 형제들 가운데 장남이니까요."

"제가 보기에 세드릭 크랙켄소프 씨가 돈에 그다지 관심이 없어 보이던데요?"

윔본 씨는 차가운 눈초리로 크래독을 응시했다.

"과연 그럴까요? 저는 그런 이야기를 곧이곧대로 믿지는 않습니다. 물론 천성이 세속적이지 않아 돈에 무심한 사람이 있기도 합니다만, 난 이제껏 한 번도 그런 사람을 본 적이 없습니다."

윔본 씨는 자신의 표현이 매우 마음에 드는 것 같았다.

크래독 경위는 이 한 줄기 햇살을 재빨리 활용하기로 마음먹고 대담하게 떠 보았다.

"해럴드와 알프레드 크랙켄소프 씨는 이 편지가 도착했을 때 무척 화를 낸 것 같더군요."

"그랬을 수도 있지요. 그랬을 겁니다."

"그렇게 되면 그들이 받을 상속분이 줄어드나요?"

"그렇습니다. 에드먼드 크랙켄소프의 아들은, 물론 진짜 아들이 있다고 가정할 경우지만, 신탁 재산 중 5분의 1을 받게 되니까요."

"그렇게 큰 손실로는 안 보이는군요."

윔본 씨는 크래독에게 날카로운 시선을 던졌다.

"살인 동기로는 부족하지요. 혹시 그게 경위님이 생각하시는 거라면 말입니다."

"하지만 두 사람은 형편이 상당히 쪼들리는 것 같더군요."

크래독이 중얼거렸다.

그는 윔본 씨의 예리한 시선을 태연히 받아넘겼다.

"오! 그렇다면 경찰은 그들을 조사하고 있었던 거군요? 그렇습니다. 알프레드는 거의 언제나 돈이 궁하죠. 가끔 단기적으로 반짝 하고 돈이 굴러들어오기도 하지만, 금세 사라져 버립니다. 해럴드는, 이미 알고 계시겠지만 현재 다소 위험한 상황에 처해 있습니다."

"겉으로 보기에는 경제적으로 상당히 여유가 있어 보이는데도 말입니까?"

"겉모습일 뿐입니다. 가면이지요! 이 도시에 사는 사람들 중 절반 정도는 자신이 지불 능력이 있는지 없는지도 모르고 살아갑니다. 비전문가의 눈에는 괜찮은 대차대조표를 운영하고 있는 것처럼 보일 수도 있습니다. 하지만 목록에 적혀 있는 자산이 진짜 자산이 아니고, 금방이라도 무너져 내릴 상황에 있다면 어떨까요?"

"만약 그렇다면 해럴드 크랙켄소프는 아주 절실하게 돈이 필요하겠군요."

"하지만 죽은 형의 아내를 목 졸라 죽일 정도로 절실하지는 않을 겁니다. 게다가 살해될 경우 가족들에게 이익을 줄 유일한 사람인 루서 크랙켄소프는 막상 살아 있으니까요. 그러므로 경위님, 난 당신이 지금 무슨 생각을 하고 있는지 도무지 모르겠습니다."

무엇보다 가장 난처한 일은, 자기 자신조차 무슨 생각을 하고 있는지 잘 모르겠다는 것이라고 크래독 경위는 속으로 중얼거렸다.

15장

I

　크래독 경위는 해럴드 크랙켄소프와 그의 사무실에서 만나기로 약속을 잡고, 웨더럴 형사와 함께 정확한 시간에 도착했다. 해럴드의 사무실은 수많은 사무실이 모여 있는 시티의 커다란 블록 내 건물 5층에 위치해 있었다. 사무실 내부에 있는 호화로운 물건들은 모두 요즘 재계에서 선호하는 취향의 극치를 보여주었다.
　말쑥하게 차려입은 젊은 여성이 크래독의 명함을 받아 전화기에 대고 낮고 신중한 목소리로 말하더니, 이내 자리에서 일어나 두 사람을 해럴드 크랙켄소프의 방으로 안내했다.
　해럴드는 뒷부분에 가죽을 댄 커다란 책상 뒤에 앉아 있었는데, 그 어느 때보다도 완벽하고 자신감에 넘쳐 보였다. 경위가 개인적으로 익히 알고 있는 대로 설사 그가 파산할 위기에 처해 있다 하더라도 그런 기미는 눈곱만큼도 보이지 않았다.

해럴드는 반갑다는 듯 솔직하게 흥미를 드러내며 두 사람을 올려다보았다.

"안녕하십니까, 크래독 경위님. 마침내 저희에게 결정적인 소식을 가져오신 걸로 해석해도 됩니까?"

"불행히도 아닙니다, 크랙켄소프 씨. 크랙켄소프 씨에게 몇 가지 더 여쭤보고 싶은 게 있어 찾아왔습니다."

"물어보고 싶은 게 더 있다고요? 지금껏 사람이 생각해 낼 수 있는 질문이란 질문에는 다 대답해 드렸잖습니까."

"크랙켄소프 씨는 그렇게 느끼셨을지 모르나, 경찰의 입장에서는 의례적인 질문이었을 뿐입니다."

"좋습니다. 이번엔 또 어떤 질문입니까?"

해럴드는 참을성 없이 물었다.

"지난 12월 20일 오후부터 저녁까지, 정확히 말하면 오후 3시부터 자정까지 어디서 무엇을 하고 있었는지 말씀해 주십시오."

해럴드 크랙켄소프의 얼굴이 화가 치밀어 올라 자줏빛으로 변했다.

"나한테 그런 질문을 하다니 이상하군요. 대체 무슨 뜻으로 이러는 건지 궁금합니다!"

크래독이 부드럽게 미소 지었다.

"그저 12월 20일 금요일 오후 3시부터 자정 사이에 당신이 어디서 무엇을 하고 있었는지 알고 싶다는 뜻일 뿐입니다."

"이유가 뭡니까?"

"수사 범위를 좁히기 위해서지요."

"수사 범위를 좁힌다고요? 그렇다면 새로운 정보를 얻었다는 뜻인가요?"

"사건의 핵심에 조금씩 가까워지길 바라는 것뿐입니다."

"당신 질문에 내가 꼭 대답을 해야 하는 건지 잘 모르겠습니다. 이렇게 변호사가 없는 자리에서 말이죠."

"물론 대답 여부는 전적으로 당신에게 달려 있습니다. 당신은 모든 질문에 대답할 필요가 있는 것은 아니며, 또한 질문에 답하기에 앞서 변호사를 불러 입회시킬 권리가 있습니다."

"그러니까, 우리 여기서 확실히 해 둡시다. 지금 나한테 경고하는 겁니까?"

크래독이 몹시 놀란 표정을 지었다.

"오, 아닙니다, 크래퀜소프 씨. 그런 뜻이 아닙니다. 지금 내가 당신에게 하는 질문은 다른 모든 사람에게도 똑같이 하는 질문입니다. 개인적인 이유는 없습니다. 용의자를 추려내는 데 꼭 필요한 절차에 불과할 뿐입니다."

"뭐, 그렇다면야 나도 최선을 다해 도와 드려야지요. 어디 보자……. 사실 그런 문제는 바로 대답하기가 힘듭니다만, 다행히도 우리 사무실은 매우 체계적으로 운영되지요. 엘리스 양이라면 날 도와줄 수 있을 겁니다."

해럴드가 책상 위에 있는 전화기들 중 한 대에 대고 뭐라고 말하자, 그 즉시 멋진 디자인의 검정색 정장을 입은 늘씬한 젊은 여자가 손에 공책을 들고 들어왔다.

"이쪽은 내 비서 엘리스 양입니다. 엘리스 양, 여기 계시는 경위님이 내가 어떤 날 오후부터 밤까지 무슨 일을 했는지 알고 싶으시다는군. 며칠이라고 했죠?"

"12월 20일 금요일입니다."

"12월 20일 금요일이라네. 엘리스 양, 기록은 가지고 있겠지?"

"네, 물론입니다."

엘리스 양이 방을 나갔다가 사무실용 메모 캘린더를 가지고 들어와 페이지를 넘겼다.

"12월 20일 오전에는 사무실에 계셨습니다. 크로마티 합병 건에 관해 골디 씨와 회의를 하셨고, 점심 때에는 포스빌 경과 함께 버클리에서 점심 식사를 하셨지요."

"아, 맞아. 그날이군."

"오후 3시경에 사무실로 돌아오셔서 편지 여섯 통을 구술하셨습니다. 그런 다음 그날 경매에 나올 희귀 필사본에 관심을 갖고 계셨기 때문에 소더비 경매장에 가셨습니다. 그 후로 그날에는 다시 사무실로 돌아오지 않으셨습니다. 하지만 저녁 때 케이터링 클럽 만찬에 참석하셔야 한다고 상기시키라는 메모가 있습니다."

그녀는 더 알고 싶은 게 있느냐는 듯 고개를 들고 쳐다보았다.

"고맙소, 엘리스 양."

엘리스 양이 방에서 나갔다.

"이제야 똑똑히 기억나는군요. 그날 오후에는 소더비 경매장에 갔습니다. 하지만 내가 갖고 싶었던 물건들은 가격이 너무 높이 올라가더군요. 저민 가에 있는 작은 찻집에서 차를 마셨는데…… '러셀'이라는 곳이었던 것 같습니다. 그런 다음 30분 정도 뉴스 영화(시대의 중요한 사건들을 편집해 전달하는 영화 — 옮긴이)관에 들렀다가 집으로 갔습니다. 난 카디건 가든스 43번지에 삽니다. 케이터링 클럽 만찬은 7시 30분에 케이터러 홀에서 있었고요. 만찬 후에는 집으로 돌아와 잠자리에 들었습니다. 이 정도면 경위님 질문에 답이 되겠지요?"

"아주 명확하군요, 크랙켄소프 씨. 집으로 돌아가 옷을 갈아입은 시각은 몇 시입니까?"

"정확히 기억나지는 않는데요, 6시 조금 지나서인 것 같습니다."

"그리고 만찬이 끝나고 귀가한 시각은요?"

"집에 도착했을 때가 11시 30분쯤 되었을 겁니다."

"남자 하인이 맞이하던가요? 아니면 레이디 앨리스 크랙켄소프가……?"

"아내는 12월 초부터 남프랑스에 머물고 있습니다. 그래서 가지고 다니던 현관 열쇠를 사용했습니다."

"그렇다면 그 시간에 집에 갔다는 당신의 말을 증명해 줄 사람은 아무도 없다는 뜻이군요?"

해럴드가 차가운 눈으로 크래독 경위를 빤히 노려보았다.

"하인들이 내가 오는 소리를 들었겠지요. 하인 부부가 일하고 있으니까요. 하지만 경위님, 난 정말이지…….”

"고정하십시오, 크랙켄소프 씨. 이런 질문들이 언짢게 느껴지리라는 것은 잘 알고 있습니다만 이제 거의 끝났습니다. 자동차를 소유하고 계십니까?"

"그렇습니다. 험버 호크가 한 대 있습니다."

"직접 운전하십니까?"

"그래요. 주말이 아니면 잘 사용하지는 않지만요. 요새 런던에서 운전을 한다는 건 거의 불가능한 일이잖습니까."

"브랙햄프턴에 사는 아버지와 누나를 만나러 갈 때나 이용하겠군요?"

"오랫동안 머무르는 경우가 아니면 사용하지 않습니다. 지난번 심리처럼 하룻밤 정도 지낼 거라면 차라리 기차를 타지요. 요즘엔 서비스도 훌륭한 데다 자동차보다 훨씬 빠르고 간편하거든요. 누나가 자동차를 빌려서 역으로 보내 주기도 하고요."

"자동차는 어디에 보관하십니까?"

"카디건 가든스 뒤쪽에 있는 차고를 빌려 사용하고 있습니다. 다른 질문은 없습니까?"

크래독 경위가 미소를 지으며 자리에서 일어났다.

"지금으로선 이게 답니다. 귀찮게 해 드려 죄송합니다."

밖으로 나오자 모든 사람과 상황을 늘 어둡게 의심하며 사는 웨더럴 경사가 의미심장하게 말했다.

"그 사람은 질문받는 걸 좋아하지 않더군요. 아주 싫어했습니다.

화가 난 것 같았습니다."

크래독 경위가 부드러운 어조로 대답했다.

"살인을 저지르지 않은 사람의 입장에서는 경찰이 마치 범인인 양 이것저것 질문을 던지는 것 자체가 화가 날 수밖에 없겠지. 해럴드 크랙켄소프처럼 사회적 위치가 있는 사람이라면 특히 더 그럴 테고. 거기엔 아무 의미도 없네. 이제 우리가 알아내야 할 것은 그날 오후 실제로 경매장이나 찻집에서 해럴드 크랙켄소프를 본 사람이 있는가 하는 점이야. 그는 4시 33분 열차를 타고 여자를 기차 밖으로 밀었다가 다시 기차를 타고 런던으로 돌아와 시간에 맞춰 만찬에 참석할 수 있었어. 또 밤중에 자동차를 몰고 브랙햄프턴에 가서 시체를 석관에 넣은 다음 다시 런던으로 올라올 시간도 충분했고. 차고 거리를 조사해 보게."

"알겠습니다. 그가 범인이라고 생각하십니까?"

크래독 경위가 반문했다.

"그걸 내가 어떻게 알겠나? 그는 키가 크고 검은 머리야. 문제의 열차에 탑승할 수도 있었고 러더퍼드 저택과도 관련이 있지. 이번 사건의 유력한 용의자인 셈이네. 이번에는 그의 동생인 알프레드를 만나러 가 보세."

II

알프레드 크랙켄소프는 웨스트 햄스테드에 위치한 플랫(층당 한 가구가 있는 아파트 — 옮긴이)에 살고 있었다. 약간 날림으로 공사한 듯한 느낌의 커다란 현대식 건물이었는데, 거주민들이 다른 사람들에게 신경 쓰지 않고 마음껏 주차를 할 수 있는 널찍한 안뜰이 있었다.

플랫은 최신식 빌트인 타입으로, 필요한 가구를 모두 갖춘 상태로 세를 내주었다. 방에는 벽 속에 내장된 길다란 합판 테이블, 소파 겸 침대 하나와 이상하게 생긴 다양한 의자가 놓여 있었다.

알프레드 크랙켄소프는 친근하고 싹싹한 태도로 그들을 맞이했지만, 경위는 그가 긴장하고 있다고 생각했다.

알프레드가 말했다.

"정말 흥미로운 일입니다. 마실 것이라도 한 잔 드릴까요, 크래독 경위님?"

그는 유혹하듯이 여러 종류의 술병을 들어 올렸다.

"감사합니다만 괜찮습니다, 크랙켄소프 씨."

"그 정도로 상황이 안 좋습니까?"

알프레드는 자신의 작은 농담에 소리 내어 웃더니 이내 무슨 일이냐고 물었다.

크래독 경위는 해럴드에게 한 것과 똑같은 질문을 했다.

"내가 12월 20일 오후부터 저녁때까지 뭘 했냐고요? 그걸 내가 어떻게 압니까? 맙소사, 그게 벌써…… 3주일 전이잖아요."

"당신 형 해럴드 씨는 매우 정확하게 말씀해 주시던데요."

"해럴드 형이라면 가능할지 모르지만 이 알프레드는 그렇지 못합니다."

알프레드의 목소리에는 무언가 질투 어린 악의 같은 것이 떠돌고 있었다.

"해럴드 형은 우리 식구들 중에서 제일 성공한 사람이죠. 항상 바쁘고, 유능하고, 일에 푹 빠져 있고……. 모든 일에 시간을 정해 놓고 모든 일을 제시간에 합니다. 설사 살인을 한다고 해도 아주 신중하게 시간표를 짜서 정확하게 그 시간에 해치울걸요."

"그렇게 말씀하시는 특별한 이유라도 있습니까?"

"오, 아닙니다. 그냥 갑자기 생각났을 뿐이에요. 아무 의미도 없는 말이니 신경 쓰지 마십쇼."

"당신은 어떻습니까?"

알프레드는 두 팔을 넓게 펼쳤다.

"아까 말씀드린 대롭니다. 시간도 장소도 전혀 기억 안 납니다. 크리스마스 날에 어디 있었냐고 묻는다면, 그건 대답할 수 있습니다. 확실하게 기억할 만한 행사가 있으니까요. 크리스마스 날에는 그때 햄프턴에 있는 아버지 댁에 갔죠. 이유는 잘 모르겠고요. 아버지는 늘 우리가 오면 돈이 든다고 투덜거리면서도 우리가 안 가면 또 자기를 무시한다고 화를 내죠. 솔직히 말해, 우린 누나를 기쁘게 해 주려고 가는 겁니다."

"올해에도 가셨습니까?"

"그럼요."

"하지만 공교롭게도 아버님께서 편찮으셨다고 하더군요."

크래독은 직업의 특성상 종종 떠오르는 일종의 직감에 따라 의도

적으로 관조적인 태도를 취했다.

"네, 병이 나서 드러누우셨죠. 그 고귀하고 고귀한 경제적 대의에 복종해 참새처럼 쩨쩨하게 살다가, 갑자기 배가 터지도록 먹고 마시니 그런 일이 일어난 겁니다."

"단지 그뿐인가요?"

"물론이죠. 달리 무슨 이유가 있겠습니까?"

"주치의가 무척 염려하는 것 같아서요."

알프레드가 재빨리 경멸조로 대꾸했다.

"오, 그 한심한 늙은이 큄퍼! 그 사람 말은 들을 필요가 없습니다, 경위님. 세상에서 제일 호들갑스러운 인간이니까요."

"그런가요? 내가 보기에는 상당히 분별력이 있어 보이던데요."

"그 인간은 바보 멍청이입니다. 아버진 사실 편찮으신 것도 아니에요. 심장에는 아무 문제도 없습니다. 그러면서 큄퍼를 완벽하게 속이고 있지요. 그래서 아버지는 진짜로 몸이 안 좋아지면 미친 듯이 야단법석을 떨고, 그러면 큄퍼가 달려와 뭘 먹고 뭘 마셨냐는 등 꼬치꼬치 캐묻고 다닌단 말이죠. 모든 게 완전히 어처구니없는 코미디예요!"

알프레드가 유난히 열을 내며 말했다.

크래독은 잠시 아무 말 없이 알프레드의 말을 듣고 있었다. 알프레드는 불안해하더니 그를 재빨리 힐끗 쳐다보고는 건방진 태도로 물었다.

"도대체 무슨 일입니까? 어째서 몇 주 전 금요일에 내가 어디 있었는지 알고 싶어 하는 거지요?"

"그럼 그날이 금요일이라는 것을 기억하고 있군요."

"경위님이 그렇게 말씀하신 것 같은데요."

"그랬을지도 모르지요. 어쨌든 20일 금요일에 어디 있었는지 말씀해 주십시오."

"왜요?"

"의례적인 조사일 뿐입니다."

"말도 안 됩니다. 죽은 여자에 대해 새로운 사실이라도 알아낸 겁니까? 그 여자가 어디서 왔는지 말입니다."

"아직 확실하지는 않습니다."

알프레드는 크래독을 날카로운 눈길로 쳐다보았다.

"그 여자가 에드먼드 형의 미망인이라는 누나의 터무니없는 생각에 현혹된 건 아니겠죠? 그건 완전히 헛소리니까요."

"마르틴느라는 여자가 당신을 찾아오지는 않았습니까?"

"나를 찾아와요? 맙소사! 아니요! 그런 일이 있었다면 정말 웃겼을 겁니다!"

"그렇다면 혹시 당신의 형 해럴드 씨를 찾아가지는 않았을까요?"

"그랬을 확률이 더 크죠. 형의 이름은 신문에 자주 오르내리니까요. 부유하기도 하고요. 만약에 그 여자가 해럴드 형에게 연락을 했다고 해도 별로 놀라운 일은 아닐 겁니다. 하지만 아무것도 얻지 못했을걸요. 해럴드 형은 아버지만큼이나 구두쇠거든요. 누나는 우리 식구들 중에서 가장 인정이 많아요. 에드먼드 형이 귀여워하기도 했고요. 그래도 무턱대고 사람을 믿는 편은 아닙니다. 누나도 편지를 쓴 여자가 사기꾼일지도 모른다고 생각했습니다. 그래서 가족을 모두 불러 모으려고 했던 거죠. 그 냉정하고 빈틈없는 변호사도 포함해서요."

"매우 현명하시군요. 가족 모임은 확실한 날짜가 정해졌었나요?"

"크리스마스 직후였습니다……. 주말인 27일이었나……."

그는 갑자기 입을 다물었다.

크래독이 만족스레 말했다.

"아, 어떤 날짜는 확실히 기억하고 계시는군요."

"말씀드렸잖습니까. 정확한 날짜는 정해지지 않았다고."

"하지만 방금 말씀하셨잖습니까. 그게 언젭니까?"

"기억이 잘 안 납니다."

"12월 20일 금요일에 무엇을 했는지도 기억할 수 없고 말이지요?"

"죄송합니다. 머릿속이 텅 비어 버렸군요."

"수첩에 적어 놓지도 않았습니까?"

"그런 건 질색이라서요."

"크리스마스 바로 전주 금요일이라면 기억하기가 그리 어렵지 않을 텐데요."

"하루는 고객이 될지 모르는 사람과 골프를 쳤습니다."

알프레드가 고개를 내저었다.

"아니, 그건 그 전주군요. 여기저기서 하릴없이 어슬렁거렸겠죠. 평소에 대부분 그러고 다니거든요. 특히 술집에서 일을 제일 많이 처리하죠."

"어쩌면 이웃들이나 당신 친구들이 도움이 될지도 모르겠군요."

"어쩌면요. 한번 물어보겠습니다. 최선을 다해서 알아보지요."

알프레드는 이제 어느 정도 자신감을 회복한 것 같았다.

"그날 내가 어디서 무엇을 했는지는 말씀드릴 수 없지만, 무엇을 하지 않았는지는 말씀드릴 수 있습니다. 난 긴 창고에서 사람을 죽이진 않았어요."

"왜 그런 말씀을 하십니까, 크랙켄소프 씨?"

"이봐요, 친애하는 경위 나리. 당신은 살인 사건을 수사하고 있습니다, 그렇죠? 그런 당신이 사람들을 찾아다니면서 '어느 날 어느 시간에 정확히 어디 있었느냐.'라고 물어본다면 그건 수사 범위를 좁히고 있다는 뜻이죠. 난 왜 하필이면 20일 금요일…… 몇 시였죠? 점심때부터 자정까지? 왜 하필 그때를 물고 늘어지는지 모르겠습니다. 의학적 증기 때문은 아닐 겁니다. 시간이 오래 지났으니까요. 누가 그날 오후에 죽은 여자가 창고에 몰래 들어가는 걸 보기라도 했답니까? 들어간 건 봤는데 나오는 건 못 봤다, 그런 증언이라도 들었어요? 그런 겁니까?"

날카로운 검은 눈동자가 크래독 경위를 뚫어지게 주시했지만, 크래독은 그런 도발에 넘어갈 풋내기가 아니었다.

"그 점은 당신의 추측에 맡기도록 하지요."

크래독이 쾌활하게 대답했다.

"경찰은 비밀이 너무 많군요."

"비밀이 많은 건 경찰뿐만이 아닌 것 같습니다, 크랙켄소프 씨. 기억을 더듬어 본다면 당신이 그날 무엇을 했는지 기억할 수 있을 텐데요. 물론 기억하고 싶지 않은 이유가 따로 있다면야……."

"그런 식으로는 날 잡을 수 없습니다, 경위님. 예, 나도 압니다. 내가 그날 무엇을 했는지 기억을 못 한다는 게 수상쩍어 보이기도 하겠지요. 하지만 그게 사실인 걸 어쩝니까? 아, 잠깐만요. 그 주에 리즈에 갔던 게 기억나는군요. 시청 옆에 있는 호텔에 묵었어요. 하지만 이름은 기억이 안 나는군요……. 경찰이라면 쉽게 알아낼 수 있을 겁니다. 어쩌면 그게 금요일이었을지도 모릅니다."

"확인해 보도록 하지요."

경위는 무미건조하게 대답하고 자리에서 일어났다.

"좀 더 협조적으로 나와 주시지 않아 매우 유감입니다, 크랙켄소프 씨."

"나한테야말로 불행한 일이죠! 세드릭 형은 이비사라는 완벽한 알리바이가 있고, 해럴드 형은 그놈의 사업 약속이니 공식 만찬이니 하며 시간마다 확인이 가능할 텐데 난 아무 알리바이도 없으니 말입니다. 슬픈 일이죠, 안 그래요? 정말 웃기는 일이기도 하고요. 아까 말씀드렸잖습니까. 난 살인 같은 건 안 해요. 게다가 내가 왜 알지도 못하는 여자를 죽인단 말입니까? 도대체 무엇 때문에요? 설령 죽은 여자가 에드먼드 형의 미망인이라고 해도 왜 우리 형제들이 그런 짓을 하겠느냐고요. 그래요, 만약 그 여자가 전쟁 중에 해럴드 형이랑 결혼했다가 지금 와서 갑자기 나타난 거라면, 그런 경우라면야 해럴드 형처럼 사회적 지위가 있는 사람에겐 수치스러운 일이 되겠죠. 중혼을 한 셈이니까요. 하지만 에드먼드라니! 차라리 그 여자에게 돈을 대 주고 아이를 사립학교에 보내느라 괴로워하는 아버지 꼴을 보며 즐거워하는 게 낫지. 아버지는 노발대발 날뛰시겠지만 결국엔 체면 때문에 거절하지 못할걸요. 가시기 전에 한잔하겠습니까, 경위님? 정말로 괜찮아요? 도움을 드리지 못해 유감이군요."

III

"경위님, 알아차리셨습니까?"
크래독이 흥분한 경사를 바라보았다.
"뭘 말인가, 웨더럴?"
"저 남자 말입니다. 누군지 알 것 같습니다. 어디서 봤는지 알아내려고 계속 머리를 굴렸는데, 갑자기 탁 하고 떠오르더군요. 디키 로저스와 통조림 사업을 하던 작자입니다. 하지만 꼬투리를 잡진 못했죠. 아주 빈틈없는 녀석입니다. 소호 패거리들과도 어울린 적이 있습니다. 시계와 이탈리아 금화 건으로 말입니다."
그렇다! 크래독은 처음 알프레드를 만났을 때 왜 그렇게 어렴풋이나마 낯이 익었는지 그때서야 깨달았다. 알프레드가 연루된 일은 언제나 소규모에 단기적이었다. 증거를 남긴 적도 없었다. 알프레드는 늘 거기 있게 된 그럴싸한 이유를 대며 밀수업 언저리를 맴돌았다. 그렇지만 경찰은 그가 그런 방식으로 적지만 꾸준한 이익을 벌어들이고 있다고 확신하고 있었다.

"이제야 조금 빛이 보이는 것 같군."

크래독이 말했다.

"녀석의 짓일까요?"

"저 녀석은 살인을 할 타입은 아냐. 하지만 다른 점은 설명이 되는군. 알리바이를 대지 못한 이유 말이네."

"그렇습니다. 덕분에 난처한 상황에 처했을 겁니다."

"그 정도는 아니야. 꽤 영리한 행동이었어. 도무지 기억이 안 난다고 잡아뗀 것 말일세. 사실 사람들은 겨우 일주일 전에 자기가 뭘 했는지도 기억 못 하는 게 대부분이거든. 자기가 무슨 일을 하며 시간을 보내는지 알리고 싶지 않은 이들에게는 매우 편리한 일이지. 예를 들어, 디키 로저스 무리와 화물 트럭 휴게소에서 흥미로운 만남을 갖고 있었다든가 말이야."

"그럼 저자는 범인이 아니라고 생각하시는 겁니까?"

"지금으로선 아무도 결백하다고 확신할 수 없네. 자네가 좀 알아봐 줘야겠어, 웨더럴."

사무실로 돌아온 크래독은 책상 앞에 앉아 찌푸린 표정으로 앞에 놓인 종이에 간단한 말을 끼적였다.

살인범(이라고 썼다)……. 키가 큰 검은 머리의 남자!!!

희생자? ……에드먼드 크랙켄소프의 여자 친구 혹은 미망인 마르틴느일지 모름.

혹은

안나 스트라빈스카일 수도. 비슷한 시기에 실종되었으며 용모와 나이, 옷차림이 비슷하다. 현재까지 러더퍼드 저택과 관련이 있다는 단서는 전무.
해럴드의 첫 번째 부인일 수도! 중혼일 수도!
해럴드의 옛 정부(情婦)일 수도. 공갈 협박!
알프레드와 관계가 있다면 협박일 확률이 큼. 그를 감옥에 보낼 정보를 가지고 있었던 것일까?
세드릭과 관련이 있다면— 외국에서 안 사이일 수 있음. 파리? 발레아레스?

혹은

희생자는 마르틴느로 위장한 안나 S.일 수 있음.

혹은

희생자는 정체를 알 수 없는 살인범에게 살해된, 정체를 알 수 없는 제3의 여인?

"사실 가능성이 제일 높은 건 마지막이지."

크래독이 소리 내어 중얼거렸다.

그는 우울한 기분으로 현재의 상황을 곱씹어 보았다. 동기를 발견하지 못한다면 사건은 진전되지 않을 터였다. 지금까지 제시된 동기들은 모두 부적절하거나 타당성이 부족해 보였다.

차라리 크랙켄소프 노인이 살해되었다면…… 동기가 수없이 많을 텐데…….

그때 무언가가 그의 기억을 뒤흔들었다.

크래독은 종이에 덧붙여 썼다.

의사 Q에게 크리스마스 때 발생한 병에 대해 물어볼 것.

세드릭— 알리바이.

M 양에게 최근 떠도는 소문에 관해 조언을 구할 것.

16장

크래독이 매디슨 가 4번지에 도착했을 때, 마플 양은 루시 아일스배로우 양과 함께 있었다.

그는 잠시 동안 계획대로 해야 할지 말아야 할지 망설이다가 루시 아일스배로우가 유용한 연합군이 되어 줄지도 모른다는 결론을 내렸다.

그는 인사말을 건넨 뒤 엄숙한 태도로 지갑을 꺼내 파운드 지폐 석 장과 3실링을 테이블 위에 올려놓은 후 마플 양 쪽으로 밀었다.

"이게 뭐죠, 경위님?"

"상담 비용입니다. 부인은 살인 사건에 관한 한 훌륭한 고문(顧問)이니까요. 맥박, 체온, 국부적인 반응 등 이른바 깊숙한 곳에 숨어 있는 살인의 원인을 잡아낼 줄 아시죠. 반면에 저는 곤경에 빠진 불쌍한 시골 의사고요."

마플 양이 두 눈을 반짝이며 바라보자 크래독이 빙긋 웃어 보였다. 루시 아일스배로우가 조그맣게 숨을 들이쉬더니 갑자기 웃음을 터트렸다.

"세상에, 경위님, 경위님도 결국 평범한 인간이셨군요."

"엄밀히 말하자면 지금은 근무 중이 아니거든요."

"내가 우리는 전부터 아는 사이라고 말했죠? 이 사람 대부가 헨리 클리서링 경이랍니다. 나와는 오랜 친구 사이예요."

마플 양이 루시에게 말했다.

"아일스배로우 양, 내가 처음 마플 양을 뵀을 때 내 대부님이 이분에 대해 뭐라고 말씀하셨는지 알고 싶지 않습니까? 대부님은 마플 양이 조물주가 만든 최고의 탐정이라고 하셨답니다. 적절한 토양에서 배양된 천부적인 소질이라고 말이죠. 또 제게 말씀하시길 절대로 그……."

더못 크래독은 잠시 머뭇거리며 '늙은 고양이'의 동의어를 궁리하느라 고심했다.

"노부인들을 과소평가하지 말라고 하셨답니다. 앞으로 어떤 일이 일어날지, 어떤 일이 일어나야 할지, 그리고 심지어 실제로 어떤 일이 있었는지 말해 줄 수 있는 분들이라면서 말입니다! 그리고 또 어째서 그런 일이 일어났는지에 대해서도 알려 줄 거라고 말씀하셨습니다. 바로 이 어…… 노부인이야말로 그중에서도 최고라고도 말입니다."

"어머, 그거 정말 멋진 칭찬이네요!"

루시가 말했다.

마플 양은 얼굴을 붉히며 평소와는 달리 어쩔 줄 몰라 당황해하는 것 같았다.

그녀가 중얼거렸다.

"헨리 경도 참. 언제나 친절도 하시지. 난 전혀 똑똑하지 않아요. 그저 인간의 본성에 대해 약간의 지식을 가지고 있을 뿐이랍니다. 아시다시피 작은 마을에 살다 보니 말이죠……."

마플 양은 약간 침착함을 되찾고 덧붙여 말했다.

"물론 내겐 불리한 면도 있어요. 실제 사건 현장에 가 볼 수가 없다는 거지요. 그렇지만 어떤 사람을 보고 내가 아는 다른 사람을 떠올린다는 건 언제나 도움이 된답니다. 왜냐하면 사람들의 유형은 어딜 가나 비슷한 법이고, 그건 아주 귀중한 안내자가 될 수 있거든요."

루시는 이해를 못 하는 것 같았지만 크래독은 알겠다는 듯 고개를 끄덕였다. 그가 물었다.

"저택에 차를 마시러 가셨다고 들었습니다만."

"그래요. 덕분에 즐거운 시간을 보냈답니다. 크랙켄소프 노인을 만나지 못해서 조금 실망했지만 모든 걸 다 가질 수는 없는 법이죠."

"사람을 보면 그 사람이 살인범인지 느낌이 온다는 말씀이세요?"

루시가 물었다.

"오, 그런 건 아니에요, 루시. 사람들은 늘 추측을 하려고 하죠. 그렇지만 살인처럼 심각한 일은 추측하는 건 옳지 않아요. 우리가 할 수 있는 것은 사건과 관련된 사람들, 혹은 관련이 있을지도 모를 사람들을 관찰하는 것뿐이랍니다. 그 사람들이 누구를 연상시키는지 지켜보는 거예요."

"세드릭과 은행 지점장처럼 말이죠?"

마플 양은 루시의 말을 고쳐 주었다.

"은행 지점장의 아들이죠. 이드 씨는 오히려 해럴드 씨와 비슷해요. 매우 보수적이었지요. 돈을 지나치게 좋아하는 경향도 있었고요. 또 추문을 피하기 위해서라면 먼 길도 돌아가는 타입이었어요."

크래독이 미소를 지으며 물었다.

"알프레드는 어떻습니까?"

마플 양이 곧바로 대답했다.

"자동차 정비소에서 일하는 젠킨스가 생각나요. 엄밀히 말해서 그는 연장을 훔치지는 않았어요. 하지만 망가지거나 싸구려인 잭(자동차를 밀어 올리는 기구 — 옮긴이)을 좋은 것과 바꿔 치곤 했지요. 그리고 배터리에 관해서도 종종 거짓말을 했을 거예요. 물론 내가 자동차에 관해 잘 아는 건 아니지만요. 레이먼드도 나중에는 그 사람 가게에 가지 않고 밀체스터 가에 있는 다른 정비소로 옮겼지요."

마플 양은 곰곰이 생각하며 다시 말을 이었다.

"에마 크랙켄소프는 제럴딘 웹을 연상시켜요. 언제나 조용하고, 어찌 보면 촌스러운 여자였는데 늙은 어머니에게 구박을 받으며 살았죠. 그런데 놀랍게도 어머니가 갑자기 죽어 많은 유산을 물려받자, 머리도 자르고 파마를 하더니 유람선 여행을 떠나서 아주 근사한 변호사와 결혼해서 돌아왔답니다. 지금은 자녀가 둘이나 있지요."

비유는 매우 명백했다. 루시가 걱정스러운 듯 말했다.

"에마의 결혼에 대해 꼭 그런 식으로 말씀하셨어야 했나요? 동생들이 꽤 당황한 것 같더라고요."

마플 양이 고개를 끄덕였다.

"그래요. 남자들이란 다 그렇죠. 자기들 바로 코 아래서 무슨 일이 벌어지고 있는지도 모른다니까. 당신도 몰랐던 것 같네요."

"에, 그런 생각은 한 번도 해 본 적이 없어요. 게다가 두 사람은 너무······."

마플 양이 살짝 미소를 지었다.

"나이가 많다고요? 하지만 큄퍼 선생님은 마흔을 많이 넘기진 않았을 거예요. 그리고 가정 생활을 간절히 원하고 있는 것도 분명하고요. 에마 크랙켄소프는 아직 마흔이 안 되었으니 결혼을 하고 가정을 꾸리기에 그렇게 늦은 나이는 아니에요. 큄퍼 선생님의 부인은 젊었을 때 아이를 낳다가 일찍 죽었다면서요?"

"아마 그럴 거예요. 에마가 그런 이야기를 한 적이 있거든요."

"큄퍼 선생님은 틀림없이 외로운 처지일 거예요. 열심히 바쁘게 일하는 의사에게는 아내가 필요하죠. 따뜻한 마음을 지니고, 너무 젊지 않은 그런 여자 말이에요."

"저기요, 우리 지금 범죄 사건을 조사하는 건가요, 아니면 중매를 서고 있는 건가요?"

루시의 말에 마플 양이 눈을 반짝였다.

"아무래도 난 너무 낭만적인가 봐요. 나이 많은 할머니가 돼서 그런가. 루시, 내가 아는 한 당신은 나와 맺은 계약을 완수했어요. 다음 일자리를 시작하기 전에 외국에서 휴가를 보내고 싶다면 아직 짧은 여행을 갈 정도의 시간은 있을 거예요."

"그러니까 러더퍼드 저택을 떠나라고요? 천만에요! 전 이제까지 완벽한 탐정 역할을 해냈다고요. 저택의 남자애들만큼이나요. 그 애들은 요즘 하루 종일 단서를 찾아다니고 있어요. 어제는 세상에 쓰레기통까지 뒤졌다니까요. 냄새가 얼마나 고약했던지. 그러면서 자기들이 뭘 찾고 있는지도 모른답니다. 경위님, 만약 그 애들이 의기양양해져서 '마르틴느, 목숨이 아깝거든 긴 창고 근처에는 절대 접근하지 마라!'라고 적힌 낡고 너덜너덜한 쪽지를 가져오면 애들이 너무나도 불쌍한 나머지 제가 그 쪽지를 돼지우리에 숨겨 둔 줄로 아세요!"

마플 양이 흥미로운 듯 물었다.

"왜 하필 돼지우리죠? 그 저택에서 돼지를 키우나요?"

"오, 아니에요. 요즘엔 키우지 않아요. 그냥…… 제가 가끔 가곤 하거든요."

무엇 때문인지 루시는 얼굴을 붉혔다. 마플 양은 더욱 관심을 드러내며 그녀를 바라보았다.

"지금 저택에 있는 사람들은 누구누굽니까?"

크래독이 물었다.

"세드릭이 있고, 브라이언도 주말을 보내러 내려와 있어요. 해럴드와 알프레드는 내일 내려오고요. 오늘 아침에 전화를 했더군요.

전 왠지 경위님께서 비둘기 떼에 고양이 한 마리를 밀어 넣은 것 같다는 인상이 드네요."

크래독이 싱긋 웃었다.

"제가 좀 뒤흔들어 놓았죠. 12월 20일 금요일에 어디서 무엇을 했냐고 묻고 다녔거든요."

"대답을 하던가요?"

"해럴드는 하더군요. 알프레드는 못 했습니다. 아니면 하지 않으려고 한 것이거나."

"알리바이를 만드는 건 너무 어려운 것 같아요. 시간이랑 장소랑 날짜랑 그런 거 말이에요. 경찰들도 그런 걸 다 일일이 확인하려면 힘들겠죠?"

"시간과 인내심이 필요한 일이긴 하지만, 그래도 할 수 있습니다."

그는 손목시계를 들여다보았다.

"저는 러더퍼드 저택에 가서 세드릭을 만나 봐야겠습니다. 아, 그 전에 큄퍼 선생님을 만나고 싶은데요."

"시간을 잘 맞추셨네요. 큄퍼 선생님은 6시에 진료를 하세요. 대개 30분이면 끝나지만요. 저도 그만 가서 저녁 식사 준비를 해야겠네요."

"한 가지 당신의 의견을 듣고 싶은 게 있습니다, 아일스배로우 양. 마르틴느 일에 관해 식구들의 의견은 어떤가요?"

루시가 망설임 없이 대답했다.

"에마가 경위님을 찾아갔다고 다들 화가 머리 꼭대기까지 났어요. 그리고 에마더러 그렇게 하라고 격려해 준 큄퍼 선생님한테도요. 해럴드와 알프레드는 그 편지가 진짜가 아니라 한번 떠 보려고 보낸 가짜라고 생각해요. 에마는 확신하지 못하고 있고, 세드릭은 편지가 가짜라고는 생각하지만 동생들만큼 심각하게 여기고 있지 않아요. 하지만 브라이언은 진짜라고 믿는 것 같아요."

"흠, 왜 그런지 궁금하군요."

"그거야 브라이언은 원래 그런 사람이니까 그렇죠. 겉으로 보이는 그대로 받아들이는 타입이랄까요. 그는 에드먼드의 부인, 아니 미망인이 갑자기 프랑스로 돌아갈 일이 생겼을 뿐, 언젠가 곧 소식을 전해 올 거라고 믿고 있어요. 아직까지 편지를 보내거나 연락이 전혀 없는 것도 이상하지 않은 모양이에요. 자기도 편지를 잘 쓰지 않으니까요. 브라이언은 착하고 상냥한 사람이에요. 꼭 산책시켜 달라고 조르는 강아지 같아요."

"그래서 산책을 시켜 주었나요? 혹시 돼지우리에라도?"

마플 양이 물었다.

루시가 마플 양에게 날카로운 눈길을 던졌다.

"그 저택에는 참 많은 신사가 오고가네요."

마플 양이 생각에 잠겨 중얼거렸다.

마플 양은 '신사'라는 단어를 말할 때마다 항상 빅토리아 왕조의 향취를 물씬 가미하곤 했다. 실제로는 그녀의 시대보다 훨씬 앞선 시대의 메아리를 말이다. 그럴 때면 듣는 사람은 곧장 혈기 넘치고 (어쩌면 구레나룻을 기른) 때로는 사악하지만 여자들에게는 정중한 남자들을 떠올리곤 했다.

　마플 양이 루시를 곰곰이 뜯어보며 말했다.

　"당신은 매력적인 아가씨예요. 그 사람들이 루시에게 관심이 많을 것 같은데, 안 그런가요?"

　루시가 살짝 얼굴을 붉혔다. 단편적인 기억들이 머릿속을 스치고 지나갔다. 돼지우리 벽에 기대고 선 세드릭, 쓸쓸한 표정으로 부엌 식탁 위에 앉아 있던 브라이언, 커피 잔을 정리할 때 그녀의 손에 살짝 닿던 알프레드의 손가락.

　마플 양이 무언가 이질적이고 위험한 생물을 평가하는 듯한 어조로 입을 열었다.

　"신사들이란. 어떤 면에선 모두 비슷비슷하답니다……. 아무리 나이가 들어도 말이죠."

　"맙소사! 100년 전이었다면 부인은 틀림없이 마녀로 화형에 처해졌을 거예요!"

　루시가 소리쳤다.

　그녀는 크랙켄소프 노인이 제시했던 조건적 청혼을 털어놓았다.

　"사실 그 사람들 모두 나름대로의 방식으로 이른바 구애라는 걸 했답니다. 해럴드는 자기 딴에는 적절한 방법을 썼어요. 처우가 좋은 시티의 일자리를 주겠다고 했거든요. 제가 매력적으로 생겼기 때문은 아닌 것 같아요. 다들 제가 뭔가를 알고 있다고 생각하나 봐요."

　루시가 소리 내어 웃었다.

　하지만 크래독 경위는 웃지 않았다.

"조심하십시오. 그 사람들은 당신에게 구애를 하는 대신 살해할 수도 있으니까."

"그 편이 훨씬 간단하긴 하겠죠."

루시도 수긍했다. 그러곤 약간 몸서리를 쳤다.

"깜박 잊고 있었어요. 아이들이 워낙 이 일을 재미있게 받아들이고 있어서 사건을 게임인 양 착각할 뻔했네요. 하지만 이건 게임이 아니죠."

"맞아요. 살인은 게임이 아니에요."

마플 양이 말했다. 그녀는 잠시 침묵을 지키다가 입을 열었다.

"아이들은 곧 학교로 돌아가야 하지 않나요?"

"네, 다음 주에요. 방학이 끝나기 전 며칠 동안은 제임스 스토다트 웨스트의 집에서 보낼 거래요. 내일 떠날 예정이랍니다."

"다행이네요. 아이들이 저택에 머무르는 동안 무슨 일이라도 생기면 큰일이니까요."

마플 양이 진지한 표정으로 말했다.

"크랙켄소프 노인을 말씀하시는 건가요? 다음엔 그분이 살해될 거라고 생각하세요?"

"오, 아니랍니다. 그분은 괜찮을 거예요. 난 아이들을 말하는 겁니다. 특히 알렉산더 말이지요."

"하지만 분명히……."

"아시다시피, 아이들은 단서를 찾아다니고 있잖아요. 사내애들이란 그런 걸 좋아하니까요. 하지만 그건 매우 위험한 일일 수도 있어요."

크래독은 생각에 잠겨 그녀를 바라보았다.

"아직도 이 사건이 미지의 살인범이 미지의 여자를 살해한 사건이 아니라고 굳게 믿고 계시는군요. 러더퍼드 저택과 관련이 있다고 확신하십니까?"

"예, 그래요. 깊은 관계가 있어요."

"우리가 살인범에 대해 아는 것이라고는 키가 크고 검은 머리의 남자라는 것뿐입니다. 이건 부인 친구분의 증언이고, 그분이 아시는 건 이게 전부입니다. 러더퍼드 저택에는 키가 크고 검은 머리의 남자가 셋이나 있지요. 검시 심리가 있던 날, 저는 그 3형제가 자동차를 타기 위해 인도에 나란히 서 있는 모습을 봤습니다. 세 명 모두 제게 등을 돌리고 있었는데, 두꺼운 오버코트를 걸치고 있는 모습이 놀랍도록 꼭 닮았더군요. 세 명이 다 키가 크고 검은 머리의 남자였던 겁니다. 그런데 알고 보면 그 세 사람은 완전히 대조적인 타입이죠. 일이 너무 어렵습니다."

그가 한숨을 내쉬었다.

마플 양이 중얼거렸다.

"혹시 또 모르지요. 어쩌면 이 사건은 우리 생각보다 훨씬 단순한 걸지도 몰라요. 살인 사건은 대개 알고 보면 단순하거든요. 탐욕이나 질투처럼 동기도 명백한 경우가 많고……."

"그 수수께끼의 마르틴느라는 여자의 존재를 믿으시는 겁니까, 마플 양?"

"난 에드먼드 크랙켄소프가 마르틴느라는 여자와 결혼을 했거나 혹은 하려고 했다고 믿어요. 에마 크랙켄소프가 당신에게 그 편지를 보여 줬지요. 그리고 내가 그녀를 관찰한 바나 루시가 들려준 이야기를 고려해 보면 에마 크랙켄소프는 그런 종류의 일을 꾸며낼 사람이 아니에요. 사실 그럴 이유도 없잖아요?"

크래독이 생각에 잠겨 말했다.

"마르틴느가 실제로 존재한다고 친다면…… 명백한 동기가 존재하는 셈입니다. 마르틴느가 적법한 아들과 함께 나타나면 크랙켄소프 형제들이 받을 유산이 줄어드니까요. 물론 생각만이라면 모를까, 실제로 살인을 저지를 만한 이유는 되지 않을 것 같습니다만. 다들 형편이 쪼들리고 있었고……."

"해럴드도요?"

루시가 놀랍다는 듯 물었다.

"그렇습니다. 잘나가는 듯 보이는 해럴드 크랙켄소프도 겉으로 보이는 것처럼 근실하고 안정적인 재력가는 아닌 듯하더군요. 심각할 정도로 부채가 쌓인 데다 그다지 수익성이 없는 사업에 모험을 건 것 같습니다. 많은 돈이 있다면 파산은 면할 수 있을 테지만요."

"하지만 그렇다고 해도……."

루시는 말을 하려다 말고 곧 입을 다물었다.

"말씀하십시오, 아일스배로우 양."

"무슨 말을 하려는지 알아요, 루시. 살인 대상이 잘못 되었다는 거겠죠?"

마플 양이 말했다.

"네, 마르틴느가 죽어 봤자 해럴드한테는 아무 득도 되지 않아요. 다른 형제들도 마찬가지고요. 적어도……."

"적어도 루서 크랙켄소프가 죽을 때까지는 말이죠? 나도 같은 생각을 했습니다. 게다가 크랙켄소프 노인은, 의사에게 듣자 하니 다른 사람들이 생각하는 것보다 훨씬 건강한 것 같더군요."

"앞으로 몇 년 동안은 끄떡없을 거예요."

이렇게 말하고는, 루시가 얼굴을 찡그렸다.

"무슨 일입니까?"

크래독이 말해 보라는 듯 물었다.

"지난 크리스마스 때 크랙켄소프 씨가 앓아 누운 적이 있대요. 의사가 지나치게 호들갑을 떨었다고 말한 게 기억나네요. '누가 그런 난리법석을 봤다면 내가 독약이라도 먹은 줄 알았을 거야.'라고 말했다니까요."

루시는 무언가를 묻는 듯한 눈길로 크래독을 쳐다보았다.

"맞습니다. 제가 큄퍼 선생님에게 물어보려는 것도 바로 그 문제입니다."

"전 이만 가 봐야겠어요. 맙소사, 벌써 늦었어요."

마플 양은 뜨개질감을 내려놓더니 십자말풀이를 반쯤 끝낸《타임스》를 집어 들었다.

마플 양이 중얼거렸다.

"사전이 있으면 좋겠네. 톤틴(Tontine)과 토케이(Tokay), 항상 이

두 단어가 헷갈린단 말이야. 둘 중 하나는 헝가리산 포도주인데."

"그건 토케이예요. 하지만 하나는 다섯 글자고, 다른 하나는 일곱 글자인데요. 힌트가 뭐예요?"

"오, 십자말풀이가 아니에요. 그냥 생각이 나서요."

마플 양이 모호한 말투로 대답했다.

크래독 경위는 마플 양을 한참 동안 물끄러미 바라보았다. 그러곤 작별 인사를 하고 떠났다.

17장

I

크래독은 큄퍼 선생이 저녁 진료를 마칠 때까지 기다려야 했다. 얼마 후 의사가 나와 그에게 다가왔다. 그는 피곤하고 우울해 보였다.

큄퍼는 크래독에게 마실 것을 권했고, 크래독이 잔을 받아 들자 자신이 마실 칵테일을 만들었다.

의사는 낡고 편안한 의자에 털썩 주저앉으며 말했다.

"가엾은 인간들. 그토록 겁도 많고 그토록 어리석다니. 분별력이라곤 전혀 없어요. 오늘 저녁의 경우는 특히 힘들었습니다. 1년 전에만 왔더라도 이렇게 되지 않았을 텐데. 그때 찾아왔더라면 수술도 성공했을 겁니다. 하지만 이젠 너무 늦어 버렸어요. 정말이지 화가 납니다. 인간이란 영웅심과 비겁함이 이상하게 뒤섞인 생물이에요. 이 여자는 엄청난 고통을 느끼면서도 불평 한마디 없이 그저 참아만 왔습니다. 의사를 찾아와 자신이 두려워하던 것이 사실이라는 걸 알기가 겁이 났기 때문이죠. 그런데 또 반대쪽 극단에서는 작은 손가락 끝이 끔찍하게 부풀어 올라 아픈데 혹시 암이 아니냐고 찾아와서 내 시간을 낭비하는 사람들도 있습니다. 사실은 아무것도 아니거나 단순한 동상에 불과한데 말입니다. 이런, 제 말에 신경 쓰지 마십시오. 그냥 화풀이를 하는 것뿐이니까요. 저를 왜 만나자고 하셨죠?"

"먼저 감사하다는 말씀을 드리고 싶습니다. 크랙켄소프 양에게 오빠의 미망인이 보냈다는 그 편지를 제게 보여 주라고 조언해 주신 데 대해 말입니다."

"아, 그것 말입니까? 도움이 되던가요? 사실 전 조언을 한 게 아닙니다. 에마가 그러길 원했던 겁니다. 심각하게 걱정을 하고 있었거든요. 사랑하는 동생들은 다들 그녀를 막으려고 안간힘을 썼지만 말입니다."

"왜 그랬을까요?"

의사는 어깨를 으쓱했다.

"그 여자가 진짜 미망인으로 밝혀질까 봐 두려워서겠죠, 아마도."

"당신은 그 편지가 진짜라고 생각하십니까?"

"잘 모르겠습니다. 사실 전 그 편지를 본 적이 없거든요. 하지만 제 생각에 그 편지는 마르틴느를 잘 알고 있는 사람이 한번 떠보려고 쓴 것 같습니다. 에마의 동정심을 얻으려고 말이죠. 하지만 잘못 생각한 겁니다. 에마는 바보가 아니거든요. 사실을 먼저 확인해 보지도 않고 얼굴도 모르는 여자를 올케로 받아들일 여자는 아니죠."

그는 호기심을 약간 드러내며 물었다.

"그런데 왜 제 생각을 묻는 거지요? 전 그 일과 아무 관련도 없는데요."

"사실은 다른 것을 물어보려고 찾아왔습니다만, 어떻게 말을 꺼내야 할지 잘 모르겠군요."

큄퍼는 흥미를 느낀 것 같았다.

"얼마 전 크리스마스 때 크랙켄소프 씨가 심하게 앓았다고 들었습니다만."

의사의 얼굴에 갑자기 변화가 일었다. 그의 표정이 딱딱해졌다.

"그렇습니다."

"일종의 위장 장애였다고요?"

"네."

"거 참 이상하군요······. 크랙켄소프 씨는 자신이 가족 중에서 가장 오래 살 거라며 누구보다도 건강하다고 큰소리를 치던데요. 그분은 선생님을······. 죄송합니다, 선생님."

"신경 쓰지 마십시오. 환자들이 절 뭐라고 부르든 상관하지 않으니까요!"

"선생님더러 하찮은 일에 법석을 떠는 늙은이라고 하더군요."

큄퍼가 빙긋 웃었다.

"그리고 자기에게 온갖 질문을 해 댔다고 했습니다. 어떤 음식을 먹었느냐는 물론이고 누가 음식을 만들고 시중을 들었느냐고요."
 의사의 얼굴에서 미소가 사라졌다. 그는 다시 딱딱하게 굳은 표정을 지었다.
 "계속하십시오."
 "그리고 그는 이런 표현도 사용했습니다. '누가 나한테 독이라도 먹인 것처럼 굴었다.'라고요."
 잠시 침묵이 흘렀다.
 "실제로 그런 의심을 하신 겁니까?"
 큄퍼는 대답하지 않았다. 그는 자리에서 일어나 방 안을 서성였다. 그러다 마침내 크래독을 휙 돌아보았다.
 "도대체 제가 무슨 말을 하길 바라는 겁니까? 의사라는 사람이 증거도 없으면서 여기저기에 독이네 뭐네 같은 소리를 떠들고 다닐 수 있다고 생각하는 겁니까?"
 "전 그저 알고 싶을 뿐입니다. 비공식적으로 묻겠습니다. 선생님, 혹시 그런 생각을 하신 겁니까?"
 큄퍼는 둘러대듯 말했다.
 "크랙켄소프 씨는 매우 검소한 생활을 하고 있습니다. 다른 식구들이 저택을 방문할 때면 에마는 훨씬 근사한 음식들을 준비하지요. 그 결과 위장염에 걸리는 겁니다. 증상은 위장염과 일치했습니다."
 크래독은 끈질기게 물었다.
 "알겠습니다. 그렇다면 당신은 그걸로 만족했습니까? 전혀……, 다시 말하자면 전혀 의아한 생각이 들지 않았단 말입니까?"

"알았어요. 알았다고요. 예, 마음속 깊이 의아한 생각이 들었습니다. 이제 만족하십니까?"

"그것 참 흥미롭군요. 선생님은 정확하게 무엇을 의심, 아니 두려워한 겁니까?"

크래독이 물었다.

"위장염의 증세는 매우 다양합니다. 하지만 루서 크랙켄소프의 증상은, 뭐랄까……. 단순한 위장염이라기보다는 비소 중독과 일치하는 부분이 더 많았습니다. 말씀드리지만 이 두 증상은 매우 비슷합니다. 저보다 훨씬 솜씨 좋은 의사들도 비소 중독을 알아내지 못하고 아무 의심 없이 진단서를 써 주곤 하니까요."

"그렇다면 당신이 진단한 결과는 어땠습니까?"

"제가 의심한 바가 사실일 리는 만무했습니다. 크랙켄소프 씨는 제가 그를 진찰하기 전에도 비슷한 증상이 있었다고 안심시키더군요. 그때와 똑같은 이유 때문일 거라고 했습니다. 기름진 음식을 너무 많이 먹으면 늘 생기는 일이라면서요."

"그때도 저택에 사람들이 많았나요? 가족이나 손님이 방문했을 때였습니까?"

"그렇습니다. 노인의 말은 합당하게 들렸습니다. 그렇지만 경위님, 솔직히 전 그다지 만족스럽지 못하더군요. 그래서 연로하신 모리스 선생님에게 편지까지 보냈습니다. 그분은 제 선배 동업자인데 제가 병원에 들어온 지 얼마 안 되어 은퇴하셨지요. 크랙켄소프 씨는 원래 그분 환자였고요. 그래서 크랙켄소프 씨가 예전에 앓았다는 위장염에 관해 여쭈어 보았습니다."

"어떤 답변이 왔습니까?"

큄퍼가 싱긋 웃었다.

"따끔하게 야단을 맞았습니다. 바보같이 굴지 말라는 소리도 들었죠. 뭐……. 아마 제가 형편없는 바보였던 모양입니다."

그가 어깨를 으쓱했다.

"과연 그럴까요."

크래녹은 생각에 잠긴 채 대꾸했다. 그는 솔직하게 말하기로 결심했다.

"그런 판단은 차치하고라도, 선생님, 루서 크랙켄소프가 사망할 경우 상당한 이득을 얻을 사람들이 존재한다는 건 사실입니다."

의사가 고개를 끄덕였다.

"그는 노인입니다. 그렇지만 매우 정정하고 기운찬 노인이지요. 아흔 살까지는 충분히 버티겠죠?"

크래독이 물었다.

"거뜬할 겁니다. 평생 동안 자기 몸을 돌보며 살아온 사람이니까요. 원래 건강한 체질이기도 하고요."

"그리고 아들딸들은 계속 나이를 먹어 가고 있으니……. 불안하겠군요."

"에마는 제외하셔야 합니다. 그녀는 독을 먹이지 않았으니까요. 복통이 일어난 것은 항상 다른 식구들이 저택을 방문했을 때였습니다. 에마와 노인만 있을 때는 아무 일도 없었어요."

'만약에 그녀가 범인이라면 가장 먼저 그 사실을 고려했겠지.'

크래독 경위는 속으로 이렇게 생각했으나 입 밖으로 소리 내어 말하지는 않았다.

그는 잠시 아무 말 없이 앉아 있다가 조심스럽게 단어를 골라 말했다.

"전 이런 점에 매우 무지합니다만, 비소가 투약되었다고 가정할 때 크랙켄소프 씨가 죽지 않은 것은 매우 운이 좋았던 거군요?"

의사가 대답했다.

"바로 그게 이상한 점입니다. 모리스 선생님의 표현을 빌리자면 제가 대책 없는 멍청이인 까닭이 바로 그겁니다. 아시다시피 이번 경우는 소량의 비소를 정기적으로 투약한 게 아닙니다. 보통 비소로 독살을 기도할 때에는 이런 방법을 사용하는데 말입니다. 크랙켄소프 노인은 만성 위장염 따위를 앓은 적이 없습니다. 그래서 그렇게 갑자기 심한 증세가 나타났다는 것이 이상하다는 겁니다. 즉 만일 복통이 자연스러운 원인 때문에 발생한 것이 아니라면 독을 넣은 사람이 그때마다 실수를 했다는 뜻인데, 그건 말이 안 되지요."

"양을 잘못 조절했다는 의미입니까?"

"그렇습니다. 하지만 또 한편으로는 크랙켄소프 씨가 선천적으로 건강한 체질이라 다른 사람에게는 충분한 양이 그에게는 아무런 효과도 없었을 수도 있습니다. 언제나 개인의 특이 체질이라는 걸 염두에 둬야 하니까요. 하지만 독살범이 비정상적으로 겁쟁이가 아닌 이상 두 번째에는 당연히 투여량을 늘렸을 겁니다. 그런데 왜 그렇게 하지 않았을까요?"
의사가 덧붙였다.
"말하자면 독살범이 실제로 존재한다면 말입니다. 그건 곧 실제로는 없다는 뜻이지요. 처음부터 끝까지 바보 같은 착각에 불과했던 겁니다."
"정말 이상한 일이군요. 말이 되지 않아요."
경위가 의사의 말에 동의했다.

II

"크래독 경위님!"
누군가가 옆에서 진지하게 속삭이는 소리에 경위는 그 자리에서 펄쩍 뛰어 올랐다.
그는 막 현관문 벨을 누르려던 참이었다. 알렉산더와 그의 친구 스토다트 웨스트가 그림자 속에서 조심스럽게 모습을 드러냈다.
"자동차 소리를 들었어요. 그래서 경위님을 만나려고 기다리고 있었어요."
"그래, 그럼 안으로 들어가자꾸나."
크래독은 다시금 손을 현관 벨로 뻗쳤으나 알렉산더가 그의 코트 자락을 서툰 강아지처럼 간절히 잡아당겼다.
"우리가 단서를 발견했어요."
알렉산더는 숨을 헐떡이며 말했다.

"맞아요, 우리가 단서를 발견했어요."

스토다트 웨스트가 메아리처럼 똑같이 되풀이했다.

'그 아가씨 짓이로군.'

크래독은 퉁명스럽게 생각하며 무관심하게 대꾸했다.

"훌륭하구나. 그럼 집 안에 들어가서 한번 살펴보자꾸나."

"안 돼요. 방해를 받을지도 모르잖아요. 마구간으로 가요. 저희가 안내할게요."

알렉산더가 고집을 부렸다.

크래독은 마지못해 저택의 모퉁이를 돌아 두 소년을 따라 마구간으로 향했다. 스토다트 웨스트가 육중한 문을 밀어젖히더니 손을 뻗어 어둠침침한 전등을 켰다. 한때 빅토리아 왕조 시대의 멋과 세련미의 극치를 뽐냈을 마구간은 이제 아무도 원하지 않는 잡동사니들이 모인 서글픈 창고가 되어 있었다. 망가진 정원용 의자, 녹슬고 낡은 정원용 도구들, 여기저기 부식된 커다란 잔디깎이 기계, 스프링이 녹슨 매트리스와 해먹, 찢어진 테니스 네트.

알렉산더가 말했다.

"우린 여기 자주 와요. 아무한테도 안 들키고 우리끼리만 놀 수 있거든요."

그곳에는 분명 누군가가 사용한 흔적이 있었다. 망가진 매트리스들이 소파 침대처럼 가지런히 쌓여 있었고, 방 가운데 있는 녹슬고 낡은 탁자 위에는 커다란 초콜릿 비스킷 깡통이 놓여 있었다. 사과 더미와 사탕 깡통, 그리고 지그소 퍼즐도 있었다.

스토다트 웨스트가 안경 뒤에서 눈동자를 반짝이며 진지하게 말했다.

"진짜 중요한 단서예요, 경위님. 오늘 오후에 발견했어요."

"우린 단서를 찾으려고 며칠 동안이나 사방을 뒤지고 다녔어요. 덤불 속이랑······."

"속이 빈 나무들도요······."

"쓰레기통도 샅샅이 뒤졌고요······."

"사실 그 안엔 상당히 재미있는 것들도 많았어요······."

"그리고 보일러실에도 갔어요······."

"거기 아연도금관이 있는데 정원사인 힐먼 할아버지가 그 안에 종이 쓰레기를 모아 두거든요······."

"보일러가 나가면 불을 피울 때 사용하는 거예요······."

"바닥에 돌아다니는 종이들은 다 거기 있어요. 할아버진 날아다니는 종이를 보면 주워서 거기 넣어 둔대요······."

"그런데 거기서 찾아낸 거예요······."

"무엇을 찾았다는 거니?"

크래독은 두 아이들이 앞서거니 뒤서거니 주고받는 말 중간에 끼어들었다.

"단서요! 조심해, 스토더스, 장갑 끼어."

스토다트 웨스트는 약간 뽐내는 태도로 탐정 소설에 나오는 솜씨 좋은 탐정처럼 지저분한 장갑을 두 손에 끼고는 주머니에서 코닥 필름 통을 꺼냈다. 그러곤 장갑을 낀 손가락으로 신중에 신중을 기해 안에서 온통 구겨지고 지저분한 봉투 한 장을 꺼내 조심스러운 동작으로 경위에게 건네주었다.

두 소년은 너무나도 흥분한 나머지 숨을 죽이고 기다렸다.

크래독은 분위기에 맞추어 엄숙하게 그것을 받아 들었다. 그는 소년들이 마음에 들었고, 이 일에 기꺼이 동참할 준비가 되어 있었다.

편지는 우체국을 통해 전달된 것으로, 안에는 아무것도 들어 있지 않았다. 그것은 그저 '북 10구 엘버스 크레센트 126번지 마르틴느 크랙켄소프 부인' 앞으로 보내는 찢어진 봉투일 뿐이었다.

알렉산더가 숨 가쁘게 말했다.

"아시겠어요? 이건 그 여자가 여기 있었다는 증거예요. 에드먼드 삼촌의 프랑스 부인 말이에요. 요즘 그 여자 때문에 온 집안이 난리잖아요. 어쨌든 그 사람이 진짜로 여기 왔다가 흘리고 간 게 틀림없어요. 아무리 봐도 그런 것 같죠, 네?"

스토다트 웨스트가 끼어들었다.

"제 생각엔 살해된 여자는 그 사람 같아요. 제 말은요, 경위님, 석관 속에서 발견된 여자가 그 사람이 틀림없다는 거예요."

아이들은 초조하게 대답을 기다렸다.

크래독은 놀이에 동참하기로 결심했다.

"가능한 일이다. 그래, 가능한 일이지."

"이건 진짜 중요한 거죠, 그렇죠?"

"지문 조사도 해 보실 거죠, 네, 경위님?"

"물론이지."

크래독이 대답했다.

스토다트 웨스트가 커다랗게 한숨을 내쉬었다.

"우린 운이 정말 좋았어, 그치? 오늘이 마지막 날이잖아."

"마지막 날이라고?"

알렉산더가 대답했다.

"네. 내일 스토더스네 집에 가거든요. 개학하기 전 며칠 동안은 거기서 보낼 거예요. 스토더스네 집은 끝내주게 멋있어요. 앤 여왕 시대 건물이라고 했나?"

"윌리엄 왕과 메리 여왕 때야."

스토다트 웨스트가 말했다.

"하지만 너희 어머니께서……."

"엄만 프랑스 사람인걸. 영국 건축물에 대해선 거의 모르신다고."

"그렇지만 너희 아버지가 그 집이 세워진 건……."

크래독은 봉투를 살펴보았다.

루시 아일스배로우 양은 참으로 영악한 아가씨였다. 소인을 이렇게 감쪽같이 위조하다니. 그는 얼굴을 대고 자세히 들여다보았지만, 불빛이 너무 어두웠다. 이건 아이들에게는 재미있는 일일지 모르나 그에게는 무척 곤란한 일이었다. 루시, 그 깜찍한 아가씨는 거기까지 생각이 미치지 못한 모양이었다. 만약 이 봉투가 진짜라면 수사에 진전이 있을 수도 있지만…….

옆에서는 건축물에 대한 뜨거운 논쟁을 계속하고 있었다. 크래독은 그 대화를 무시하기로 했다.

"자, 그만 가자꾸나. 저택으로 돌아가야지. 너희들은 정말 큰 도움이 되었어."

18장

I

크래독은 두 소년의 호위를 받으며 저택 뒷문으로 들어갔다. 소년들이 평소에 자주 사용하는 출입구인 듯했다. 부엌은 밝고 따스했다. 커다란 하얀색 앞치마를 두른 루시가 반죽을 굴리고 있었고 그 옆에는 브라이언 이스틀리가 조리대에 기대서서 강아지처럼 온순한 눈으로 그녀를 바라보고 있었다. 그는 한쪽 손으로 크고 멋진 콧수염을 잡아당겼다.

알렉산더가 부드럽게 말했다.

"안녕, 아빠. 또 여기 와 계세요?"

"난 여기가 좋거든."

브라이언이 대답하더니 곧 덧붙여 말했다.

"아일스배로우 양만 괜찮다면 말입니다."

"아, 난 괜찮아요. 안녕하세요, 크래독 경위님."

루시가 말했다.

"부엌을 조사하러 온 겁니까?"

브라이언이 관심을 보이며 물었다.

"그런 건 아닙니다. 세드릭 크랙켄소프 씨는 아직 저택에 머물고 있나요?"

"예, 아직 여기 있습니다. 그를 만나러 오신 건가요?"

"예, 세드릭 씨와 이야기를 나누고 싶습니다. 부탁 좀 드립니다."

"내가 가서 있는지 보고 오죠. 어쩌면 마을로 산책을 나갔는지도 모릅니다."

브라이언은 조리대에서 몸을 일으켰다.

루시가 말했다.

"정말 감사해요. 손에 밀가루만 묻지 않았어도 제가 갈 텐데요."

"뭘 만들고 계세요?"

스토다트 웨스트가 몹시 궁금하다는 듯 물었다.

"복숭아 파이."

"좋고말고야!"

"곧 저녁 먹을 때죠?"

알렉산더가 물었다.

"아니, 좀 더 있어야 해요."

"이런! 배고파 죽겠는데."

"식료품실에 생강 케이크가 조금 남아 있을 거예요."

두 소년은 쏜살같이 달려 나가다가 문 앞에서 서로 부딪치고 말았다.

"꼭 메뚜기들 같군요."

루시가 말했다.

"축하드려야겠습니다."

크래독이 말했다.

"정확히 뭘요?"

"당신의 이 기발한 발명품 말입니다!"

"무슨 발명품이오?"

크래독은 봉투를 넣어 둔 종이끼우개를 가리켰다.

"아주 훌륭한 솜씨였어요."

"도대체 무슨 말씀을 하고 계신 거예요?"

"이거 말입니다, 이거요."

크래독이 봉투를 반쯤 꺼내 보였다.

루시는 도무지 무슨 말인지 모르겠다는 양 그를 빤히 쳐다보았다.

크래독은 갑자기 현기증을 느꼈다.

"당신이 이 단서를 만든 게 아닙니까? 보일러실에 가져다 둬서 아이들이 찾을 수 있게 해 놓은 게 아니냐고요? 자, 빨리 대답하세요."

"전 경위님이 무슨 말씀을 하고 계신지 전혀 감도 못 잡겠어요. 그러니까 경위님 말씀은……."

크래독은 브라이언이 돌아온 것을 보고 재빨리 편지를 다시 종이

끼우개 안에 집어넣었다.

"세드릭은 서재에 있습니다. 들어가 보시죠."

브라이언이 다시 조리대 앞에 자리를 잡으며 말하자 크래독 경위는 서재로 향했다.

II

세드릭 크랙켄소프는 크래독 경위를 보자 반가운 표정을 지었다.

"여기서 더 자세한 현장 수사라도 하고 있나요? 수사에 진전은 있습니까?"

"예, 조금 진전이 있었다고 말씀드릴 수 있습니다, 크랙켄소프 씨."

"시체가 누군지는 알아냈습니까?"

"아직 확실한 신원은 알아내지 못했습니다만, 상당히 가능성 높은 추측은 하나 있습니다."

"그거 잘됐군요."

"최근에 입수한 정보 때문에 몇 가지 진술을 듣고자 왔는데, 마침 여기 계시니 당신부터 시작할까 합니다, 크랙켄소프 씨."

"그렇게 오래 있진 않을 겁니다. 내일이나 모레쯤 이비사에 돌아갈 예정이거든요."

"제가 때를 잘 맞췄군요."

"시작하시죠."

"12월 20일 금요일에 정확히 어디서 무슨 일을 했는지 자세히 설명해 주시면 감사하겠습니다만."

 세드릭은 크래독을 힐끔 쳐다보더니, 이내 몸에 힘을 빼고 의자에 기대앉아 하품을 하고는 느긋하고 태평한 분위기를 가장했다.

 "글쎄요, 이미 말씀드렸다시피 난 이비사에 있었습니다. 문제는, 이비사에서는 매일매일이 늘 똑같다는 겁니다. 오전에는 그림을 그리고, 3시부터 5시까지는 낮잠을 자죠. 빛이 괜찮으면 스케치를 하기도 하고요. 그런 다음 광장에서 아페리티프(식전에 마시는 술 — 옮긴이)를 마시곤 합니다. 가끔은 시장과, 또 어떨 때에는 의사와 함께 마시지요. 그 후에 간단한 식사를 하고, 저녁때면 대개 스코티네 술집에서 하류층 친구들과 어울려 시간을 보냅니다. 이 정도면 됩니까?"

 "전 진실을 듣고 싶습니다, 크랙켄소프 씨."

 세드릭이 허리를 꼿꼿이 세웠다.

 "그것 참 모욕적인 말씀이군요, 경위님."

 "그렇게 생각하십니까? 크랙켄소프 씨, 지난번에 당신은 제게 12월 21일에 이비사를 떠나 같은 날 영국에 도착했다고 말씀하셨지요?"

 "네, 그랬습니다. 엠 누나! 이봐, 누나!"

 에마 크랙켄소프가 작은 거실과 이어진 문을 통해 방으로 들어왔다. 그녀는 무슨 일이냐는 듯 세드릭과 경위를 번갈아 쳐다보았다.

 "엠 누나, 내 말 좀 들어봐. 지난 크리스마스 때, 내가 토요일에 도착하지 않았어, 응? 공항에서 바로 왔잖아?"

 에마가 의아하다는 표정으로 대답했다.

"그렇지. 점심때쯤 도착했었어."

"그것 보십쇼."

세드릭이 경위에게 말했다.

크래독이 쾌활하게 대꾸했다.

"우리를 바보로 아는 모양이군요, 크랙켄소프 씨. 아시다시피, 우린 그 사실을 모두 조사해 볼 수 있습니다. 제 생각엔 여권을 보여 주신다면……."

크래독은 대답을 기다리듯 말을 멈추었다.

"그 빌어먹을 물건을 찾을 수가 없습니다. 안 그래도 오늘 아침부터 계속 찾고 있어요. 쿡 여행사에 보내려고요."

세드릭이 대답했다.

"제 생각엔 금방 찾을 수 있을 것 같은데요. 하지만 굳이 여권이 필요한 건 아닙니다. 기록을 보니 당신은 12월 19일 저녁에 영국에 입국했더군요. 그러니 당신이 영국에 도착한 그 시각부터 12월 21일 점심때까지 무슨 일을 했는지 제게 설명해 주셔야겠습니다."

세드릭은 무척 화가 난 것 같았다. 그는 화를 내며 투덜거렸다.

"정말 지옥 같은 세상이군. 어딜 가나 형식적 관료주의와 서류의 빈칸 채우기뿐이니, 원. 이게 다 관료주의 때문이라고요. 이젠 더 이상 가고 싶은 곳에 가거나 좋아하는 일을 마음대로 할 수도 없어요! 노상 누군가가 질문을 퍼부어 대니까. 어쨌든 20일에 무슨 일이 있었는지 왜 그렇게 난리를 떠는 겁니까? 20일에 뭐가 어쨌기에요?"

"우리는 그날 범행이 발생했다고 추정하고 있습니다. 물론 답변을 거부할 수도 있습니다만…….”

"내가 언제 답변을 거부한다고 했습니까? 시간을 좀 주십쇼. 그리고 심리에서는 범행 날짜를 정확하게 알 수 없다고 하지 않았습니까? 그렇다면 그 후에 새로운 증거를 발견한 거군요?"

크래독은 대답하지 않았다.

세드릭은 에마를 곁눈질로 쳐다보며 말했다.

"우리 다른 방에서 이야기할까요?"

에마가 재빨리 대꾸했다.

"내가 나갈게."

그러더니 그녀는 문 앞에서 걸음을 멈추고 돌아보았다.

"이건 심각한 일이야, 세드릭. 너도 알지? 만약 정말로 20일에 살인이 일어났다면, 그날 네가 어디서 무슨 일을 했는지 크래독 경위님께 자세하게 다 말씀드려."

에마는 옆방으로 나가 문을 닫았다.

세드릭이 말했다.

"우리 착한 엠 누나. 자, 그럼 시작해 볼까요. 경위님 말씀이 맞습니다. 난 19일에 이비사를 떠났습니다. 파리에 잠시 들러서 센강 좌안지구에 사는 오랜 지기들을 이틀 정도 방문할 생각이었습니다. 그런데 사실은…… 비행기 안에서 아주 매력적인 여자를 한 명 알게 된 겁니다. 아, 정말 근사한 여자였어요. 간단히 말하면 난 그 여자와 함께 비행기에서 내렸습니다. 그녀는 미국으로 가는 길이었는데 일 때문에 런던에서 며칠 묵어야 한다고 하더군요. 우린 19일에 런던에 도착했습니다. 경위님 정보원들이 아직 알아내지 못했을까 봐 미리 말씀드리는데, 우린 킹스웨이 팰리스 호텔에 묵었어요. 존 브라운이라는 이름을 댔고요. 그럴 땐 절대로 본명을 사용하면 안 되죠."

"20일에는 무엇을 했습니까?"

세드릭이 얼굴을 찌푸렸다.

"아침에는 지독한 숙취로 고생을 했죠."

"오후에는 어땠습니까? 오후 3시 이후에는 무엇을 했습니까?"

"어디 보자, 말 그대로 여기저기를 돌아다녔습니다. 국립 박물관에도 갔고, 정말 훌륭한 곳이더군요. 영화도 봤어요.「목장의 로웨나」라는 제목이었는데……. 난 서부극을 좋아하거든요. 그런데 그 영화는 과장이 너무 심하더군요. 그런 다음엔 바에서 한두 잔 걸치고 방에 돌아와서 잤습니다. 10시쯤에는 여자 친구와 함께 화끈한 곳들을 좀 놀았고요. 이름은 저의 내 기억이 안 납니다. 시, '비드 새 구리'라는 곳은 기억나는군요. 그녀는 그런 곳들을 다 알고 있더라고요. 밤새 꼭지가 돌도록 마시고, 솔직히 말하면 다음 날 아침에 눈을 뜰 때까지 무엇을 했는지 아무것도 기억이 안 납니다. 그날 아침 숙취는 정말 최악이었어요. 여자 친구는 비행기를 타러 가고 나는 머리에 찬물을 뒤집어쓰고는 약국에 가서 숙취약을 먹고 여기 내려왔습니다. 막 히스로 공항에서 도착한 척하면서요. 누나를 언짢게 할 필요는 없다고 생각했거든요. 여자들이 어떤지 아시잖습니까. 곧바로 집에 오지 않으면 화를 내죠. 하지만 택시 요금 때문에 누나한테 돈을 빌려야 했어요. 완전히 빈털터리가 되어 있었거든요. 아버지한테는 도와 달라고 해 봤자 아무 소용도 없을 테니까요. 눈 하나 깜짝하지 않을걸요. 지독한 구두쇠 양반 같으니. 자, 경위님, 그럼 만족하셨습니까?"

"지금까지 한 말씀을 뒷받침할 사람이나 증거가 있습니까, 크랙켄소프 씨? 오후 3시부터 7시까지의 행적에 관해서 말입니다."

세드릭이 명랑하게 대답했다.

"아마 없을 겁니다. 국립 박물관 직원들은 관람객들한텐 눈곱만치도 관심이 없고, 극장에도 사람이 많았으니까요."

에마가 다시 서재로 들어왔다. 그녀는 손에 작은 일정을 적는 수첩을 들고 있었다.

"경위님은 12월 20일에 우리 모두가 무엇을 했는지 알고 싶으신 거지요?"

"어……, 예, 그렇습니다, 크랙켄소프 양."

"방금 내 수첩을 찾아봤어요. 20일에 난 교회 복구 자금 모금회에 참석하려고 브랙햄프턴에 갔었어요. 12시 45분쯤에 모임이 끝나서, 같은 위원회에서 일하는 레이디 애딩턴과 바틀렛 양과 함께 카드나 카페에서 점심을 먹었고요. 점심 식사를 한 뒤에는 크리스마스 쇼핑을 했죠. 그린 포드와 라이올, 스위프트, 부츠랑 또 다른 많은 상점에 들렀어요. 4시 45분쯤에는 샴록 찻집에서 차를 마셨고, 그런 다음에 기차로 내려오는 브라이언을 마중 나갔어요. 6시쯤 집에 돌아오니 아버지가 성을 내시더군요. 점심 식사를 준비해 놓고 나왔는데, 오후에 집에 와서 아버지께 차를 끓여 주기로 한 하트 부인이 오지 않았거든요. 아버진 화를 내시며 방으로 들어가 버리시곤, 나를 들여보내지도 않고 나와 말도 하지 않으려고 하셨어요. 아버진 내가 오후에 외출하는 걸 싫어하지만 가끔은 그래야만 한다고 확실하게 말씀드리곤 하죠."

"매우 현명하시군요. 말씀해 주셔서 감사합니다, 크랙켄소프 양."

그는 에마가 여성이며 키도 165센티미터가 조금 넘는 정도이므로 그녀의 행적은 중요하지 않다는 말을 차마 할 수 없었다. 대신에 그는 이렇게 물었다.

"두 동생분은 그보다도 더 나중에 왔다고 들었습니다만?"

"알프레드는 토요일 밤늦게 도착했어요. 그날 오후 제가 집에 없었을 때 전화를 했다고 하더군요. 하지만 아버진 화가 나 계실 때는 전화를 절대 받지 않으시거든요. 해럴드는 크리스마스 전날에서야 도착했어요."

"감사합니다, 크랙켄소프 양."

그녀가 머뭇거리며 입을 열었다.

"이런 것을 물어보면 안 되는 줄 알지만……. 무슨 새로운 증거가 나왔길래 이러한 질문을 하시는 건가요?"

크래독은 주머니에서 종이끼우개를 꺼내 손가락 끝으로 조심스럽게 봉투를 잡아당겼다.

"손대지 마십시오, 부탁드립니다. 이게 뭔지 알아보시겠습니까?"

에마는 어리둥절한 표정으로 크래독을 바라보았다.

"하지만 이건……. 이건 내 글씨예요. 내가 마르틴느에게 보낸 편지인데요."

"그럴 것이라고 짐작했습니다."

"그런데 이걸 어디서 찾으신 건가요? 혹시 그 여자가……? 그녀를 찾았나요?"

"예, 찾은 것 같습니다. 이 봉투는 이곳에서 발견되었습니다."

"집 안에서요?"

"밖에서요."

"그렇다면 그녀가 여기 왔었군요! 그녀가……. 그러니까 경위님 말씀은……, 석관 속에서 죽은 여자가 마르틴느라는 건가요?"

"그럴 확률이 높을 것 같습니다, 크랙켄소프 양."

크래독이 부드러운 목소리로 대답했다.

크래독이 시내로 돌아갔을 때, 그의 추리는 더욱 확고해진 듯 보였다. 아르망 데생에게서 온 소식이 그를 기다리고 있었던 것이다.

안나 스트라빈스카의 친구가 그녀의 엽서를 받았네. 놀랍게도 유람선 이야기가 사실이었나 보네! 지금 자메이카에 도착했으며, 자네의 말을 빌리자면 근사한 시간을 보내고 있다는군!

크래독은 종이를 구겨 쓰레기통에 집어 던졌다.

III

"끝내주는 하루였어요."

알렉산더는 침대에서 일어나 앉아 초콜릿 바를 핥아먹으며 생각에 잠긴 채로 말했다.

"진짜 단서를 찾아냈거든요!"

소년의 목소리에는 경외감이 묻어났다. 그는 즐겁게 덧붙였다.

"아니, 사실 이번 방학은 처음부터 끝까지 끝내줬어요. 이런 일은 두 번 다시 일어나지 않겠죠."

"나로서는 이런 일은 두 번 다시 일어나지 않으면 좋겠는데요."

무릎을 꿇고 알렉산더의 옷을 가방 속에 챙겨 넣던 루시가 말했다.

"이 과학 소설을 정말로 다 가져갈 생각이에요?"

"맨 위에 있는 두 권은 빼고요. 그건 벌써 읽었거든요. 축구공이랑, 축구화랑, 고무장화는 따로 싸 주세요."

"이런 걸 가지고 다녀야 한다니, 남자 아이들은 번거롭겠어요."

"괜찮아요. 스토더스네 부모님이 롤스로이스를 보내 준다고 했거든요. 그 집 롤스로이스는 정말 끝내줘요. 그 집엔 최신형 메르세데스 벤츠도 있어요."

"부잣집인 모양이네요."

"굉장해요! 부모님들도 다 멋지고요. 하지만 그래도 여길 떠나고 싶지 않아요. 시체가 또 나올지도 모르잖아요."

"부디 그런 일은 일어나지 않으면 좋겠군요."

"책에선 항상 그렇잖아요. 뭔가를 보거나 들은 사람이 있으면 조금 있다가 그 사람도 죽어 버리죠. 어쩜 다음번엔 누나가 그렇게 될지도 몰라요."

알렉산더는 두 번째 초콜릿 바의 껍질을 벗기며 덧붙였다.

"고맙기도 해라!"

알렉산더는 루시를 안심시켰다.

"하지만 누나가 그렇게 되는 건 싫어요. 전 누나가 좋거든요. 스토더스도 그렇게 생각해요. 누난 요리사가 되기 위해 태어난 사람 같아요. 누나가 만든 음식은 정말 근사하거든요. 그리고 현명한 분이기도 하고요."

마지막 말은 분명 그가 루시를 높이 평가하고 있다는 의미를 담고 있었다. 그런 의미를 인식한 루시가 말했다.

"고마워요. 하지만 두 사람을 기쁘게 해 주려고 살해되고 싶은 생각은 없어요."

"그럼, 조심하는 편이 좋겠어요."

알렉산더가 말했다.

소년은 초콜릿 바를 먹느라 잠시 말을 멈추었다가 무심한 투로 불쑥 내뱉었다.

"가끔씩 아빠가 여기 나타나시면 아버질 잘 챙겨 주실 거죠?"

"물론이죠."

루시는 약간 놀라서 대답했다.

"아빠의 문제는 런던 생활이 아빠한테 잘 맞지 않는다는 거예요.

18장 277

아빤 늘 아빠랑은 잘 어울리지 않는 타입의 여자와 사귄다니까요."
 그는 걱정스러운 듯 고개를 저었다.
 "난 아빠가 좋아요. 하지만 아빠한텐 누군가 아빠를 보살펴 줄 사람이 필요해요. 그래서 여기저기 방황하면서 안 맞는 여자들만 만나고 다니는 거예요. 엄마가 돌아가신 게 정말 불행이에요. 아빠한텐 제대로 된 가정이 필요하거든요."
 알렉산더는 진지한 표정으로 루시를 바라보며 초콜릿 바를 하나 더 꺼내 들었다.
 "네 개째는 안 돼요, 알렉산더. 배탈이 날 거예요."
 "오, 천만에요. 한꺼번에 여섯 개나 먹은 적도 있는데 그때도 아무렇지도 않았는걸요. 전 배탈에 강한 타입이에요."
 소년은 잠시 말을 멈추었다가 입을 열었다.
 "아빠 누나를 좋아해요, 아시죠?"
 "그거 고마운 일이네요."
 "아빠 어쩔 때 보면 바보 같아요."
 브라이언의 아들이 말했다.
 "그렇지만 훌륭한 전투기 조종사셨어요. 용감하고, 성격도 무척 좋으시죠."
 알렉산더는 입을 다물었다. 그러더니 천장을 멍하니 바라보며 혼잣말을 하듯 중얼거렸다.
 "제 생각에는요, 아빠는 재혼을 하는 게 좋을 것 같아요. 착하고 품위 있는 여자 분이랑요……. 난 새엄마가 생겨도 괜찮은데…….

그러니까 착하고 품위 있는 분이라면 말이죠…….”

루시는 알렉산더의 말 속에 뚜렷하게 담긴 의미를 깨닫고 깜짝 놀랐다.

알렉산더는 여전히 천장을 바라보며 말했다.

"새엄마는 심술궂다느니 어쩌느니 하는 헛소리는 다 구식이에요. 스토더스랑 저도 새엄마가 있는 애들을 많이 아는데요, 이혼이라든가 뭐 그런 것 때문에요. 다들 사이좋게 잘 지내더라고요. 물론 어떤 사람이 새엄마가 되느냐에 따라 다르죠. 운동회 같은 날에는 헷갈리기도 하고요. 부모님이 네 명이나 되는 셈이잖아요. 아, 하지만 용돈을 받을 땐 훨씬 편리하겠군요!”

알렉산더는 현실적인 문제에 이르자 말을 멈추었다.

"가장 좋은 건 역시 자기 집과 친부모님이 있는 거겠죠. 하지만 엄마가 돌아가셨다면……. 무슨 뜻인지 아시죠? 품위 있는 분이기만 하다면야…….”

알렉산더는 이 말을 벌써 세 번째 되풀이하고 있었다.

루시는 마음속 깊이 감동했다.

"정말 생각이 깊군요, 알렉산더. 알렉산더 군의 아버님께 어울릴 만한 멋진 부인을 찾아 드려야겠어요.”

"예.”

알렉산더는 어정쩡한 태도로 대답했다가 무심한 투로 덧붙였다.

"아까 말씀드린 것 같은데요. 아빤 누나를 무척 좋아해요. 저한테 직접 그렇게 말씀하신걸요.”

루시는 속으로 생각했다.

'정말이지 요즘엔 왜 그렇게 중매쟁이 노릇을 하려는 사람이 많은 거지? 처음엔 마플 양이더니 이번엔 알렉산더까지!'

왠지 모르게 루시의 마음속에 돼지우리가 떠올랐다.

루시는 자리에서 일어났다.

"잘 자요, 알렉산더. 내일 아침에는 세면도구와 잠옷만 챙겨 넣으면 돼요. 잘 자요."

"안녕히 주무세요."

알렉산더는 인사를 한 후 침대 속으로 미끄러져 들어가더니 베개 위에 머리를 누이고 눈을 감았다. 천사 같은 모습이었다. 소년은 곧 꿈나라로 빠져들었다.

19장

I

"결정적인 증거라고는 할 수 없습니다."

웨더럴 경사가 평소처럼 우울한 어조로 말했다.

크래독은 12월 20일 해럴드 크랙켄소프의 알리바이에 관한 보고서를 읽고 있었다.

해럴드는 3시 30분경 소더비 경매장에서 목격되었지만 잠시 후 그곳을 떠났다. 러셀 찻집에서 그의 사진을 보고 알아본 사람은 없었지만, 차 마실 시간에는 늘 바쁘니 그가 단골손님이 아닌 바에야 놀라운 일은 아니었다. 해럴드의 하인은 해럴드가 6시 45분쯤 만찬에 참석하기 전 옷을 갈아입기 위해 카디건 가든스에 들렀다고 확인해 주었다. 만찬은 7시 30분에 시작될 예정이었기 때문에 꽤 늦게 돌아온 셈이었다. 그래서인지 크랙켄소프 씨는 계속 초조해하며 하인을 채근했다. 그는 주인이 밤에 귀가하는 소리는 듣지 못했지만 벌써 몇 주일 전의 일이라 정확히 기억할 수는 없다고 대답했다. 게다가 어차피 크랙켄소프 씨가 돌아오는 소리는 전에도 종종 듣지 못한 적이 많았다고 했다. 하인과 하인의 아내는 될 수 있으면 일찍 잠자리에 드는 편을 좋아했기 때문이었다. 해럴드가 차를 보관해 두는 차고 열쇠는 그가 직접 세를 빌려 개인용 열쇠를 가지고 다니므로 누가 왔다 가거나 특별히 어떤 날에 무슨 일이 있었는지 기억할 사람도 이유도 없었다.

"부정적인 것들뿐이군."

크래독이 한숨을 내쉬며 말했다.

"만찬에 참석한 것은 확실합니다만 연설이 끝나기도 전에 꽤 일찍 자리를 떴답니다."

"기차역은 조사해 봤나?"

하지만 브랙햄프턴 역에서도 패딩턴 역에서도 소득은 없었다. 벌써 4주 전의 일이었기 때문에 누군가가 기억하고 있을 가능성도 거의 없었다.

크래독은 다시 한숨을 내쉬고 세드릭에 대한 보고서를 향해 손을 뻗었다. 거기에도 그렇다 할 사항은 없었다. 눈에 띄는 거라곤 그날 오후 '지저분한 바지와 헝클어진 머리칼을 하고, 지난번 영국에 왔을 때보다 택시 요금이 엄청나게 뛰어 올랐다고 투덜거리던 남자'를 패딩턴 역까지 태워다 줬다는 한 택시 기사의 진술 정도였다. 하필 그날 일을 기억하고 있는 까닭은 크롤러라는 말이 경마에서 우승했는데 그가 그 말에 돈을 걸었기 때문이었다. 손님을 내려 준 직후 자동차 라디오로 소식을 들은 그는 곧장 이 행운을 축하하기 위해 집으로 갔다고 했다.

"경마에 축복 있으라!"

크래독이 보고서를 옆으로 밀어놓으며 말했다.

"그리고 이것이 알프레드에 관한 보고서입니다."

웨더럴 경사가 말했다.

그의 목소리에 담긴 기묘한 기색에, 크래독은 날카롭게 고개를 들고 그를 쳐다보았다. 웨더럴은 재미있는 이야기를 제일 마지막까지 아껴 두는 사람처럼 즐거운 표정을 짓고 있었다.

전체적으로 조사는 그리 만족스럽지 못했다. 알프레드는 플랫에 혼자 살았고, 외출 또한 불규칙적이었다. 이웃들은 호기심이 많아 꼬치꼬치 캐묻고 다니는 유형이 아닌 데다 하루 종일 밖에서 근무하는 회사원이 대부분이었다. 그러나 보고서의 마지막 부분에 이르자 웨더럴이 커다란 손가락으로 마지막 문단을 가리켰다.

화물차 도난 사건을 수사 중인 리키 경사가 웨딩턴과 브랙햄프턴 사이 도로에 위치한 트럭 휴게소인 '로드 오브 브릭스'에서 잠복근무를 하며 몇몇 화물차 운전사들을 감시하고 있었다. 그는 디키 로저스 일당 중 한 명인 칙 에반스가 옆 테이블에 앉아 있는 것을 발견했는데, 그 옆에는 알프레드 크랙켄소프도 앉아 있었다. 경사는 디키 로저스 재판 때 증언을 하던 알프레드의 얼굴을 기억하고 있었다. 그는 일당이 무슨 나쁜 짓을 꾸미고 있는지 궁금했다. 12월 20일 금요일 밤 9시 30분경에 있었던 일이다.

몇 분 뒤, 알프레드 알렉산더는 브랙햄프턴으로 가는 버스에 올라탔다. 브랙햄프턴 역의 개표원인 윌리엄 베이커는 패딩턴행 밤 11시 55분, 기차가 떠나기 직전 크랙켄소프 양의 남동생 중 한 명처럼 보이는 한 남자의 차표를 확인했다고 말했다. 마침 오후에 어떤 미치광이 노부인이 기차 안에서 누군가가 살해되는 광경을 목격했다고 난리를 피우던 날이라 잘 기억하고 있었다.

크래독은 보고서를 내려놓으며 말했다.
"알프레드가? 혹시 알프레드인 걸까?"
"이렇게 되면 녀석은 불리한 상황에 놓인 셈입니다."
웨더럴이 지적하자 크래독이 고개를 끄덕였다. 그렇다. 알프레드는 브랙햄프턴으로 가는 4시 33분 열차를 타고 살인을 저지를 수 있었다. 그런 다음 버스를 타고 로드 오브 브릭스로 돌아온다. 9시 30분에 버스로 그곳을 떠나 11시 55분 기차를 타고 다시 런던으로 돌아왔다면, 러더퍼드 저택에 가서 둑 위에 놓여 있던 시체를 석관 속으로 옮겨 놓는 데 충분한 시간이다. 어쩌면 디키 로저스 일당 중 하나가 시체 처리를 도왔을지도 모른다. 비록 그 점에서는 크래독도 상당히 의심스럽지만 말이다. 디키 일당은 별로 유쾌한 인간들은 아니지만 살인을 할 만한 타입은 아니었다.

"알프레드라고?"

그는 생각에 잠겨 재차 중얼거렸다.

II

러더퍼드 저택에서는 크랙켄소프 일가의 가족 모임이 열리고 있었다. 런던에서 해럴드와 알프레드가 내려왔는데, 얼마 안 있어 흥분된 목소리가 오가며 격앙된 감정이 분출되기 시작했다.

루시는 칵테일을 만들어 얼음을 띄운 다음 유리병을 들고 서재로 가져갔다. 식구들은 홀에서도 충분히 들릴 정도로 커다란 목소리로 떠들고 있었는데, 주로 에마를 향해 혹독한 비난을 쏟아내고 있었다.

해럴드의 낮은 목소리가 화를 내며 소리쳤다.

"이게 다 누나 탓이야. 어떻게 그렇게 경솔한 짓을 할 수 있지? 누나가 편지를 경시청에 가져가지만 않았어도 이렇게 되진 않았을 거야. 그래서 이런 소동이 일어난 거잖아."

알프레드가 약간 높은 목소리로 말했다.

"정신이 나갔던 거 아냐?"

세드릭이 말했다.

"이제 그만들 좀 해. 어차피 엎질러진 물이잖아. 만약 나중에 그 여자가 실종된 마르틴느라는 사실이 밝혀지고 우리가 그 여자에게서 편지를 받고도 아무 말도 안 했다는 걸 경찰이 알면 우릴 더 수상하게 여기지 않겠어?"

해럴드가 거칠게 말했다.

"형이야 상관없겠지. 경찰이 와서 캐묻던 20일에 형은 이 나라에 없었으니까. 하지만 나하고 알프레드는 난처하기 그지없는 상황이라고. 그나마 내가 그날 오후에 무슨 일을 했는지 확실하게 기억하고 있기에 망정이지."

알프레드가 말했다.

"아하, 그럴 줄 알았어. 만약에 해럴드 형이 살인을 한다면 알리바이 정도는 신경 써서 미리 만들어 놓았을 테니까 말이야."

"넌 나처럼 운이 좋지 못했던 모양이구나."

해럴드가 차갑게 말했다.

"그거야 모를 일이지. 철통처럼 단단한 알리바이를 댔는데 만약에 그게 그렇게 확고하지 않았다는 게 밝혀지면 차라리 말을 안 하느니만 못하거든. 요즘 경찰들은 워낙 똑똑해서 그런 것쯤은 쉽게 알아내니까."

"네 녀석이 지금 내가 그 여자를 죽였다는 말을 하는 거라면……."

"오, 제발. 그만 좀 해! 너희들은 아무도 그 여잘 죽이지 않았어."

에마가 소리쳤다.

"그리고 너희들에게 정보를 하나 알려 주자면, 사실 난 20일에 영국에 있었단다. 경찰도 그 사실을 알고 있고 말이야. 그러니 우린 모두 용의자인 셈이지."

세드릭이 말했다.

"누나가 그런 바보 같은 짓만 하지 않았어도……."

"해럴드, 그만 하라니까!"

에마가 소리쳤다.

큄퍼 선생이 크랙켄소프 노인의 진찰을 끝내고는 서재에서 나왔다. 그의 시선이 루시의 손에 들린 유리병에 멎었다.

"그건 뭡니까? 축하주?"

"그보다는 성난 파도를 가라앉히는 진정제라고 할 수 있겠네요. 지금 저 안에선 전쟁이 한창이거든요."

"서로 비난하고 있는 겁니까?"

"주로 에마한테요."

큄퍼 선생의 눈썹이 치켜 올라갔다.

"그래요?"

그는 루시의 손에서 유리병을 받아 들더니 가족들이 모여 있는 도서관 문을 열고 들어갔다.

"안녕하십니까."

해럴드가 높고 성난 어조로 말했다.

"아, 큄퍼 선생님. 당신에게 하고 싶은 말이 있습니다. 우리 가족의 사적인 문제에 끼어들어 누나에게 런던 경시청에 가라고 부추기다니, 대체 속셈이 뭔지 궁금하군요."

큄퍼 선생은 차분하게 대답했다.

"크랙켄소프 양이 내 생각을 물었습니다. 그래서 난 작은 조언을 해 줬을 뿐입니다. 내 생각에 에마는 전적으로 옳은 일을 한 겁니다."

"어떻게 감히……."

"아가씨!"

그것은 크랙켄소프 노인이 으레 던지는 익숙한 인사말이었다. 그는 루시의 등 뒤에서 서재 문을 열고 그녀를 내다보고 있었다.

루시는 마지못해 몸을 돌렸다.

"네, 크랙켄소프 씨?"

"오늘 저녁 식사로는 뭘 내놓을 작정이지? 난 카레가 먹고 싶소. 당신은 카레도 잘 만들잖소. 카레를 먹어 본 지가 너무 오래 됐어."

"아이들은 카레를 별로 좋아하지 않아서요."

"아이들, 아이들, 아이들! 아이들밖에 모르는구먼. 그 애들이 무슨 상관이오? 이 집에서 중요한 사람은 바로 나야. 게다가 애들은 이제 가고 없잖소. 속이 다 시원하구먼 그래. 난 뜨겁고 맛있는 카레가 먹고 싶소. 내 말 알아듣겠소?"

"네, 크랙켄소프 씨. 저녁 식사는 카레로 하겠습니다."

"좋아. 당신은 좋은 여자요, 루시. 당신이 날 돌봐주면 나도 당신을 돌봐줄 거요."

루시는 부엌으로 돌아갔다. 그녀는 오늘 저녁 식사로 계획해 놓은 닭고기 프리카세(닭고기·송아지고기·토끼고기 등을 가늘게 썰어 만든 스튜 또는 프라이 — 옮긴이)를 포기하고 카레 재료를 준비하기 시작했다. 그때 현관문이 벌컥 열렸다. 루시는 창문 밖으로 큄퍼 선생이 자동차까지 성난 걸음걸이로 성큼성큼 걸어가더니 차를 몰고 사라지는 모습을 지켜보았다.

루시는 한숨을 내쉬었다. 아이들이 그리웠다. 그리고 어쩐지 브라이언도 보고 싶었다.

오, 맙소사. 그녀는 의자에 앉아 버섯을 다듬기 시작했다.

어쨌든 그녀는 식구들에게 훌륭한 저녁 식사를 만들어 줄 것이다. 저 짐승 같은 작자들에게 먹이를 줘야겠지!

III

큄퍼 선생이 차를 차고 안에 집어넣고 문을 닫은 다음 피곤한 몸을 이끌고 현관문을 열고 들어간 것은 새벽 3시가 다 되어서였다. 조쉬 심킨스 부인은 지금의 여덟 가족에 더해 예쁘고 건강한 쌍둥이를 낳았다. 하지만 심킨스 씨는 쌍둥이를 보고도 그리 기뻐하지 않았다.

그는 힘없이 중얼거렸다.

"쌍둥이라. 쌍둥이가 무슨 보탬이 되죠? 네쌍둥이라면 또 모를까. 네쌍둥이는 보탬이 되죠. 여기저기서 선물도 보내오고, 신문사에서 찾아와 사진도 실어 주고. 여왕님이 축전을 보내 주시기도 한다더군요. 하지만 평범한 쌍둥이는 먹여 살려야 할 입이 하나가 아니라 둘이라는 것 말곤 좋은 점이 하나도 없잖습니까? 우리 집안엔 쌍둥이가 하나도 없는데. 우리 마누라도 그렇고요. 이건 정말 너무합니다."

큄퍼는 2층에 있는 침실로 올라가 옷을 벗어 던지기 시작했다. 그는 시계를 쳐다보았다. 새벽 3시 5분이었다. 쌍둥이를 이 세상에 데려오는 것은 예상보다 훨씬 어려운 일이었다. 하지만 모든 일이 잘 끝났다. 그는 하품을 했다. 피곤했다. 매우 피곤했다. 큄퍼 선생은 흐뭇한 눈길로 침대를 바라보았다.

그때 전화벨이 울렸다.

큄퍼 선생은 욕설을 중얼거리며 수화기를 집어 들었다.

"큄퍼 선생님?"

"네, 그렇습니다."

"러더퍼드 저택의 루시 아일스배로우예요. 빨리 와 주셔야 할 것 같아요. 식구들이 모두 아파요."

"아프다니? 어떻게? 증상이 어떻습니까?"

루시는 자세하게 설명했다.

"곧장 가지요. 그러는 동안······."

큄퍼는 루시에게 간단한 지시를 내렸다.

그런 다음 그는 서둘러 옷을 걸치고 왕진용 가방 속에 필요한 물건들을 몇 개 챙겨 넣은 다음 황급히 차고로 내려갔다.

IV

그로부터 약 3시간 뒤, 의사와 루시는 완전히 지친 몰골로 부엌 식탁 앞에 앉아 커다란 컵으로 블랙커피를 마시고 있었다.

큄퍼가 커피를 한 모금 들이켜고는 쨍그랑 소리를 내며 받침 접시 위에 잔을 내려놓았다.

"아아, 이게 절실히 필요했습니다. 자, 그럼 아일스배로우 양, 이제 본론으로 들어가 볼까요."

루시는 그를 바라보았다. 피곤에 지친 주름살 때문에 큄퍼는 실제 나이인 44세에 비해 훨씬 늙어 보였다. 관자놀이의 검은 머리칼에는 군데군데 흰머리가 섞여 희끗거렸고 눈 밑에도 주름살이 져 있었다.

"제 판단에는 이제 식구들은 괜찮습니다. 그런데 어떻게 이런 일이 생긴 거지요? 내가 알고 싶은 건 바로 그 점입니다. 누가 저녁 식사를 만들었습니까?"

"제가요."

루시가 말했다.

"무슨 음식이었습니까? 자세하게 말해 주십시오."

"버섯 수프와 치킨 카레, 쌀이었어요. 밀크주(우유나 크림 등의 거품에 사과주나 포도주를 섞은 음료 — 옮긴이)하고, 닭간과 베이컨으로 만든 전채를 냈고요."

"카나페 다이앤이군요."

큄퍼가 불쑥 말했다.

루시는 희미하게 미소를 지었다.

"맞아요. 카나페 다이앤이었어요."

"좋습니다. 그럼 하나씩 살펴보도록 하죠. 버섯 수프라, 통조림이었겠죠?"

"천만에요, 제가 직접 만들었어요."

"직접 만들었다고요? 재료는요?"

"버섯 200그램, 닭고기, 우유, 버터로 볶은 밀가루, 그리고 레몬주스요."

"오, 그렇다면 사람들은 '버섯에 문제가 있던 게 분명해!'라고 말하겠군요."

"버섯은 아니에요. 저도 수프를 조금 먹었지만 전 괜찮은걸요."

"그래요. 당신은 괜찮지요. 그 점은 나도 알고 있습니다."

루시는 얼굴을 붉혔다.

"혹시 선생님은……."

"천만에요. 그런 뜻이 아닙니다. 당신은 매우 똑똑한 여자예요. 만일 내가 당신이 생각하는 그런 뜻으로 말한 거라면, 지금쯤 당신도 위층에서 끙끙대고 있을 겁니다. 게다가 난 당신에 대해 모든 걸 알고 있어요. 그걸 알아내려고 공을 좀 들였죠."

"도대체 왜 그런 일을 하신 건데요?"

큄퍼는 단조한 표정으로 입술을 다물었다.

"왜냐하면 이 집에 와서 머무는 사람들에 대해 알아내는 것이 내 일이기 때문이지요. 당신은 이런 특이한 직업으로 살아가는 보나피데(진실한) 아가씨입니다. 여기 오기 전에는 크랙켄소프 집안은 알지도 못했고요. 그러므로 당신은 세드릭이나 해럴드, 알프레드의 연인이 아닙니다. 그들의 더러운 짓을 돕지도 않았고요."

"선생님은 진심으로 그런 생각을……."

"나는 많은 생각을 합니다. 하지만 늘 신중해야지요. 이건 의사로서 겪을 수 있는 최악의 일이에요. 자, 그럼 계속해 봅시다. 치킨 카레라, 아가씨도 먹었나요?"

"아뇨, 카레를 요리하면 그 냄새에 질리거든요. 하지만 맛은 조금 봤어요. 수프와 밀크주도 조금씩 먹었고요."

"밀크주는 어떻게 내놓았습니까?"

"각각 개인 잔에요."

"음식은 모두 치웠나요?"

"설거지를 했냐고 물으시는 거라면, 모두 씻고 치웠어요."

큄퍼가 신음 소리를 냈다.

"정말 너무 열성적으로 일하셨군요."

"알아요. 일이 이렇게 되고 나니 이제야 저도 알겠네요. 하지만 이미 엎질러진 물인걸요, 어쩌겠어요."

"남은 건 없나요?"

"카레는 조금 남았어요. 그릇에 담아 찬장에 넣어 두었어요. 오늘 저녁에 카레 수프 재료로 쓰려고 했거든요. 버섯 수프도 조금 남아 있지만 밀크주와 전채는 없어요."

"내가 카레와 수프를 가져가겠습니다. 처트니(카레 등에 치는 달콤하고 시큼한 인도 양념 — 옮긴이)는 어떻습니까? 처트니도 뿌려 먹었나요?"

"네, 저기 돌단지에 들어 있어요."

"그것도 조금 가져가야겠습니다."

큄퍼 의사가 자리에서 일어났다.

"위층에 올라가서 환자들을 한 번 더 들여다보고 오겠습니다. 내일 아침까지 여기서 혼자 버틸 수 있겠습니까? 식구들을 지켜봐 주십시오. 간호사에게 완벽한 지시를 내린 다음에 늦어도 내일 아침 8시까지는 보내 드리겠습니다."

"솔직히 말씀해 주세요, 선생님. 식중독인가요, 아니면……. 아니면 진짜 독이라고 생각하세요?"

"아까 말씀드리지 않았습니까. 의사는 생각하면 안 됩니다. 확신을 가져야죠. 이 음식에서 확실한 결과가 나온다면 나도 앞으로 나아갈 수 있겠지요. 만약 그렇지 않다면……."

"그렇지 않다면요?"

루시가 그의 말을 되풀이했다.

퀴퍼 의사는 그녀의 어깨에 손을 얹었다. 그가 말했다.

"특히 두 사람을 잘 보살펴 주십시오. 에마를 잘 돌봐 주세요. 에마에게만은 어떤 일도 일어나지 않도록 할 테니까……."

그의 목소리에 도저히 숨길 수 없는 감정이 드러났다.

"에마는 아직 제대로 된 삶을 살아보지도 못했어요. 에마 크래켄소프 같은 사람은 세상의 소금 같은 존재입니다. 에마는…… 뭐랄까, 에마는 내게 아주 중요한 사람입니다. 그녀에게 직접 이런 말을 해본 적은 없지만, 곧 털어놓을 겁니다. 에마를 잘 보살펴 주십시오."

"걱정 마세요."

루시가 말했다.

"그리고 노인네도요. 좋아하는 환자라고는 할 수 없지만 그래도 내 환자니까요. 게다가 그 사람의 불쾌한 아들들 중 하나가, 아니 어쩌면 세 명 모두가 노인네의 돈을 마음대로 쓰기 위해 그가 세상에서 사라져 주길 바란다는 이유만으로 삶을 마감하도록 내버려 두진 않을 겁니다."

그는 갑자기 당황하여 루시를 바라보았다.

"이런, 내가 말을 너무 많이 한 모양입니다. 두 눈 똑바로 뜨고 있으십시오, 착한 아가씨. 입은 굳게 다물고요."

V

베이컨 경위는 크게 당혹한 모습이었다.

"비소?"

그가 재차 물었다.

"비소라고요?"

"그렇습니다. 카레 안에 들어 있더군요. 경찰들이 확실히 조사를 할 수 있도록 여기 카레를 가져왔습니다. 소량을 덜어 단순한 조사를 해 봤을 뿐인데 결과는 의심의 여지가 없더군요."

"그렇다면 독살범이 있다는 소리군요?"

"그런 것 같습니다."

큄퍼 의사가 무미건조한 목소리로 말했다.

"그리고 가족들 전원이 독을 먹었단 말이지요? 아일스배로우 양만 제외하고 말입니다."

"아일스배로우 양만 제외하고요."

"그 여자가 수상하군요……."

"루시 양이 무엇 때문에 그런 짓을 하겠습니까?"

"정신이 좀 이상한지도 모르죠. 겉으로 보기엔 멀쩡해도 사실은 완전히 돌아 버린 정신병자들도 있거든요."

베이컨이 말했다.

"아일스배로우 양은 정신이상자가 아닙니다. 의사로서 말씀드리지만 아일스배로우 양은 경위님이나 나처럼 정신이 멀쩡한 사람이에요. 만약에 아일스배로우 양이 카레에 비소를 넣어 식구들을 독살하려 했다면 거기에는 분명 이유가 있었을 겁니다. 게다가 그렇게 지적이고 똑똑한 아가씨라면 자기 혼자만 비소를 먹지 않아 의심받는 사태를 피하기 위해 각별히 조심했을 겁니다. 그녀가 범인이라면 다른 머리 좋은 수많은 독살범처럼 자신도 독이 든 카레를 약간 먹고 그 증상을 과장해 아픈 척했을 거란 말입니다."

"선생님이라면 그 사실을 알아차렸을까요?"

"그녀가 다른 사람들보다 독을 적게 먹었다는 것 말입니까? 아뇨, 아마 못 알아냈을 겁니다. 어차피 사람들의 반응은 천차만별이거든요. 같은 양을 섭취하더라도 어떤 사람은 다른 사람들에 비해 훨씬 심각한 증세를 보이곤 합니다. 물론……."

큄퍼는 명랑한 말투로 덧붙였다.

"일단 환자가 죽고 나면 얼마나 많은 양을 섭취했는지 꽤 정확하게 측정할 수 있을 테지만 말입니다."

"혹시 그렇다면……."

베이컨 경위는 잠시 말을 멈추고 생각을 정리했다.

"가족 중 누군가가 필요 이상으로 엄살을 부리고 있을 가능성도 있겠군요. 의심을 받지 않기 위해 다른 식구들을 흉내 내는 사람 말입니다. 어떻게 생각하십니까?"

"나도 같은 생각을 했습니다. 그래서 경위님을 찾아온 겁니다. 이제 이 사건은 당신들 일입니다. 믿을 만한 간호사 하나를 붙여 두긴 했지만, 한 사람이 모든 환자를 지켜볼 수는 없으니까요. 내 생각에는 목숨이 위험할 정도로 많이 섭취한 사람은 없습니다."

"독을 집어넣은 사람이 실수를 한 걸까요?"

"아뇨, 그렇다기보다는 원래부터 카레에 식중독과 비슷한 증세를 보일 만큼의 독을 투여하는 게 목적이었던 것 같습니다. 버섯을 의심하도록 말입니다. 사람들은 이상하게 독버섯에 집착하는 경향이 있으니까요. 그러다 한 사람이 병세가 악화되어 죽는 거죠."

"나중에 독약을 다시 투여하는 거군요."

의사가 고개를 끄덕였다.

"그래서 이 사실을 발견하자마자 경위님께 뛰어온 겁니다. 특별히 신뢰하는 간호사를 붙여 놓은 것도 그 때문이고요."

"그 간호사는 비소에 대해 알고 있습니까?"

"물론입니다. 아일스배로우 양도 알고 있습니다. 경위님이라면 어떻게 해야 좋을지 잘 아실 테지만 나라면 지금 즉시 저택에 가서 식구들에게 비소 중독 때문에 이렇게 된 것이라고 확실하게 알려 줄 겁니다. 그러면 우리의 살인자 양반에게 신에 대한 두려움과 경외심을 심어 줄 수 있을 테고, 다시는 자기 계획을 실행에 옮길 엄두도 못 내겠지요. 그자는 끝까지 식중독 이론을 밀고 나가려고 했을 테니까요."

그때 경위의 책상 위에 있는 전화벨이 울렸다. 그는 수화기를 집어 들고 말했다.

"알겠네. 연결해 주게."

베이컨은 큄퍼에게 말했다.

"당신이 붙여 놓은 간호사입니다. 여보세요, 전화 바꿨습니다. 말씀하시죠……. 뭐라고요? 갑자기 악화됐단 말이지요……. 그렇습니다……. 큄퍼 선생님도 지금 여기 있습니다……. 통화를 하고 싶다면……."

베이컨은 수화기를 의사에게 건네주었다.

"큄퍼입니다……. 알겠습니다……. 그래요……. 그렇군……. 알겠어요, 그렇게 해요. 우리도 곧 가겠습니다."

큄퍼는 수화기를 내려놓고 베이컨을 돌아보았다.

"뭡니까?"

큄퍼가 말했다.

"알프레드입니다. 알프레드가 죽었답니다."

20장

I

전화기 너머에서 들리는 크래독의 목소리에는 믿기 힘들다는 기색이 역력했다.
"알프레드? 알프레드란 말입니까?"
베이컨 경위는 수화기를 약간 고쳐 쥐고 말했다.
"전혀 예상하지 못했습니까?"
"전혀 상상도 못했습니다. 솔직히 말해 난 그 친구가 범인이라고 생각했단 말입니다!"
"검표원이 그를 봤다는 이야기는 나도 들었습니다. 덕분에 충분히 수상쩍어 보였지요. 드디어 범인을 잡았다고 생각했는데 말입니다."
"하지만 우리가 틀렸던 거군요."

크래독이 단조로운 목소리로 말했다.

잠시 전화기 양 끝에서 침묵이 흐르더니 크래독이 먼저 입을 열었다.

"간호사가 환자들을 돌보고 있다고 들었는데, 어떻게 그런 일이 생긴 겁니까?"

"그녀를 탓할 수는 없습니다. 아일스배로우 양이 녹초가 되어 잠시 눈을 붙이러 갔답니다. 그래서 간호사 혼자 크랙켄소프 노인과 에마, 세드릭, 해럴드와 알프레드까지 한꺼번에 다섯 명의 환자를 돌봐야 했거든요. 하지만 모든 환자를 동시에 감시할 순 없지 않습니까. 그런데 크랙켄소프 노인이 엄살을 부리면서 난동을 피우기 시작했답니다. 금방이라도 죽을 것 같다면서요. 그래서 간호사가 노인에게 가서 진정시킨 다음 알프레드에게 포도당이 든 차를 갖다줬다는군요. 알프레드는 그걸 마셨고, 그 뒤로는 다 아는 이야기입니다."

"이번에도 비소였습니까?"

"그런 것 같습니다. 물론 병세가 갑자기 악화된 것으로 볼 수도 있지만, 큄퍼는 그렇게 생각하지 않고 존스톤도 같은 의견입니다."

"범인이 정말로 알프레드를 노린 걸까요?"

크래독이 의심스럽다는 듯 말했다.

베이컨도 흥미를 느끼는 것 같았다.

"알프레드는 죽어 봤자 누구에게도 득이 되지 않는데, 노인 쪽은 죽으면 자식들에게 상당히 득이 된다 이겁니까? 나도 이번 일은 살인범의 실수가 아닐까 하는 생각이 듭니다. 어쩌면 그 차를 노인이 마실 것이라고 생각했을지도 모르지요."

"차에 독이 들어 있던 것이 확실합니까?"

"아니, 확실하지 않습니다. 그 간호사가 성실하고 훌륭한 간호사답게 모든 용기를 깨끗이 씻어 버렸거든요. 컵, 스푼, 찻주전자까지 하나도 빠트리지 않고 말입니다. 하지만 그 차 말고는 그럴 듯한 방법이 없습니다."

크래독이 생각에 잠겨 말했다.

"그러니까 당신 말은……. 환자들 가운데 한 사람이 다른 식구들만큼 증세가 심각하지 않다는 겁니까? 기회를 봐서 컵에 독을 집어넣었다?"

베이컨 경위가 단호한 어조로 말했다.

"그렇지만 앞으로 그런 황당한 일은 다시는 일어나지 않을 겁니다. 아일스배로우 양은 물론이고 간호사를 두 명이나 붙여 놓았습니다. 경관도 몇 명 더 배치해 두었고. 이곳에 내려올 겁니까?"

"최대한 빨리 내려가겠습니다!"

II

루시 아일스배로우는 홀을 가로질러 가다 크래독 경위와 마주쳤다. 그녀의 얼굴은 창백했고 잔뜩 굳어 있었다.

"힘든 시간을 보내고 있군요."

"끔찍한 악몽을 꾼 기분이에요. 어젯밤엔 정말 모두 죽을 거라고 생각했거든요."

"카레 말입니다만."

"카레가 문제였나요?"

"네, 비소 양념이 들어 있더군요. 보르자(독살로 유명한 이탈리아의 명문가 — 옮긴이) 식이죠."

"그게 사실이라면, 그렇다면……. 식구들 중에서 하나가 범인이라는 의미네요."

"다른 가능성은 없습니까?"

"없어요. 아시다시피 제가 그 저주받을 카레를 만들기 시작한 건 꽤 늦은 시간이었거든요. 6시 넘어서요. 크랙켄소프 씨가 카레를 먹고 싶다고 특별히 부탁하셨기 때문이죠. 카레 가루도 새 깡통을 따야 했으니까 거기에 독을 넣었을 리는 없어요. 카레 맛 때문에 독이 들었다는 걸 눈치채지 못한 걸까요?"

크래독이 무표정한 얼굴로 대답했다.

"비소는 아무 맛도 없습니다. 그럼 이번에는 기회를 생각해 봅시다. 카레를 만들었을 때 독을 넣을 만한 기회를 가진 사람은 누가 있을까요?"

루시는 곰곰이 생각해 보았다.

"내가 식당에서 식탁을 차리고 있을 때라면 누구든 몰래 부엌에 들어와 그런 짓을 할 수 있어요."

"알겠습니다. 집 안에는 누가 있었죠? 크랙켄소프 노인과 에마, 세드릭……."

"그리고 해럴드와 알프레드요. 두 사람은 오후에 런던에서 내려왔어요. 아, 그리고 브라이언 이스틀리도 있었는데 저녁 식사를 하기 전에 떠났어요. 브랙햄프턴에서 만날 사람이 있다면서요."

크래독은 생각에 잠긴 채 말했다.

"이번 사건은 지난 크리스마스 때 크랙켄소프 노인이 위장염을 앓은 일과 관련이 있는 것 같습니다. 큄퍼 선생님은 그때도 비소를 의심했다고 하더군요. 어젯밤 가족들의 상태는 다 비슷했습니까?"

루시는 잠시 생각했다.

"크랙켄소프 노인이 제일 상태가 심각해 보였어요. 큄퍼 선생님이 정신없이 매달려야 했거든요. 그분은 정말 실력이 좋은 의사더군요. 제일 야단스럽게 군 건 세드릭이에요. 물론 건강한 사람들은 늘 그렇지만요."

"에마는 어땠습니까?"

"에마는 많이 안 좋았어요."

"왜 하필 알프레드였을까요?"

크래독의 말에 루시가 대꾸했다.

"무슨 말씀이신지 알아요. 처음부터 알프레드를 노린 거였다고 가정해 봤거든요?"

"재미있군요. 나도 똑같은 질문을 던졌습니다."

"그런데 그 일로 얻을 게, 왜인지, 별로 없어 보이더군요."

크래독이 말했다.

"이제껏 일어난 일들의 동기만 알아낼 수 있다면 좋겠습니다. 도무지 연관성을 찾을 수가 없으니 말입니다. 석관에서 발견된 교살된 여자는 에드먼드 크랙켄소프의 미망인 마르틴느라고 칩시다. 지금으로서는 그게 거의 확실하니까요. 그 사건과 알프레드의 계획적인 독살 사이에는 무슨 연관성이 있는 게 틀림없습니다. 해결의 열쇠는 바로 여기 있어요. 이 가족에게 말입니다. 가족 중 한 사람이 미치광이라는 것으로는 해결이 안 됩니다."

"동감이에요."

루시가 말했다.

"어쨌든 당신도 조심하십시오. 이 집 안에 독살범이 있습니다. 명심하세요. 그리고 저 위층에 있는 환자 중 하나는 겉으로 보이는 것만큼 심각하게 아프지 않을 겁니다."

크래독이 경고하듯 말했다.

크래독이 떠난 뒤 루시는 천천히 계단을 오르기 시작했다. 크랙켄소프 노인의 방 앞을 지나는데 병 때문에 다소 약해지긴 했지만 여전히 명령조의 목소리가 들려왔다.

"아가씨, 이봐, 아가씨! 거기 당신이오? 이쪽으로 좀 와 봐요."

루시는 방으로 들어갔다. 크랙켄소프 씨는 침대에 베개를 높이 받치고 누워 있었다. 루시는 그가 병자치고는 지나치게 쾌활해 보인다고 속으로 생각했다.

크랙켄소프 씨가 불평을 늘어놓기 시작했다.

"온 집 안이 못돼 먹은 간호사들로 가득하구먼. 체온을 잰다느니 어쩐다느니, 자기들이 무슨 중요한 일을 하고 있는 양 부산스럽게 뛰어다닌단 말이야. 정작 내가 먹고 싶은 음식은 주지도 않으면서! 그러면서 내 돈만 뜯어 가겠지. 다 내보내라고 에마에게 말해 주시오. 당신 혼자서도 날 돌볼 수 있잖아?"

루시가 말했다.

"식구들이 모두 앓아누워 있어요, 크랙켄소프 씨. 저 혼자서 모두를 돌볼 수는 없어요, 아시잖아요?"

"버섯 때문이야. 버섯은 언제 봐도 위험한 음식이거든. 이게 다 어제 먹은 수프 때문이오. 아가씨가 만들었잖소."

크랙켄소프 씨는 마지막 말을 비난하듯 덧붙였다.

"버섯은 아무 문제도 없었어요, 크랙켄소프 씨."

"아가씨를 비난하는 게 아니오. 당신을 비난하는 게 아냐. 전에도 이런 일이 있었거든. 독버섯이 하나 끼어들어 간 게야. 그걸 누가 알겠소, 응? 당신은 좋은 여자니까, 일부러 그런 건 아닐 게야. 에마는 어떻소?"

"오늘 오후엔 많이 나아졌어요."

"해럴드는?"

"해럴드 씨도 호전되었고요."

"알프레드가 죽었다는 건 또 무슨 소리요?"

"크랙켄소프 씨한테 말씀드리지 말라고 했는데, 어떻게 아시는 거죠?"

크랙켄소프 노인은 즐거운 듯 크고 높은 소리로 웃음을 터뜨렸다.

"나도 귀가 있소. 노인한테는 무엇이든 숨길 수가 없는 법이거든.

시도야 할 수 있지만. 그럼 알프레드 놈이 정말 죽은 게로군? 더 이상은 나한테 빌붙어 먹지도 않고, 나한테서 돈을 뜯어내지도 못한단 말이지? 자식 놈들은 다들 내가 죽기만을 기다렸소. 알프레드는 놈들 중에서도 특히 더했지. 그런데 죽어 버렸단 말이지! 하, 웃기는 일이로군."

"그런 식으로 말씀하시다니, 너무하시네요."

루시가 차가운 목소리로 말했다.

크랙켄소프 씨는 또다시 껄껄대며 웃더니 의기양양하게 소리쳤다.

"내가 녀석들보다 훨씬 오래 살 거요. 정말인지 아닌지 두고 보시오, 아가씨. 어디 한번 두고 보라고."

루시는 자신의 방으로 향했다. 그녀는 사전을 꺼내 '톤틴'이라는 단어를 찾아보았다. 그런 다음 책을 덮고 생각에 잠긴 채 멍하니 허공을 응시했다.

III

"어째서 날 보자고 한 건지 모르겠군요."

의사인 모리스가 짜증스레 말했다.

"선생님은 크랙켄소프 집안과 오랫동안 알고 지내는 사이지요?"

크래독 경위가 물었다.

"예, 그렇소이다. 난 크랙켄소프 일가를 모두 압니다. 작고한 조사이어 크랙켄소프가 기억나는군요. 까다롭긴 했지만 빈틈이 없고 영리한 양반이었지. 돈을 많이 벌기도 했고 말이오."

모리스는 의자 위에서 자세를 고쳐 앉더니 숱 많은 눈썹 아래로 크래독 경위를 쏘아보았다.

"얼간이 큠퍼의 말을 듣고 찾아오신 게로군. 젊은 의사들이란 지나치게 열성적이라니까! 머릿속에 쓸데없는 생각만 가득하고. 특히 그 작자의 머릿속엔 누군가가 루서 크랙켄소프를 독살하려고 한다는 생각이 들어 있소. 터무니없는 소리야! 무슨 멜로드라마도 아니고. 크랙켄소프 노인은 위장염을 앓고 있었소. 내가 직접 치료도 해줬으니까. 하지만 그리 자주 일어나는 일도 아니고, 그리 특별한 점도 없었어요."

"큠퍼 선생님은 그렇게 생각하지 않던데요."

크래독이 말했다.

"의사한테 생각은 아무 쓸모도 없소. 일이 일어날 경우 그게 비소 중독이라는 걸 알아차릴 수 있기만을 바랄 뿐이지."

"저명한 의사들 중 상당수가 비소 중독을 눈치채지 못한 경우가 많습니다."

크래독은 머릿속으로 기억을 뒤지며 말을 이었다.

"그린배로우 사건도 그랬고, 테니 부인과 찰스 리즈, 웨스트베리 일가족 중에서 세 명이 죽었을 때도 그랬지요. 의사들은 아무 의심도 하지 않았고 희생자들은 조용히, 그리고 깔끔하게 매장되었습니다. 그 의사들도 모두 실력이 뛰어나고 존경받는 인물들이었지요."

"그래요, 그래. 그러니까 지금 내가 실수를 했을 수도 있다는 거군? 글쎄, 난 그렇게 생각하지 않소이다."

그는 잠시 멈추었다가 이내 말을 이었다.

"큄퍼는 누가 그런 짓을 저질렀다고 생각한답디까? 만일 그런 일이 실제로 일어났다면 말이오."

"모른다는군요. 하지만 걱정을 하고 있습니다. 아시다시피, 상당한 액수의 돈이 걸려 있는 문제니까요."

"그건 그렇지. 나도 알아요. 루서 크랙켄소프가 죽으면 자식들이 재산을 물려받을 거라는 것 말이오. 그리고 다들 그 돈을 절실히 바라고 있는 처지이기도 하고. 그건 사실이오. 하지만 그렇다고 해서 유산을 받으려고 노인을 죽이려고 하지는 않을 거요."

"물론 그럴 필요는 없지요."

크래독 경위도 시인했다.

"어쨌든 내 신조는 확실한 근거 없이는 무엇도 의심하지 않는다는 거요. 확실한 근거 말이오."

모리스 선생은 되풀이해 말했다.

"당신의 말을 듣고 조금 놀랐다는 건 인정하겠소이다. 비소는 분명히 심각한 문제니까. 하지만 난 아직도 왜 당신이 나를 찾아왔는지 모르겠소. 내가 말해 줄 수 있는 건, 나로서는 전혀 의심이 들지 않았다는 거요. 어쩌면 그래야 했는지도 모르지. 루서 크랙켄소프의 위장병을 좀 더 심각하게 생각했어야 했을지도 몰라. 하지만 그러기에는 이젠 너무 늦지 않았소?"

크래독은 그의 말에 동의했다.

"저는 그저 크랙켄소프 일가에 대해 좀 더 알고 싶을 뿐입니다. 혹시 그 집안에 정신적으로 문제가 있는 사람은 없습니까? 성격이 뒤틀려 있다던가?"

짙은 눈썹 아래 매서운 눈초리가 크래독 경위를 응시했다.

"그래, 당신이 그런 생각을 할 줄 알았소이다. 글쎄, 조사이어 노인은 정신이 누구보다도 또렷했소. 돌처럼 굳건한 사람이었지. 부인은 조금 신경질적이었소. 우울증 증세도 있었고. 대대로 친척들과 혼인하는 귀족 집안 출신이었거든. 둘째 아들을 낳고 얼마 안 가 죽었지요. 루서가 모친에게서 그 뭐랄까…… 조금 불안정한 기질을 물려받은 건 확실한 것 같소. 젊은 시절에는 평범하니 아무 문제도 없었지만 부친과 사이가 좋지 않았소. 부친이 자식에게 많이 실망했는데, 내 생각엔 그 때문에 부친을 원망하고 거기 집착하다 못해 강박 관념에까지 이른 게 아닌가 싶소. 심지어 자기 결혼 생활에까지 영향을 미쳤지. 그와 이야기를 나눠 보면 그 양반이 얼마나 자기 아들들을 진심으로 미워하는지 당신도 알게 될 거요. 하지만 딸들은 좋아한다오. 에마와 에디는 참 귀여워했지. 비록 에디는 죽어 버렸지만."

"어째서 자기 친아들을 그렇게 싫어하는 겁니까?"

"그걸 알려면 요즘 잘나가는 정신과 의사에게 가 봐야 할 거요. 내가 아는 거라곤 루서는 자기 자신에 대해 만족한 적이 한 번도 없었고, 자신의 경제적 처지에 깊은 불만을 품고 있다는 것뿐이오. 그는 수입은 많지만 자산을 처리할 권한이 없어요. 아들들의 상속권을 박탈할 권리라도 가지고 있었다면 자식들을 그만큼까지 미워하지는 않았을 게요. 하지만 무력감 때문에 굴욕을 느끼는 거지."

"그래서 자기가 자식들보다 오래 살 거라는 생각을 하면서 그렇게 즐거워하는 거군요?"

크래독 경위가 말했다.

"아마 그럴 게요. 그리고 그가 그토록 인색한 원인도 아마 그 때문일 게고. 그 양반은 수입이 꽤 많은데 지금쯤 상당한 재산을 모았을 거요. 물론 대부분은 요즘처럼 세금이 폭등하기 전에 마련해 두었을 테고."

크래독 경위의 머릿속에 새로운 생각이 하나 떠올랐다.

"그렇다면 유언장에는 그가 모아 둔 재산을 누군가에게 상속하겠다는 내용이 적혀 있겠군요? 그건 가능할 테니까요."

"오, 물론이지. 그건 가능하오. 하지만 그가 누구에게 물려줄지 그 밀 누가 알겠소? 에마일 수도 있겠지만, 니모시는 포금 의심스럽구먼. 에마도 조부의 유산을 물려받게 되어 있으니까. 아마 손자인 알렉산더일 게요."

"크랙켄소프 씨는 알렉산더를 좋아합니까?"

크래독이 물었다.

"그렇소. 아들의 자식이 아니라 딸의 자식이니까. 바로 거기에 차이가 있는 거요. 그리고 에디스의 남편인 브라이언 이스틀리도 꽤 좋아하는 편이라오. 물론 난 브라이언을 잘 알지 못하오. 그 집 식구들을 본 지도 꽤 오래 됐거든. 하지만 그 젊은이는 전쟁이 끝난 뒤에는 빈둥거리며 살 타입으로 보이더구먼. 그 친구는 전시에 필요한 자질을 모두 갖추고 있었소. 용기와 추진력, 앞날이 어찌되든 일단 달려드는 경향 같은 것 말이오. 하지만 안정적인 사람은 아닌 것 같았소. 사회에 적응 못 하고 겉도는 사람이 됐겠지."

"선생님이 아는 한 자식들 가운데 특별히 성격 면에서 결함이 있는 사람도 없고요?"

"세드릭은 괴짜요. 천성적인 반항아 타입이랄까. 완전히 정상이라고는 말할 수 없지만, 솔직히 말해 안 그런 사람이 어디 있소? 해럴드는 정상적이고 평범하지만 그리 좋은 성격은 못 되오. 냉혹하고, 늘 기회를 노리지. 알프레드는 어딘가 범죄자 같은 데가 있소. 언제나 나쁜 짓만 하고 다녔지. 한번은 교회 헌금함에서 돈을 훔치는 모습을 본 적도 있을 정도니까. 그런 녀석이오. 아, 이런. 가엾게도 이젠 죽고 없지. 죽은 사람 험담은 안 하는 게 좋겠구먼."

크래독이 머뭇거리며 물었다.

"그렇다면……. 에마 크랙켄소프는 어떻습니까?"

"좋은 아이지. 차분하고, 속으로 무슨 생각을 하는지 알기가 힘든 아이요. 자기 생각도 있고 계획도 뚜렷하지만 언제나 속으로만 감춰 두는 성격이오. 겉으로 보이는 것보다 훨씬 훌륭하고 강인한 여자라오."

"에드먼드도 알고 계시겠군요? 프랑스에서 전사했다는 큰아들 말입니다."

"오, 물론이오. 형제들 중에서 제일 뛰어난 아이였지. 상냥하고 착한 아이였소."

"그가 전사하기 직전에 프랑스 여자와 결혼을 하려고 했다거나 혹은 했다는 이야기를 들은 적이 있습니까?"

모리스가 얼굴을 찌푸렸다.

"그런 비슷한 이야기를 들은 것 같기는 한데. 워낙 오래전 일이라 잘 기억나지 않소."

"전쟁 초기였지요?"

"그렇소. 하지만 외국인 여자와 결혼했더라면 그 아이는 틀림없이 후회했을 거요."

"그가 외국인과 결혼했다는 믿을 만한 이유가 있습니다."

크래독은 최근에 일어났던 일을 간략하게 설명했다.

"석관 속에서 여자 시체가 발견되었다는 기사를 신문에서 본 기억이 나는구먼. 그럼, 그게 러더퍼드 저택이었단 말요?"

"그리고 살해된 여자가 에드먼드 크랙켄소프의 미망인이라고 믿을 만한 이유도 있지요."

"흐음, 그거 정말 해괴한 일이로군. 마치 소설 같은 이야기야. 하지만 누가 그 가엾은 여자를 죽이고자 했겠소? 내 말은 그게 크랙켄소프 일가의 비소 중독 사건과 무슨 관계가 있다는 거요?"

"가능성은 둘 중 하나입니다만, 둘 다 근거가 매우 미약합니다. 어쩌면 누군가가 탐욕에 사로잡혀 조사이어 크랙켄소프의 재산을 통째로 꿀꺽하고 싶어 하는 것 같습니다."

모리스가 말했다.

"만약 그렇다면 그 사람은 참으로 머저리구먼. 거기서 나오는 어마어마한 상속세를 물어야 할 테니까."

21장

"버섯은 정말 고약한 물건이에요."

키더 부인은 지난 며칠 동안 똑같은 말을 한 열 번쯤 되풀이하고 있었다. 루시는 대답하지 않았다.

"난 버섯은 건드리지도 않아요. 너무 위험하거든요. 그나마 한 사람밖에 안 죽은 게 신의 보살핌이죠. 어쩌면 식구들이 다 죽었을지도 모르는 일이잖아요. 아가씬 정말 운이 좋았어요."

"버섯이 잘못된 게 아니에요. 버섯은 아무 문제도 없었다고요."

"내 말을 안 믿는군요. 버섯은 정말 위험하다니까. 독버섯이 딱 하나만 섞여 있어도 큰일이 난다고요."

키더 부인은 싱크대에서 접시와 쟁반을 달각거리며 씻으면서 말을 이었다.

"안 좋은 일들이 한꺼번에 닥치는 걸 보면 참 신기해요. 우리 언니네 큰애가 홍역에 걸리더니 다음에는 우리 언니가 넘어져서 팔이 부러지질 않나, 거기다 우리 남편은 온몸에 부스럼이 났다니까요. 이게 다 일주일 동안에 일어난 일이랍니다. 아유, 믿어져요? 게다가 이 집은 또 어떻고요. 얼마 전에는 끔찍한 시체가 발견되더니, 독버섯 때문에 알프레드 씨가 죽었잖아요. 다음에는 누구 차례가 될지 궁금하네요."

루시는 다소 언짢은 기분이 들면서도 내심 자기도 알고 싶다는 생각을 했다.

"우리 남편은요, 내가 여기 오는 것도 싫어해요. 재수가 없다나. 하지만 난 크랙켄소프 양을 오랫동안 알아온 데다 참 착한 분이고, 내게 많이 의지하고 있다고 말해 줬답니다. 가엾은 아일스배로우 양을 혼자 내버려 둘 수도 없다고 했어요. 내가 안 오면 아일스배로우 양 혼자서 집안일을 몽땅 다 해야 하잖아요. 얼마나 힘들겠어요. 저 쟁반들만 해도 그렇잖아요."

루시는 현 생활에서 많은 부분이 쟁반으로 채워져 있다는 생각에 동의할 수밖에 없었다. 지금 그녀는 각각의 환자들에게 가져다줄 식사 쟁반을 준비하는 중이었다.

"간호사들은 손가락 하나 까딱하지 않는다니까요. 그 사람들이 원하는 건 진한 차가 듬뿍 담긴 찻주전자뿐이에요. 게다가 하루 종일 누가 자기들 식사를 차려 주기만을 기다릴 뿐이죠. 덕분에 난 완전히 지쳐 버렸어요."

키더 부인의 목소리에는 만족스러운 기색이 역력했다. 평소에 비하면 실제로 할 일이 훨씬 적었기 때문이다.

루시는 엄숙한 투로 말했다.

"부인은 한시도 쉬질 않는군요."

키더 부인은 그 말을 듣고 기뻐하는 것 같았다. 루시는 첫 번째 쟁반을 들고 계단을 오르기 시작했다.

"이건 또 뭐야?"

크랙켄소프 노인이 못마땅한 듯 물었다.

"쇠고기 수프와 구운 커스터드예요."

"저리 치우시오. 이런 건 안 먹어. 간호사에게 비프스테이크가 먹고 싶다고 말해 뒀건만."

"큄퍼 선생님은 크랙켄소프 씨가 스테이크를 드시기엔 아직 이르다고 생각하세요."

크랙켄소프 노인이 코웃음을 쳤다.

"난 이제 말짱하단 말이오. 내일이면 침대에서 일어날 게요. 애들은 어떻소?"

"해럴드 씨는 많이 나아졌어요. 내일 런던으로 돌아가신다는군요."

"거 참 반가운 소식이구먼. 세드릭은 어떻소? 그놈은 내일 자기가 살던 섬으로 돌아간다고 안 하오?"

"그분은 아직 떠나지 않을 거예요."

"유감이군. 에마는 어떻소? 왜 날 보러 오지 않는 거지?"

"크랙켄소프 양은 아직 병석에 누워 계세요."

"여자들은 누워 있는 걸 너무 좋아한단 말이야."

크랙켄소프 노인이 말했다. 그가 흡족한 듯 덧붙였다.
"하지만 당신은 착하고 강인한 아가씨지. 하루 종일 집 안을 뛰어다니고 말이야, 응?"
"덕분에 운동을 많이 하고 있죠."
루시가 대답했다.
크랙켄소프 노인은 만족스럽다는 듯 고개를 끄덕였다.
"당신은 착하고 강인한 아가씨야. 그리고 내가 지난번에 한 말을 잊어버렸을 거라고 생각하지 마시오. 조금 있으면 당신도 알게 될 거야. 이번에는 에마도 자기 맘대로 하지 못할 거고. 다른 녀석들이 내가 인색한 늙은이라고 모략해도 절대로 믿지 마시오. 난 내 돈에 신중한 것뿐이니까. 내겐 꽤 무거운 돈주머니가 있고, 때가 되면 그걸 누구에게 쓸지도 잘 알고 있다오."
그는 애정을 담아 그녀를 힐끗 쳐다보았다.
루시는 노인의 손을 피해 재빨리 방을 빠져나왔다.
다음 쟁반은 에마의 것이었다.
"오, 정말 고마워요, 루시. 이젠 많이 나아졌어요. 배가 고프네요. 이건 좋은 징조죠, 맞죠?"
루시가 쟁반을 무릎 위에 고정시키자 에마가 말을 이었다.
"당신 이모님을 생각하니 더욱 미안하네요. 우리 때문에 뵈러 가지도 못했잖아요."
"네, 정말 그래요."
"루시를 많이 보고 싶어 하실 거예요."

"걱정 마세요, 크랙켄소프 양. 이모님은 우리가 얼마나 힘든 시간을 보내고 있는지 이해하실 테니까요."

"전화는 드렸고요?"

"아뇨, 요즘엔 못 했어요."

"그러면 안부 전화라도 하세요. 매일 전화를 드리는 게 좋아요. 나이 든 분들한테는 그런 소식을 받는 것과 받지 못하는 것이 많은 차이가 있거든요."

"정말 친절하세요."

루시가 말했다. 다음 쟁반을 가지러 내려가면서, 그녀는 약간 양심의 가책을 느꼈다. 온 집안 식구들이 모두 앓아누운 복잡한 사건에 온 정신이 팔린 나머지 다른 일에는 전혀 신경을 쓸 겨를이 없었던 것이다. 루시는 세드릭에게 식사를 가져다준 후 곧바로 마플 양에게 전화를 걸기로 결심했다.

저택에 남아 있는 유일한 간호사가 층계참에서 루시와 마주치자 인사를 교환했다.

세드릭은 놀랍도록 단정하고 말쑥해 보였는데, 침대에서 일어나 앉아 종이에 무언가를 바삐 갈겨쓰고 있었다.

"어서 와요, 루시. 오늘은 또 무슨 지독한 수프를 가져온 거죠? 당신이 제발 저 끔찍한 간호사 좀 내보내 줘요. 말버릇이 이상하단 말입니다. 무엇 때문인지 몰라도 나를 '우리'라고 부르질 않나.(어린아이나 환자를 다룰 때 부드러운 표현으로 'you' 대신 'we'를 사용하는 경우가 종종 있다 ― 옮긴이) '오늘 아침에 우리 기분은 어때요? 우린 잘

잤나요? 오, 우린 정말 잠버릇이 고약하군요. 이불을 이렇게 차 버리다니.'"

그는 가늘고 높은 목소리로 간호사의 말투를 완벽하게 흉내 냈다.
"기분이 좋아 보이네요. 뭘 하고 있었어요?"
"계획을 세우고 있습니다. 노인네가 죽고 나면 이곳을 어떻게 할까 계획을 세우는 중이죠. 알다시피, 여긴 죽여주게 쓸모가 많은 땅이거든요. 한데 내가 직접 일부를 개발할지, 아니면 그냥 한 덩어리로 몽땅 팔아 치울지 아직 마음을 못 정했어요. 산업적인 목적으로 사용하기엔 매우 가치 있는 토지예요. 저택은 요양원이나 학교로 이용할 수도 있을 테고, 토지의 절반을 팔아서 그 돈을 이용해 남은 절반의 땅으로 뭔가 기발한 일을 해 볼까도 생각 중입니다. 당신 생각은 어때요?"
"아직 물려받지도 않았잖아요."

루시가 냉랭한 목소리로 말했다.
"하지만 곧 그렇게 될 겁니다. 이 저택은 다른 유산처럼 분배되지 않아요. 내가 통째로 물려받게 되어 있죠. 그리고 괜찮은 가격에 팔아 치우면 그건 수입이 아니라 자본이 되니까 세금을 물지 않아도 되거든요. 흥청망청 쓰고도 남을 돈이 생기는 거죠. 상상해 봐요."
"난 당신이 돈을 경멸한다고 생각했는데요."
"돈이 없을 땐 경멸하는 게 당연하죠. 가난한 사람이 할 수 있는 유일하게 고상한 행위니까. 당신은 정말 사랑스럽군요, 루시. 아니면 너무 오랫동안 미인을 못 봐서 그렇게 느껴지는 건가?"

"거기까지만 하길 바라요."

"아직도 모든 걸 정리하고 모두를 돌봐 주느라 바쁜가요?"

"당신은 누군가가 따로 돌봐 준 모양이네요."

루시는 그를 쳐다보며 말했다.

"그 빌어먹을 간호사 짓입니다."

세드릭이 감정을 드러내며 말했다.

"알프레드의 검시 심리는 아직 열리지 않았습니까? 어떻게 된 겁니까?"

"연기되었어요."

"경찰이 신중하게 처신하고 있군요. 하긴 전원이 독극물에 중독되었으니 방향이 완전히 역전된 셈이죠, 그렇죠? 내 말은 정신적으로 말입니다. 보다 명백한 측면은 꺼내지 않겠습니다."

세드릭이 덧붙였다.

"당신도 조심하는 게 좋을 겁니다, 우리 귀여운 아가씨."

"조심하고 있어요."

루시가 대답했다.

"알렉산더는 학교로 돌아갔나요?"

"아직 스토다트 웨스트의 집에 머물고 있을 거예요. 개학은 내일모레로 알고 있고요."

점심을 먹기 전, 루시는 마플 양에게 전화를 걸었다.

"그동안 찾아뵙지 못해 정말 죄송해요. 너무 바빴거든요."

"암, 그랬겠지요. 알다마다. 게다가 지금으로선 할 수 있는 일이 아무것도 없으니 이제 우린 기다리는 수밖에 없답니다."

"네, 그런데 뭘 기다리는 거죠?"

"엘스페스 맥길리커디가 지금 영국으로 오는 길이에요. 당장 비행기를 타고 오라고 편지를 썼거든요. 그게 그녀의 의무라고 말이에요. 그러니 너무 걱정 말아요, 루시."

마플 양의 목소리는 따스했고, 어딘가 안심시키는 데가 있었다.

"이모님 생각에는 설마……."

루시는 말을 하려 했지만, 이내 입을 다물었다.

"또 누가 죽지 않겠느냐고요? 오, 부디 그렇지 않길 바랄 뿐이랍니다. 하지만 그건 모를 일이죠, 안 그래요? 정말로 사악한 사람이 있다면 말이에요. 그리고 난 이 사건에 엄청난 사악함이 도사리고 있다는 느낌이 든답니다."

"아니면 광기라든가요."

루시가 말했다.

"요즘에는 그런 식으로 사물을 보는 게 현대적이라고 하더군요. 나는 동의하지 않지만."

루시는 전화를 끊고 난 후 부엌으로 가서 자신의 점심 쟁반을 집어 들었다. 키더 부인은 앞치마를 벗고 막 떠나려던 참이었다.

"혼자서 괜찮겠어요?"

키더 부인이 염려하듯 물었다.

"예, 난 괜찮아요."

루시는 재빨리 대꾸했다.

그녀는 쟁반을 들고 크고 어둠침침한 식당으로 가는 대신 작은 서재로 향했다. 막 식사를 마쳤을 무렵 문이 열리더니 브라이언 이스틀리가 들어왔다.

"안녕하세요. 이렇게 오시다니 뜻밖이네요."

루시가 말했다.

"그렇겠죠. 식구들은 어떻습니까?"

"오, 많이 좋아졌어요. 해럴드 씨는 내일 런던으로 돌아간대요."

"이번 일을 어떻게 생각합니까? 정말 비소였답니까?"

"예, 비소 맞아요."

"신문에는 나지 않았던데요."

"예, 경찰이 당분간은 알리지 않으려나 봐요."

"가족들에게 원한이라도 품은 사람이 있나 봅니다. 몰래 숨어들어 와 음식에 손을 댈 수 있을 만한 사람이 누가 있을까요?"

"아마 제가 제일 가능성이 큰 사람일걸요."

브라이언이 불안한 눈길로 그녀를 쳐다보았다.

그는 약간 충격을 받은 것 같았다.

"하지만 당신은 그런 짓을 하지 않았죠, 그렇죠?"

"물론 난 하지 않았어요."

카레에 손을 댈 수 있는 사람은 아무도 없었다. 루시는 카레를 부엌에서 홀로 만들었고, 직접 식탁으로 가져갔다. 따라서 음식에 독을 넣을 수 있는 사람은 그날 식탁에 둘러앉아 있던 다섯 명뿐이었다.

"내 말은 왜 당신이 그런 짓을 하겠냐는 겁니다. 당신은 이 집과 아무 관계도 없잖아요."

브라이언은 잠시 쉬었다가 덧붙였다.

"내가 너무 갑자기 와서 귀찮게 하지나 않았는지 모르겠습니다."

"오, 천만에요. 전혀 아니에요. 며칠 머무르실 건가요?"

"당신에게 폐만 되지 않는다면 그러고 싶습니다만."

"전혀 아니에요. 괜찮아요."

"알다시피 난 지금 하는 일이 없거든요. 더구나, 뭐랄까……. 이젠 지긋지긋합니다. 그런데 정말 괜찮겠어요?"

"오, 어차피 전 그런 걸 결정할 입장이 아닌걸요. 그건 에마의 몫이죠."

"처형은 신경 안 쓸 겁니다. 늘 내게 잘해 줬거든요. 나름의 방식대로요. 처형은 속에 감춰 두는 게 많아요. 사실 어떻게 보면 다크호스라고 할 수 있죠. 이런 곳에서 노인을 돌보며 살다 보면 대부분의 사람들은 지쳐 나가 떨어져 버릴 텐데 말입니다. 그러다 보니 결혼도 하지 못했죠. 이젠 너무 늦어 버렸고요."

"글쎄요. 전 그렇게 늦었다고 생각하지 않는데요."

"흐음……."

브라이언은 잠시 생각하더니 밝은 목소리로 말했다.

"목사라면 또 모르겠군요. 교구 일 같은 걸 처리하는 데 뛰어난 데다 어머니회 같은 것도 잘 꾸릴 수 있을 테니까요. 그러니까 진짜 어머니들이 모이는 단체 말입니다. 그게 정확하게 뭘 하는 곳인지는 잘 모르지만 가끔 책에 나오더라고요. 그리고 처형은 일요일에 교회에서도 꼭 모자를 쓰고 있겠죠."

"글쎄요, 난 상상이 잘 안 가네요."

루시는 자리에서 일어나 쟁반을 들었다.

"내가 들지요."

브라이언이 루시의 손에서 쟁반을 받아 들었고, 두 사람은 함께 부엌으로 향했다.

"설거지라도 도와 드릴까요? 난 이 부엌이 마음에 듭니다. 요즘 사람들이 좋아할 만한 스타일은 아니지만, 나는 사실 이 저택이 아주 마음에 들어요. 좀 특이한 취향이죠? 하지만 정말 그런걸요. 장원에는 비행기도 착륙시킬 수 있을 겁니다."

브라이언는 마지막 말을 열정적으로 덧붙이며 행주를 집어 들고 숟가락과 포크를 닦기 시작했다.

"세드릭 형님에겐 이 저택이 쓸모없는 집으로 보이겠죠. 저택을 물려받고 나면 형님은 곧장 모든 걸 팔아 치우고 외국으로 날아가 버릴 겁니다. 내가 보기엔 세상에 영국만 한 데가 없는데 왜 그러는지 모르겠어요. 해럴드 형님도 이 집은 원하지 않겠지요. 처형한테는 너무 크고요. 만일 알렉산더가 이 집을 상속받는다면, 나와 그 아이 여기서 장난꾸러기 소년들처럼 행복하게 살 수 있을 겁니다. 물론 집에 여자가 있다면 더욱 좋겠지요."

그는 루시를 주의 깊게 바라보았다.

"오, 하지만 이런 이야기를 해 봤자 무슨 소용이겠습니까? 알렉산더가 이 집을 물려받으려면 그 아이 삼촌들이 다 세상을 떠야 하는

데, 그건 불가능하잖아요? 게다가 장인어른은 100살이 넘도록 장수하실 것 같던데요. 그저 아들들을 괴롭히기 위해서라도 말이지요. 알프레드 형님이 죽었다는 소식을 듣고 장인어른이 그렇게 슬퍼하진 않으셨을 것 같은데, 그렇죠?"

루시는 짤막하게 대답했다.

"예, 그러지 않으셨어요."

"못된 영감 같으니."

브라이언 이스틀리가 명랑하게 말했다.

22장

키더 부인이 말했다.

"정말 끔찍해요. 마을 사람들이 수군거리고 다니는 말들 말이에요. 물론 나는 그런 얘기에 신경도 쓰지 않지만 가끔 저절로 귀에 들어오는 소리들이 있잖아요. 아가씬 도저히 못 믿을걸요."

그녀는 루시의 대답을 기대하며 기다렸다.

"그렇겠죠."

루시가 대답했다.

"긴 창고에서 발견된 그 시체 말인데요."

키더 부인은 마치 게처럼 손과 무릎을 바닥에 대고 부엌 바닥을 박박 문질러 닦으며 말을 이었다.

"에드먼드 씨가 전쟁 중에 사귀던 여자였대요. 그런데 이 집을 방문하러 왔다가 질투심 많은 남편이 따라와서는 죽여 버린 거죠. 외국인이라면 할 만한 짓이긴 하지만 그런 옛날 옛적에 있었던 일 때문에 사람을 죽였을 것 같진 않아요, 그렇죠?"

"내 생각도 그래요."

"그런데 그보다 더 추악한 이야기도 있어요. 사람들은 정말 아무 말이나 주워섬기고 다닌다니까요. 놀라지 말아요. 그게 말이에요, 해럴드 씨가 외국에서 어떤 여자랑 결혼을 했는데 그 부인이 영국에 건너와서 그 사람이 레이디 앨리스와 이중 결혼을 한 걸 알게 됐대요. 그래서 그 여자가 두 사람을 고소하려고 하니까 해럴드 씨가 그 여자를 이리 불러서 죽인 다음에 시체를 석관에 숨겼다는 거예요. 세상에 그런 이야길 하고 다닌다니까요!"

"충격적이네요."

루시는 멍하게 대답했다. 사실 그녀의 마음은 딴 곳에 가 있었다.

키더 부인이 점잖은 척 말했다.

"물론 난 그런 이야기엔 귀도 기울이지 않았어요. 그런 허무맹랑한 이야기는 안 믿거든요. 어떻게 그런 이야기들을 만들어 내는지 놀라울 정도라니까요. 원한다면 자기들끼리 실컷 떠들라고 하죠. 난 그저 그런 불쾌한 이야기가 에마 양의 귀에 들어가는 일만 없길 바랄 뿐이에요. 에마 양이 그런 말을 들으면 얼마나 속이 상하겠어요. 난 그런 건 싫거든요. 에마 양은 정말 좋은 분이에요. 난 이제까지 누가 그분을 나쁘게 말하는 건 한번도 들어 본 적이 없답니다. 단 한마디도요. 물론 알프레드 씨야 이제 고인이 되었으니 아무도 나쁜 말을 하지는 않죠. 비판을 하지도 않고. 하지만 정말 끔찍해요."

그런 악의적인 소문들 말이에요."

키더 부인은 이런 수다를 즐기고 있는 게 분명했다.

"그런 이야길 들으면 가슴이 많이 아프시겠어요."

"맞아요, 정말 그래요. 그래서 우리 남편한테도 불평을 늘어놓았답니다. 어떻게 그런 이야기들을 할 수 있냐고요."

그때 벨이 울렸다.

"의사 선생님인가 보네. 내가 나갈까요, 아니면 루시가 갈래요?"

"내가 갈게요."

하지만 찾아온 사람은 의사가 아니었다. 문 앞 돌계단에는 키가 크고 우아한 여인이 밍크코트를 걸치고 서 있었다. 자갈이 깔린 차도 위에서는 운전사 딸린 롤스로이스가 시동을 건 채 부르릉거리고 있었다.

"에마 크랙켄소프 양을 좀 만나 뵐 수 있을까요?"

R 발음이 약간 애매했지만 무척 매력적인 목소리였다. 나이는 약 35세 가량으로 보였으며 검은 머리칼로 치장도 고급스럽고 아름다웠다.

"죄송합니다만 크랙켄소프 양은 지금 편찮으셔서 아무도 만날 수 없어요."

"예, 몸이 편치 않다는 건 알고 있어요. 하지만 매우 중요한 일이어서 반드시 만나야 해요."

"죄송하지만……."

루시는 입을 열었지만 여인이 그녀의 말을 가로막았다.

"아일스배로우 양이시죠?"

그녀는 매력적인 미소를 지었다.

"우리 아들이 당신에 대해 말해 줘서 알고 있어요. 난 레이디 스토다트 웨스트라고 해요. 알렉산더가 지금 우리 집에 묵고 있지요."

"아, 그렇군요."

루시가 말했다.

상대방은 끈질기게 고집을 부렸다.

"난 지금 에마 양을 반드시 만나야 해요. 아주 중요한 일이에요. 에마 양이 앓고 계시다는 것도 알아요. 하지만 이건 단순한 방문이 아니랍니다. 아이들이 해 준 이야기 때문이에요. 우리 아들이 내게 말해 줬는데, 내 생각엔 매우 중요한 일 같아서, 그 일에 관해 크랙켄소프 양과 이야기를 나누고 싶어요. 부탁드립니다. 그분께 여쭤봐 주시겠어요?"

"들어오세요."

루시는 방문객을 홀로 안내한 다음 응접실로 데려갔다.

"위층에 가서 크랙켄소프 양께 말씀드리고 올게요."

그녀는 위층에 올라가 에마의 방문을 두드린 다음 안으로 들어갔다.

"레이디 스토다트 웨스트께서 오셨어요. 에마 양을 꼭 만나 뵙고 싶대요."

"레이디 스토다트 웨스트가요?"

에마는 깜짝 놀란 것 같았다. 그녀의 얼굴에 긴장감이 돌았다.

"설마 아이들에게 무슨 일이 생긴 건 아니겠죠? 알렉산더에게 무슨 일이라도?"

루시는 서둘러 그녀를 안심시켰다.

"오, 아니에요. 아이들은 괜찮아요. 아이들에게서 어떤 이야기를 들었는데, 그것 때문에 오신 것 같아요."

에마는 잠시 머뭇거렸다.

"아, 그렇다면……. 그렇다면 만나 보는 게 좋겠군요. 나 지금 괜찮아 보여요, 루시?"

"아주 근사해 보여요."

루시가 대답했다.

에마는 침대에 일어나 앉았다. 어깨에는 부드러운 분홍색 숄을 두르고 있었고, 뺨에는 희미한 분홍색 기운이 감돌았다. 검은 머리칼은 간호사의 손을 빌려 단정하게 빗어 올렸다. 침대 옆 작은 탁자에는 전날 루시가 가져다 놓은 가을 화초가 담긴 꽃병이 놓여 있었다. 에마의 방은 사람의 마음을 끄는 데가 있었다. 환자의 방으로는 전혀 보이지 않았다.

"일어나 앉을 정도로 많이 좋아졌어요. 큄퍼 선생님 말씀이 내일은 병석에서 일어나도 된대요."

"이젠 정말 예전처럼 돌아오셨군요. 레이디 스토다트 웨스트를 모셔올까요?"

"예, 부탁해요."

루시는 다시 아래층으로 내려갔다.

"크랙켄소프 양의 방으로 올라가시겠어요?"

그녀는 방문객을 데리고 2층으로 올라가 문을 연 다음 스토다트 웨스트 부인을 들여보내고 다시 문을 닫았다. 레이디 스토다트 웨스트는 손을 내밀어 악수를 청하며 침대로 다가갔다.

"크랙켄소프 양? 이렇게 갑자기 찾아와서 정말 죄송합니다. 학교 운동회 때 뵌 적이 있는 것 같네요."

"예, 저도 기억나네요. 좀 앉으세요."

레이디 스토다트 웨스트는 마침 침대 옆에 놓여 있던 의자에 자리를 잡고 앉았다. 그녀는 낮고 차분한 목소리로 이야기를 시작했다.

"이렇게 갑자기 찾아와서 이상하게 생각하시죠? 하지만 그럴 만한 이유가 있답니다. 아주 중요한 이유예요. 아시다시피, 아이들이 내게 많은 이야기를 들려주었답니다. 이 저택에서 일어난 살인 사건 때문에 그 애들이 많이 흥분했다는 건 당신도 아시죠? 솔직히 말씀드려서 당시 난 그리 마음에 들지 않았답니다. 불안했어요. 제임스를 당장 집으로 데려오고 싶었죠. 하지만 남편은 웃어넘기더군요. 살인 사건은 이 집안과 아무런 관계도 없을 테고, 남편의 어린 시절과 제임스의 편지로 미루어 보건대 제임스나 알렉산더나 즐거운 시간을 보내고 있으니 아이들을 지금 우리 집에 데려오는 건 너무 잔인한 처사라면서요. 그래서 난 얌전히 포기하고 제임스가 알렉산더를 데리고 집에 올 때까지 기다렸어요."

"저희가 아이들을 좀 더 일찍 보내야 했다고 생각하시는 건가요?"

"오, 아니에요. 그런 뜻이 전혀 아니랍니다. 맙소사, 이건 너무 어렵군요. 하지만 할 말은 해야겠지요. 아까도 말했듯이, 아이들이 많은 이야기를 해 주었어요. 그 애들이 그러는데 경찰은 살해된 여자가 당신 오빠가……, 그러니까 전쟁 때 전사했다던 오빠가, 프랑스에서 알게 된 프랑스 여자일지도 모른다고 생각하고 있다면서요? 정말 그런가요?"

"그것도 하나의 가능성이에요. 우리가 고려하지 않으면 안 될 가능성이지요. 정말로 그게 사실일지도 모르고요."

에마가 말했다. 목소리가 조금씩 갈라지고 있었다.

"죽은 여자가 프랑스 여자, 마르틴느라고 믿을 만한 이유라도 있나요?"

"아까도 말씀드렸지만, 그건 하나의 가능성일 뿐이에요."

"하지만 도대체 왜 그 여자가 마르틴느라고 생각하신 거죠? 품속에서 편지라든가 증명 서류 같은 거라도 나왔나요?"

"아뇨, 그런 건 전혀 없었어요. 하지만 제가 그 전에 편지를 받았거든요. 마르틴느한테서요."

"당신이 마르틴느에게서 편지를 받았다고요?"

"예, 영국에 와 있으니 절 만나러 오고 싶다는 내용이었어요. 그래서 전 그녀를 여기로 초대했고요. 그런데 나중에 급하게 프랑스로 돌아간다는 전보를 받았지요. 어쩌면 그녀는 정말 프랑스로 돌아갔을 수도 있어요. 저희도 모르는 일이죠. 그런데 그 뒤에 제가 그녀에게 보낸 편지가 여기서 발견되었어요. 그녀가 여기 왔었다는 증거인 셈이죠. 그렇지만 전 정말 모르겠네요……."

에마는 말을 멈추었다.

레이디 스토다트 웨스트가 재빨리 입을 열었다.

"내가 왜 그렇게 그 일에 관심을 가지는지 모르겠다는 말씀이시죠? 그 말씀이 맞아요. 난 여기 와서는 안 됐어요. 하지만 그 이야길 듣고 나니, 아니 그렇게 멋대로 지은 이야기를 듣고 나니 여기 와서 진짜로 있었던 일을 확실히 해 두지 않으면 안 된다고 생각했어요. 왜냐하면 만약에······."

"예?"

에마가 물었다.

"내가 당신에게 결코 입 밖에 내지 않으려고 했던 사실을 이제 말씀드려야겠네요. 내가 바로 마르틴느 뒤부아예요."

에마는 그게 무슨 뜻인지 모르겠다는 표정으로 멍하니 방문객을 바라보았다.

"당신이, 당신이 마르틴느라고요?"

스토다트 웨스트 부인은 열렬히 고개를 끄덕였다.

"예, 그래요. 놀라셨죠? 당연해요. 하지만 그게 사실인걸요. 난 당신의 오빠 에드워드를 전쟁 초기에 알게 되었어요. 그이가 우리 집에 묵었거든요. 나머지 이야기는 다 아시겠죠. 우린 사랑에 빠졌고 결혼을 하려고 했어요. 하지만 바로 그때 던커크 철수가 이루어졌고, 에드먼드가 실종되었죠. 나중에 전사가 확정되었고요. 그때 이야기는 하지 않을게요. 벌써 오래 전 일인 데다 이미 끝난 일이니까요. 하지만 이것만은 당당하게 말할 수 있어요. 난 당신 오빠를 진심으로 사랑했답니다…….

그러곤 전쟁의 잔혹한 현실이 닥쳐왔지요. 독일군이 프랑스를 점령한 거예요. 난 레지스탕스 대원이 되었어요. 프랑스에 있는 영국인이 고국으로 돌아가도록 돕는 임무를 맡았죠. 그러다가 지금의 남편과 만났고요. 그는 그때 공군 장교였는데, 특수 임무를 띠고 낙하산으로 프랑스에 침투했죠. 전쟁이 끝난 뒤에 우린 결혼을 했고요. 한두 번쯤 당신에게 편지를 쓰거나 찾아가 봐야 하는 게 아닌가 하고 생각했지만, 결국 그러지 않기로 결심했어요. 옛 추억을 되살리는 건 좋은 일이 아닌 것 같았거든요. 난 새 삶을 찾았고, 과거에 매이고 싶진 않았어요."

그녀는 잠시 사이를 두었다가 말을 이었다.

"하지만 내 아들 제임스가 학교에서 가장 친하게 지내는 친구가 에드먼드의 조카라는 사실을 알게 되었을 때는 묘한 기쁨을 느꼈답니다. 아시겠지만, 알렉산더는 에드먼드와 참 많이 닮았어요. 제임스와 알렉산더가 그렇게 친한 친구가 되다니 정말 즐거운 일이 아닐 수 없었어요."

그녀는 몸을 앞으로 기울이고는 에마의 팔에 손을 얹었다.

"그래서 에마, 난 이 살인 사건을 들었을 때, 살해된 여자가 에드먼드가 알던 마르틴느로 추정된다는 이야기를 들었을 때, 여기 와서 당신에게 사실을 말해 줘야 한다고 생각한 거예요. 당신이나 나, 둘 중 한 명이 경찰에게 사실을 알려 줘야 해요. 죽은 여자가 누구인지는 몰라도 분명 마르틴느는 아니에요."

"정말이지 선뜻 받아들이기가 힘드네요. 당신이, 에드먼드가 말한 그 마르틴느라니."

에마는 한숨을 내쉬며 머리를 가로저었다. 그러더니 곤혹스러운 듯 얼굴을 찌푸렸다.

"하지만 전 이해가 안 가요. 그럼 부인이 제게 편지를 보내신 건가요?"

레이디 스토다트 웨스트는 단호하게 고개를 저었다.

"아니, 난 아니에요. 난 편지를 보낸 적이 없어요."

"그렇다면……."

에마는 입을 다물었다.

"누군가가 마르틴느인 척하고 당신에게서 돈을 받아 내려고 한 게 아닐까요? 그런 게 틀림없어요. 하지만 누가 그런 짓을 했을까요?"

에마가 느릿느릿 말했다.

"그때 일을 아는 사람이 있을지도 모르죠. 누가 알겠어요?"

상대방은 어깨를 으쓱했다.

"어쩌면요. 하지만 그렇게까지 나와 가깝게 지내던 사람은 없었어요. 영국에 건너온 후에는 그런 이야긴 입 밖에 낸 적도 없고요. 게다가 어째서 이렇게 오랜 시간을 기다린 걸까요? 이상한 일이에요. 정말 이상해요."

"저도 도저히 이해가 안 가는군요. 크래독 경위님이 뭐라고 할지 알아봐야겠어요."

에마는 갑자기 부드러운 눈길로 방문객을 바라보았다.

"하지만 지금이나마 이렇게 당신을 알게 되어 많이 기쁘네요."

"나도 그래요……. 에드먼드는 당신 이야기를 자주 했거든요. 그이는 당신을 정말 좋아했어요. 난 지금 행복하게 살고 있지만 그래도 그를 잊을 수가 없어요."

에마는 등을 편히 기대고 깊은 한숨을 내쉬었다.

"이제야 안심이 되는군요. 죽은 여자가 마르틴느일지도 모른다는 생각에 정말 불안했거든요. 우리 가족과 관련이 있는 것 같아서요. 하지만 이제는……. 오, 이제야 등에서 무거운 짐을 내려놓은 기분이에요. 그 불쌍한 여자가 누군지는 모르겠지만 적어도 우리와는 아무 상관도 없으니까요!"

23장

날씬한 비서가 평소처럼 해럴드 크랙켄소프에게 오후에 마시는 홍차를 가져다주었다.

"고맙소, 엘리스 양. 오늘은 집에 일찍 들어가야겠어."

"오늘은 그냥 쉬시는 게 좋을 걸 그랬어요, 크랙켄소프 씨. 아직도 많이 편찮아 보이시는데요."

"난 괜찮소."

해럴드 크랙켄소프가 말했다. 하지만 실제로 그는 몹시 쇠약해져 있었다. 그럴 수밖에 없었다. 아주 지독한 병을 앓았으니까. 그렇지만 어쨌든 이제는 모두 끝난 일이었다.

해럴드는 속으로 생각했다.

'정말 이상한 일이야. 알프레드는 죽었는데 노인네는 말짱히 살아 있다니. 나이가 벌써…… 일흔셋. 아니, 일흔넷이던가? 벌써 오랫동안 앓고 있는 데다 모두들 이번 일로 누가 죽는다면 그건 분명 아버지일 거라고 생각했는데. 하지만 아니었지. 죽은 것은 알프레드였어. 내 아는 한 누구보다도 건강하고 튼튼한 알프레드가 죽다니. 알프레드는 딱히 안 좋은 곳도 없었는데.'

해럴드는 한숨을 내쉬며 의자에 등을 기댔다. 비서의 말이 옳았다. 그는 아직 몸 상태가 좋지 않았지만 그저 사무실에 나오고 싶었다. 일이 어떻게 돌아가고 있는지 알고 싶었기 때문이었다. 매우 아슬아슬한 상황이었다. 그는 주위를 둘러보았다. 완벽한 설비를 갖춘 사무실, 반질반질한 목재, 비싼 현대풍 의자, 이 모든 것이 마치 순조롭게 번창하고 있는 듯, 모든 것이 너무 좋은 듯 보이게 해 주었다. 바로 이런 것들이 알프레드가 항상 제대로 못 하던 부분이었다. 겉으로 순조로운 듯 보이면, 사람들은 당연히 순조롭게 번창하고 있다고 생각하는 법이었다. 그의 경제적 안정성에 대해서는 아직 아무 소문도 없었다. 그렇지만 파산은 그리 오랫동안 지연시킬 수는 없을 터였다. 알프레드가 아니라 아버지가 돌아가시기만 했어도! 그랬더라면 뭔가 대책을 세울 수 있을 텐데. 말 그대로 비소로 부자가 될 수도 있었을 것이다! 그렇다, 만일 아버지만 돌아가셨다면…… 걱정거리가 말끔히 사라졌을 것이다.

그나마 다행인 것은 외견상으로는 걱정거리가 없어 보인다는 점이었다. 부유하고 번창하고 있는 듯한 인상. 늘 초라하고 쪼들리게 살던, 그리고 실제 겉모습도 그렇게 보이던 알프레드와는 격이 달랐다. 그런 잔챙이 사기꾼은 대담하게 큰돈을 노리고 뛰어드는 법이 없었다. 여기서 수상한 패거리와 어울리고 저기서 의심스러운 거래에 손을 대면서, 체포당할 정도로 깊숙이 들어가지는 않으면서 늘 아슬아슬한 상황에 걸쳐 있었다. 그래서 결국 어떻게 되었나? 잠깐 동안 반짝 하고는 다시 초라하고 꼴불견 인생으로 돌아갈 뿐이었다. 알프레드는 앞날을 넓게 내다볼 줄 몰랐다. 솔직히 알프레드의 죽음이 많이 아쉬운 건 아니었다. 그는 알프레드를 특별히 좋아하지도 않았고, 알프레드가 죽었다는 것은 그 심술궂은 구두쇠 영감, 즉 조부에게 물려받을 상속분이 더 늘어난다는 의미였다. 다섯 사람이 아니라 네 사람 몫으로 분배될 테니까. 훨씬 잘된 일이 아닐 수 없었다.

해럴드의 얼굴이 조금 밝아졌다. 그는 의자에서 일어나 모자와 코트를 들고 사무실을 떠났다. 아무래도 하루나 이틀 정도는 푹 쉬는 것이 좋을 것 같았다. 아직도 몸에 힘이 들어가지 않았다. 그는 아래층에서 기다리고 있던 자동차를 타고 런던 시내를 통과해 잠시 후 집으로 돌아왔다.

남자 하인 다윈이 문을 열어 주었다.

"부인께서 방금 도착하셨습니다."

잠시 동안 해럴드는 물끄러미 그를 쳐다보았다. 앨리스! 맙소사, 오늘이 앨리스가 돌아오는 날이었나? 완전히 깜박 잊고 있었다. 다윈이 미리 알려준 것이 천만다행이었다. 2층에 올라가 앨리스를 보고 깜짝 놀라는 모습을 들킨다면 그리 좋은 일이 아닐 테니 말이다.

'하지만 사실은 별로 대수로운 일도 아니긴 하지.'

그는 생각했다. 앨리스나 그나, 두 사람은 서로의 감정에 대해 아무런 환상도 없었다. 어쩌면 앨리스는 그를 좋아했을지도 모르겠지만…… 그로서는 알 길이 없었다.

어쨌든 전체적으로 앨리스는 그에게 커다란 실망을 안겨 주었다. 비록 앨리스를 사랑하지는 않았지만 그녀는 평범하긴 해도 상당히 호감을 주는 여자였다. 그리고 그녀의 가문이나 연줄은 확실히 유용했다. 옛날만큼 유용하지는 않았지만. 왜냐하면 앨리스와 결혼했을 때, 그는 둘 사이에 나올 아이의 장래를 마음에 두고 있었기 때문이다. 자신의 아들에게 남부럽지 않은 친척들을 선사해 주기 위해서 말이다. 그러나 둘 사이에는 아들은커녕 딸도 태어나지 않았다. 이제 그들에게 남은 것이라고는 서로에게서 특별한 기쁨도 얻지 못하고 대화도 없이 함께 나이만 들어가는 세월들뿐이었다.

앨리스는 친척들과 멀리 떨어져 지냈고 겨울은 대개 리비에라에서 보냈다. 그편이 그녀에게 잘 맞았고, 그도 걱정할 필요가 없었다.

해럴드는 2층 응접실로 올라가 격식을 차려 그녀를 맞이했다.

"돌아왔군, 여보. 마중 나가지 못해 미안하오. 사무실에서 할 일이 있어서. 그래도 될 수 있는 한 빨리 돌아왔다오. 산 라파엘은 어땠소?"

앨리스는 산 라파엘이 어땠는지 이야기해 주었다. 그녀는 모래빛깔 머리카락과 매끄럽게 휘어진 코, 그리고 옅은 갈색 눈을 가진 호리호리한 여자였다. 앨리스는 우아하고 차분하며, 다소 우울한 목소리로 말했다. 집으로 돌아오는 여행은 편안했고, 영국해협의 파도가 조금 거칠었을 뿐이었다. 그리고 도버 세관은 여느 때처럼 매우 성가시게 굴었다.

해럴드는 언제나처럼 똑같은 이야기를 꺼냈다.

"비행기를 타지 그랬소. 그편이 훨씬 편할 텐데."

"하지만 난 비행기가 싫어요. 한번도 타 본 적이 없는걸요. 왠지 불안하단 말이에요."

"시간이 훨씬 절약되잖소."

해럴드의 말에 레이디 앨리스 크랙켄소프는 대답하지 않았다. 그녀가 지닌 삶의 문제점은 시간을 어떻게 절약하느냐가 아니라 어떻게 소비하느냐는 것이었다. 레이디 앨리스는 예의 바르게 남편의 건강을 물었다.

"에마 형님의 전보를 받고 무척 놀랐어요. 많이 앓았다면서요."

"그렇소."

"신문에서 읽었는데, 어느 호텔에 묵었던 손님들이 한꺼번에 40명이나 집단 식중독을 일으켰다고 하더군요. 내 생각엔 냉장고가 문제인 것 같아요. 다들 음식을 너무 오랫동안 넣어둔다니까요."

"그럴지도 모르지."

비소에 관해 이야기해야 하나 말아야 하나? 앨리스를 보고 있노라니 도무지 말을 꺼낼 수가 없었다. 앨리스의 세계에는 비소 중독 따위가 비집고 들어갈 틈이 없어 보였다. 그런 것은 신문에서나 접하는 이야기일 뿐, 그녀 자신이나 가족과는 전혀 동떨어진 이야기니까. 하지만 크랙켄소프 집안에서는 실제로 일어났던 일이다…….

해럴드는 방으로 올라가 저녁 식사를 위해 옷을 갈아입기 전에 한두 시간 정도 누워 있었다. 저녁 식탁에서 두 사람은 여전히 똑같은 대화를 주고받았다. 산 라파엘에 있는 지인들과 친구들을 언급하기도 했다.

"홀 탁자 위에 당신 앞으로 온 소포가 하나 있더군요. 작은 거요."

앨리스가 말했다.

"그렇소? 난 못 봤는데."

"조금 이상하게 들릴지도 모르겠는데, 누군가가 무슨 창고 같은 곳에서 여자 시체가 발견되었다는 이야기를 해 주었어요. 그 사람 말로는 러더퍼드 저택이라더군요. 다른 러더퍼드 저택이겠죠?"

"아니, 다른 러더퍼드 저택이 아니오. 사실은 우리 집 창고였소."

"어머나 세상에, 해럴드! 러더퍼드 저택에 있는 창고에서 살해된 여자 시체가 발견되었다고요? 나한테 그런 이야긴 한 마디도 안 했잖아요."

"솔직히 그럴 시간이 없었잖소. 그리고 그다지 유쾌한 일도 아니고. 물론 우리 집과는 아무런 관련도 없소. 기자들이 산더미처럼 몰려왔더군. 우리도 경찰이라든가 다른 복잡한 일들에 시달려야 했고."

"정말 불쾌한 일이네요. 범인은 알아냈나요?"

앨리스는 성의 없이 의무감처럼 흥미를 보이며 물었다.

"아직 알아내지 못했소."

"죽은 여자는 어떤 사람이었대요?"

"아무도 모르오. 프랑스인인 것 같다더군."

"오, 프랑스 여자라고요?"

계급에 따른 차이는 있었으나 앨리스와 어조는 베이컨 경위와 그다지 다르지 않았다.

"시댁 식구들이 많이 고생했겠네요."

그들은 식당에서 나와 둘이서 조용히 앉아 시간을 보내곤 하는 작은 서재로 엇갈려 들어갔다. 해럴드는 몹시 피곤함을 느꼈다.

'오늘은 일찍 자야겠군.'

그는 홀 탁자에서 아내가 말한 작은 소포 꾸러미를 집어 들었다. 밀종이로 꼼꼼하고 세심하게 포장된 작은 꾸러미였다. 해럴드는 평소에 애용하는 벽난로 가에 있는 의자에 앉아 포장을 벗겼다.

안에는 '취침 전 두 정씩 복용할 것'이라고 적힌 작은 알약 갑이 들어 있었다. 그리고 브랙햄프턴 약제사의 이름과 '의사 큄퍼의 지시로 발송'이라고 적힌 쪽지도 나왔다.

해럴드 크랙켄소프는 얼굴을 찡그렸다. 그는 네모난 상자를 열고 안에 든 알약을 살펴보았다. 평소에 그가 먹던 것과 똑같아 보였다. 하지만 큄퍼 의사는 해럴드에게 더 이상 약을 먹을 필요가 없다고 말하지 않았던가? "더 이상 복용할 필요가 없습니다." 분명히 이렇게 말했었다.

앨리스가 물었다.

"그게 뭐예요, 여보? 당신, 걱정스러워 보여요."

"오, 그냥 알약이오. 예전부터 밤마다 먹던 건데, 이상하군. 의사가 더 먹을 필요가 없다고 했거든."

아내는 조용한 목소리로 말했다.

"아마 잊지 말고 먹으라고 했겠죠."

"그런지도 모르지."

해럴드는 미심쩍다는 듯 말했다.

해럴드는 아내를 바라보았다. 그녀는 그를 지켜보고 있었다. 순간적으로, 그는 아내가 지금 무슨 생각을 하고 있을지 궁금해졌다. 사실 평소에 해럴드는 앨리스에 대해 별로 궁금증을 느껴 본 적이 없었다. 그녀의 부드러운 눈빛은 아무것도 말하지 않았다. 눈동자는 마치 텅 빈 집의 창문 같았다. 앨리스는 그를 어떻게 생각하고 있을까? 그에 대해 어떤 감정을 느끼고 있을까? 한번이라도 그를 사랑한 적이 있을까? 해럴드는 그렇다고 생각했다. 그게 아니라면, 앨리스는 단지 그가 시티에서 성공 가도를 달리고 있고 자신의 가난한 처지에 싫증이 나서 결혼을 한 것뿐일까? 글쎄, 어쨌든 그녀는 상당히 성공적으로 해낸 셈이다. 이제 앨리스에게는 자가용과 런던의 집이 있고, 기분이 내키면 해외여행을 가거나 비싼 옷을 사 입을 수도 있다. 물론 그 옷들이 앨리스에게는 결코 어울리지 않는다는 점은 차치하고 말이다. 그렇다. 전체적으로 볼 때 그녀는 나름 행복한 삶을 영위하고 있다. 해럴드는 앨리스 자신도 그렇게 생각할지 궁금했다. 물론 그녀는 그를 진심으로 좋아하지는 않았지만 그 또한 그녀를 진심으로 좋아하지 않기는 매한가지였다. 그들은 공통점도 없고, 공통의 관심사도 없었으며, 함께 나눌 공통의 추억거리도 없었다. 만일 아이들이라도 있었더라면……. 하지만 둘 사이에는 자식도 없었다. 에디의 아들을 제외하고는 온 집안에 아이가 하나도 없다는 것은 참으로 이상한 일이었다. 철부지 에디. 그 아이는 어리석었다. 전쟁 중에 그렇게 서둘러 바보 같은 결혼을 하다니. 뭐, 그로선 최선을 다해 좋은 충고를 해 주었으니까.

해럴드는 이렇게 말했었다.

"그래그래, 다 좋아. 용감하고 잘생긴 젊은 조종사. 하지만 전쟁이 끝나면 그 사람은 아무것도 못 할걸. 아마 널 먹여 살리지도 못할 거다."

그러자 에디는 말했다. 그게 무슨 상관이냐고. 그녀는 브라이언을 사랑하고 브라이언도 그녀를 사랑한다. 그는 언제 전사할지도 모르는 처지다. 그러니 지금만이라도 행복을 누리면 안 되는 걸까? 언제 어디서 폭격을 맞아 죽을지 모르는 지금, 먼 미래를 생각해 봤자 무슨 소용이란 말인가?

그리고 에디는 이렇게 덧붙였다. 어차피 앞으로의 일은 상관없다고. 언젠가는 할아버지의 유산을 물려받을 테니까.

해럴드는 불안한 듯 의자에서 움직거렸다. 정말이지 조부의 유언은 사악하기 그지없었다. 우리 모두를 한 가닥 실에 매달리게 만들었으니까. 그 유언은 누구에게도 만족스럽지 않았다. 손자들을 기쁘게 하지도 못했고, 그들의 아버지를 격분하게 만들었다. 결국 그 노인네는 절대로 죽지 않겠다고 단단히 다짐했다. 그래서 그토록 자기 몸을 애지중지 아끼게 된 것이었다. 하지만 어차피 그는 곧 죽을 터였다. 그럼, 그렇고 말고. 머지않아 죽을 게 틀림없었다. 만약 그렇지 않다면……. 해럴드는 온갖 걱정거리가 밀물처럼 밀려오자 다시금 아프고 피곤하고 현기증이 나기 시작했다.

해럴드는 문득 앨리스가 여전히 자신을 쳐다보고 있음을 알아차렸다. 저 창백하고 생각에 잠긴 눈동자. 그 눈빛이 해럴드를 묘하게 불안하게 만들었다.

해럴드가 말했다.

"난 그만 가서 자야겠소. 오늘 오랜만에 출근을 했거든."

"그래요. 잘 생각했어요, 여보. 의사도 당신에게 무엇보다 쉬는 게 우선이라고 했을 거예요."

"의사들은 늘 그렇게 말하지."

"약 먹는 것 잊지 말고요, 여보."

앨리스가 말하며 약상자를 집어 그에게 건네주었다.

해럴드는 아내에게 잘 자라는 인사를 하고 위층으로 올라갔다. 그렇다. 그에게는 약이 필요했다. 너무 빨리 약을 끊어 버린 게 실수였는지도 몰랐다. 그는 알약 두 정을 꺼내 물과 함께 삼켰다.

24장

"그 어느 누구도 저만큼 일을 엉망으로 만들 수는 없을 겁니다."
더못 크래독이 우울한 목소리로 말했다.

그는 긴 다리를 길게 뻗은 채 앉아 있었는데, 충직한 플로렌스가 과하다 싶을 만큼 가구들을 들여놓은 방과 다소 기묘한 부조화를 이루었다. 그는 지치고 낙담했으며, 풀이 죽어 있었다.

마플 양은 부드러운 목소리로 그렇지 않다고 달래 주었다.

"오, 아니에요. 당신은 일을 훌륭히 해냈어요. 정말이지 아주 잘 해냈답니다."

"제가 일을 잘했다고요? 식구들이 모조리 독살당할 뻔했는데 말입니까? 알프레드 크랙켄소프가 죽고, 이젠 해럴드도 죽었습니다. 대체 여기서 무슨 일이 벌어지고 있는 걸까요? 전 그게 알고 싶은 겁니다."

"독이 든 알약이라……."

마플 양이 생각에 잠겨 말했다.

"그렇습니다. 악마처럼 교묘한 짓이지요. 평소에 해럴드가 복용하던 약과 똑같이 보이더군요. '의사 큄퍼의 지시로 발송'이라는 쪽지도 들어 있었고요. 하지만 큄퍼 선생님은 그 약을 주문한 적이 없다고 합니다. 약제사의 라벨이 사용되었지만, 약제사는 거기에 대해 전혀 아는 바가 없고요. 게다가 알약 용기는 러더퍼드 저택에서 나온 것이었습니다."

"그게 러더퍼드 저택에서 나온 게 정말 확실한가요?"

"그렇습니다. 조사를 철저히 해 봤거든요. 사실 그 용기에는 에마에게 처방한 진정제가 들어 있었습니다."

"오, 그렇군요. 에마의 것이란 말이죠……."

"예. 상자는 온통 에마의 지문투성이더군요. 그리고 간호사와 약을 조제한 약제사의 지문도 남아 있었고요. 하지만 그 외 다른 사람의 지문은 당연히 없었습니다. 소포를 보낸 사람이 각별히 주의를 기울였겠죠."

"그렇다면 진정제를 비우고 다른 것을 집어넣은 거군요?"

"그렇습니다. 그게 그 끔찍한 알약입니다. 알약은 다 똑같이 생겼으니까요."

"맞는 말이에요. 내가 젊었을 때가 생각나는군요. 검은색 물약과 갈색 물약은 기침약이었어요. 그리고 하얀색 물약과, 이런저런 의사가 처방한 분홍색 물약도 있었어요. 그런 물약은 헷갈릴 일이 거의 없었죠. 사실 내가 사는 세인트 메리 미드 마을에서는 아직도 그런 약을 먹는답니다. 사람들이 알약보다는 물약을 찾거든요. 그런데 그 약은 뭐였죠?"

"아코닛이라고, 바곳 뿌리에서 채취해 만든 진통제였습니다. 대개 극약이라고 적힌 약통에 넣어 두고 100분의 1로 희석해 사용하지요."

"그런데 해럴드가 그걸 먹고 죽었단 말이군요."

마플 양이 곰곰이 생각하며 말했다. 더못 크래독이 신음을 내뱉었다.

"제가 화풀이로 하는 말은 신경 쓰지 마십시오. 제인 아주머니에게 모조리 털어놓아야지! 그런 기분이었으니까요."

"착한 양반 같으니. 그렇게 생각했다니 참 고마워요. 헨리 경의 대자라서 그런지, 당신은 다른 경찰들과는 다르게 느껴진답니다."

더못 크래독이 씨익 웃었다.

"하지만 제가 이 사건을 처음부터 완전히 엉망으로 만들었다는 것만은 엄연한 사실이지요. 이곳 경찰서장이 런던 경시청에 전화해서 뭐라고 할까요? 전 천하에 바보 멍청이 취급을 당할 겁니다!"

"오, 아니에요. 그럴 리가 없어요."

마플 양이 말했다.

"아니, 그러고도 남을 겁니다. 전 누가 알프레드를 독살했는지, 누가 해럴드에게 독약을 보냈는지 아무것도 모릅니다. 게다가 처음 살해된 여자의 정체는 짐작도 안 가고요! 전 그 여자가 마르틴느가 확실하다고 장담했습니다. 모든 일이 연결되어 있는 것 같았죠. 그런데 지금은 어떻게 됐죠? 진짜 마르틴느가 나타났는데, 그것도 놀랍게도 로버트 스토다트 웨스트 경의 부인으로 밝혀지지 않았습니까. 그럼 창고에 죽어 있던 그 여자는 대체 누굴까요? 신만이 아실 일이죠. 처음에 전 그 여자가 안나 스트라빈스카일 것이라고 생각했는데, 그것도 아니었고……."

그는 마플 양의 묘하게 의미심장한 헛기침 소리를 듣고 말을 멈추었다.

"과연 그럴까요?"

그녀가 중얼거렸다.

크래독은 그녀를 물끄러미 바라보았다.

"자메이카에서 엽서가 왔잖습니까."

"그래요. 하지만 그건 진짜 증거가 아니잖아요, 그렇지 않나요? 내 말은, 엽서란 어디서든 누구나 보낼 수 있다는 거예요. 그러고 보니 굉장히 심각한 신경쇠약에 걸렸던 브리얼리 부인이 생각나네요. 결국엔 정신병원에 가야 한다는 이야기를 듣자, 그녀는 아이들이 그 사실을 알게 될까 봐 염려해서 열네 장의 엽서를 미리 써 놓았다가 외국의 각기 다른 장소에서 부쳐 달라고 다른 사람에게 부탁했지요. 아이들이 엄마가 외국 여행을 갔다고 생각하게 말이에요."

그녀는 더못 크래독을 똑바로 바라보며 덧붙였다.

"내 말이 무슨 뜻인지 알 거예요."

"물론입니다."

크래독이 마플 양을 응시하며 말했다.

"마르틴느의 일이 그렇게 잘 맞아떨어지지만 않았더라도 그 엽서를 철저하게 조사했을 겁니다."

"참으로 편리하게 돌아갔지요."

마플 양이 중얼거렸다.

크래독이 말했다.

"모든 게 연관되어 있어요. 에마가 마르틴느 크랙켄소프라고 적힌 편지를 받은 것은 사실이니까요. 레이디 스토다트 웨스트는 편지를 보내지 않았으니, 분명히 다른 누군가가 보낸 겁니다. 마르틴느인 척 가장하여, 가능하다면 그것으로 돈을 뜯어내려고 한 누군가가 말입니다. 그건 부인하지 않으시겠죠?"

"오, 그럼요. 그렇고말고요."

"그리고 에마가 그녀의 런던 주소로 보낸 편지 봉투가 있습니다. 러더퍼드 저택에서 발견되었죠. 실제로 그녀가 저택에 왔다는 증거입니다."

"하지만 살해된 여자는 거기 가지 않았어요! 당신이 말하는 그런 의미로는 말이에요. 그녀는 죽은 뒤에야 러더퍼드 저택에 갔어요. 기차 안에서 살해되어 둑 아래로 떨어졌으니까요."

마플 양이 지적했다.

"아, 그렇지요."

"그 봉투가 진실로 증명하는 것은 살인자가 거기 있었다는 거예요. 죽은 여자의 소지품이라든가 신분증 같은 걸 꺼내다가 잘못해서 봉투를 떨어뜨린 거죠. 아니면……. 그게 과연 단순한 실수였을까요? 베이컨 경위와 당신 부하들이 그 장소를 이 잡듯이 샅샅이 뒤졌잖아요, 그렇죠? 경찰은 아무것도 발견하지 못했어요. 그런데 그 봉투는 나중에서야 보일러실에서 발견되었죠."

"그건 이해가 가는 일입니다. 정원사 영감은 평소에도 굴러다니는 종이를 보면 주워서 거기에 쑤셔 넣곤 했다고 하니까요."

"아이들이 찾아내기에 편리한 장소죠."

마플 양이 생각에 잠겨 말했다.

"아이들이 찾을 수 있게 일부러 심어 놓은 것이란 말입니까?"

"글쎄요. 그저 궁금한 생각이 들어서요. 결국 아이들이 다음엔 어디를 뒤져볼지 짐작하는 것은 그리 어렵지 않고, 심지어 넌지시 암시를 줄 수도 있으니까요……. 그래요, 정말 궁금해지는군요. 안나 스트라빈스카를 더 이상 생각하지 않게 된 건 다 그 봉투 때문이잖아요?"

"부인은 그동안 내내 그 여자가 희생자일 거라고 생각하셨던 겁니까?"

"난 그저 당신이 그녀를 조사하고 다니자 누군가가 당황했을지도 모른다고 생각했을 뿐이에요. 그게 전부랍니다……. 그러니까 누군가 그 조사가 이루어지는 것을 원치 않았던 사람이 있었던 거지요."

"그렇다면 누군가가 마르틴느인 척하려고 했다는 기본적인 사실로 돌아가 볼까요. 그런데 어떤 이유에선지 그만뒀습니다. 왜 그랬을까요?"

"정말 흥미로운 질문이네요."

마플 양이 말했다.

"누군가 마르틴느가 프랑스로 돌아갈 것이라는 편지를 보냈고, 그런 다음 여자와 함께 이곳에 내려오기로 약속을 잡은 다음 그 도중에 여자를 죽였습니다. 여기까지는 동의하십니까?"

"꼭 그런 건 아니에요. 내가 보기에 당신은 사건을 너무 복잡하게 생각하는 것 같아요."

크래독이 소리쳤다.

"복잡하다고요! 부인은 절 혼란스럽게 만드시는군요."

크래독이 투덜거렸다.

마플 양은 당황한 목소리로 그런 일은 생각해 본 적도 없다고 말했다.

"그럼 말씀해 주십시오. 부인은 살해된 여자가 누구인지 아시는 겁니까 아니면 모르시는 겁니까?"

마플 양이 한숨을 내쉬었다.

"뭐라고 대답해야 할지 모르겠군요. 너무 어려워요. 내 말은, 난 그 여자가 누구인지 몰라요. 하지만 동시에 난 그 여자가 누구였는지 알고 있답니다. 내 말 뜻을 이해할지 모르겠네요."

크래독이 고개를 가로저었다.

"이해하겠느냐고요? 감도 안 잡힙니다."

그는 창밖을 내다보았다.

"저기 루시 아일스배로우 양이 오는군요. 전 그만 가 봐야겠습니다. 제 아무르 프로프르(자존심)는 오늘 오후 바닥으로 추락했고, 게

다가 저렇게 유능함과 성공으로 눈부신 빛을 발하는 젊은 아가씨까지 오니 더 이상은 견딜 수가 없군요."

25장

"사전에서 톤틴이라는 단어를 찾아보았어요."

루시는 인사를 나눈 후 도자기 강아지를 만져 보다가 의자 덮개를 쓰다듬고 창가에 놓인 플라스틱 반짇고리를 쩔러보며 하릴없이 방 안을 거닐었다.

"그럴 거라고 생각했지요."

마플 양이 조용하게 대답했다.

루시는 천천히 사전에 적힌 말을 인용했다.

"로렌초 톤틴, 이탈리아 은행가. 1653년 가입자가 죽을 경우 그 몫의 배당금이 남은 생존자의 배당금에 추가되어 지급되는 형태의 종신연금을 창시."

그녀는 잠시 숨을 골랐다.

"이거죠? 그렇죠? 모든 게 꼭 들어맞아요. 부인은 두 사람이 죽기 전부터 이미 이런 생각을 하고 계셨던 거예요."

루시는 또다시 불안한 기색으로 방 안을 서성이기 시작했다. 마플 양은 가만히 앉아 그녀를 지켜보았다. 오늘 루시는 이제껏 마플 양이 알던 루시 아일스배로우와 전혀 다른 모습이었다.

"다 자업자득이에요. 그런 종류의 유언은 만약에 마지막으로 한 사람만 남는다면 그 사람이 모든 재산을 물려받는 거잖아요. 그렇게나 재산이 많은데……. 골고루 나눠 가져도 그 정도면 충분할 텐데……."

루시는 말꼬리를 흐리더니 결국 입을 다물었다.

마플 양이 말했다.

"문제는 사람들이 탐욕스럽다는 거예요. 어떤 사람들은 말이에요. 일이 시작되는 것을 보면 대개가 그렇지요. 처음부터 살인으로 시작되는 건 아니에요. 살인을 원한다거나 심지어 살인을 생각하는 것도 아니랍니다. 그저 지금보다 더 많은 것을 갖고 싶다는 욕심에서 시작되는 거죠."

마플 양이 뜨개질감을 무릎 위에 내려놓고 눈앞의 허공을 멍하니 응시했다.

"크래독 경위를 처음 만난 것도 그런 사건 때문이었죠. 어느 시골 마을에서 일어난 사건이었어요. 메던햄 온천 근처였어요. 그때도 꼭 이런 식이었답니다. 마음이 약한 다정한 사람 하나가 그저 많은 돈을 탐냈을 뿐이었어요. 원래는 그에게 주어질 돈이 아니었지만, 그것을 가질 쉬울 방법이 있는 것 같았죠. 그때는 살인이 아니었어요.

그저 별로 나쁠 것 같지 않은, 쉽고 간단한 방법이었죠. 모든 게 그렇게 시작되었어요……. 하지만 결국엔 세 번의 살인으로 끝나고 말았답니다."

루시가 말했다.

"꼭 이번 사건 같네요. 이번에도 세 사람이 죽었잖아요. 마르틴느인 척 위장하고 나타나 자기 아들 몫의 유산을 주장하려고 한 여자와 알프레드, 그리고 해럴드요. 그럼 이제 두 사람뿐이네요, 그렇죠?"

"당신 말은 세드릭과 에마만 남았다는 건가요?"

"에마는 아니에요. 에마는 키가 큰 검은 머리의 남자가 아니잖아요. 전 세드릭과 브라이언 이스틀리를 말한 거예요. 전 이제까지 브라이언은 생각도 해 보지 않았어요. 그는 금발이니까요. 금빛 콧수염에 푸른 눈을 하고 있죠. 하지만 지난번에……."

그녀는 말을 멈추었다.

마플 양이 말했다.

"계속해 봐요. 말해 줘요. 뭔가 걱정스러운 일이 있군요, 그렇죠?"

"레이디 스토다트 웨스트가 떠날 때였어요. 저한테 작별 인사를 하고 자동차에 올라타다가 갑자기 저를 돌아보면서 이러잖아요. '내가 들어왔을 때 테라스에 서 있던 키가 크고 검은 머리의 남자는 누구죠?'

처음엔 그녀가 누구를 말하는지 알 수가 없었어요. 세드릭은 아직 침실에 누워 있었거든요. 그래서 조금 당황해서 물었지요. '브라이언 이스틀리를 말씀하시는 건 아니겠죠?' 그랬더니 부인이 이러더군요. '아, 이스틀리 소령이었군요! 내가 레지스탕스로 일할 때 프랑스에 있는 우리 집 다락방에 숨어 계신 적이 있었죠. 저 서 있는 자세와 어깨 모양이 기억나서요.' 그러곤 이렇게 덧붙였어요. '한번 만나 뵙고 싶네요.' 하지만 우리는 그를 찾을 수가 없었어요."

마플 양은 아무 말 없이 루시의 말을 기다렸다.

"그러고 나서 나중에 브라이언을 다시 살펴봤어요……. 내게 등을 돌리고 서 있었는데, 그때 진작에 깨달았어야 할 것들이 눈에 들어오더군요. 설사 금발이라고 하더라도 머릿기름을 발라 넘기면 짙은 색깔로 보인다는 사실이오. 엄밀히 말하면 브라이언의 머리는 밝은 갈색이지만 어떻게 보면 짙은 갈색으로도 보여요. 그러니까 부인 친구분이 기차에서 본 남자가 브라이언일 수도 있단 말이죠. 어쩌면……."

"그래요. 나도 그 생각을 했었답니다."

"부인은 모든 걸 생각하시는군요!"

루시가 씁쓸하게 말했다.

"오, 하지만 그럴 수밖에 없는걸요."

"그렇다고 해도 브라이언이 이 일로 무슨 이득을 얻을지는 잘 모르겠어요. 유산을 물려받는다고 해도 그건 알렉산더의 몫이지 그 사람한테 가는 게 아니잖아요? 물론 좀 더 편안하게 살 수는 있겠죠. 조금 부유해질지는 몰라도 자신의 사업에 자본으로 이용한다거나 그런 식으로 사용할 수는 없을 거란 말이에요."

"만일 스물한 살이 되기 전에 알렉산더에게 무슨 일이 생긴다면 어떨까요? 브라이언은 알렉산더의 아버지이고, 가장 가까운 친척으로서 그 돈을 상속받지요."

마플 양이 지적했다.

루시는 소름이 끼친다는 표정으로 그녀를 쳐다보았다.

"브라이언은 절대로 그런 짓 할 사람이 아니에요. 세상에 어떤 아버지가 돈을 얻겠다고 자기 자식에게 그런 짓을 하겠어요?"

마플 양이 한숨을 내쉬었다.

"하지만 실제로 그런 일이 일어난답니다. 슬프고 끔찍한 일이지만, 정말 그런 짓을 하는 사람들이 있어요. 인간이란 참으로 끔찍한 짓을 저지르곤 한답니다. 난 얼마 되지도 않는 보험금을 타기 위해 친자식을 셋이나 독살한 여자를 알고 있어요. 그리고 한 노부인은, 겉으로 보기에는 정말 착하고 온화해 뵈는 노부인이었는데 휴가 때 돌아온 아들을 독살했죠. 나이 많은 스탠위치 부인도 있어요. 이 사건은 신문에도 났으니 아마 당신도 읽었을 거예요. 아들과 딸이 죽었고, 나중에는 그녀 자신도 독을 먹었다고 말했죠. 독은 오트밀 속에 들어 있었는데 사실은 스탠위치 부인이 독을 넣었다는 게 밝혀졌어요. 그게 발각되었을 당시에 그녀는 막내딸을 독살하려고 계획 중이었고요. 돈 때문이 아니었어요. 단지 자식들이 자기보다 젊고 활기에 넘쳐서 질투를 했던 거예요. 이렇게 말하기엔 좀 끔찍하지만 자신이 죽어도 자식들은 즐겁게 잘 살 거라는 것이 두려웠던 거예요. 정말이랍니다. 그녀는 늘 허리끈을 졸라매고 살았거든요. 맞아요. 사람들의 말대로 조금 이상한 사람이었어요. 하지만 난 그건 전혀 변명이 될 수 없다고 생각해요. 사실 사람은 누구나 제각각 조금 이상한 데가 있거든요. 어떤 사람들은 자기 재산을 모두 기부해 버리는가 하면, 있지도 않은 은행 계좌의 수표를 쓰기도 하죠. 그저 다른 사람들을 도와주고 싶어서요. 그나마 이런 건 특이한 성격 뒤에 훌륭한 기질이 숨어 있는 경우예요. 하지만 어떤 경우에는 특이하면서도 그 뒤에 고약한 성질을 숨기고 있을 수도 있지요. 도움이 좀 되었나요, 루시?"

"무엇이 도움이 되었다는 말씀이세요?"

루시는 어리둥절하여 물었다.

"내가 한 이야기 말이에요."

마플 양은 조용히 덧붙였다.

"걱정하지 말아요. 이젠 걱정할 필요가 없답니다. 엘스페스 맥길리커디가 곧 도착할 테니까요."

"그게 무슨 관계가 있다는 건지 전 도통 모르겠네요."

"어쩌면 아무 관계도 없을지 몰라요. 하지만 난 개인적으로 매우 중요한 일이라고 생각한답니다."

"걱정하지 않을 수가 없어요. 부인도 아시겠지만, 전 이 집 식구들에게 관심을 갖고 있거든요."

"나도 알아요, 루시. 아마 두 사람 모두에게 강한 매력을 느끼고 있어서 무척 힘들겠지요. 그것도 아주 다른 방식으로 말이에요."

"그게 무슨 뜻이죠?"

루시가 말했다. 그녀의 목소리는 날카로웠다.

"그 집안의 두 남자들 말이에요. 정확하게 말하자면 아들과 사위지요. 그 집 식구들 중에서 별로 호감이 가지 않는 두 남자는 죽고 매력적인 두 사람이 남았다는 건 참으로 불행한 일이에요. 세드릭 크랙켄소프는 대단히 매력적인 사람이더군요. 그 사람은 실제보다 자신을 나쁘게 보이려는 경향이 있고, 또 어딘가 도발적인 데가 있어요."

"가끔은 정말 한바탕 싸우고 싶을 정도라니까요."

"그래요. 그리고 당신은 그걸 즐기고 있지 않나요? 당신은 생기가 넘치는 아가씨고 그런 말싸움을 좋아하니까요. 그래요, 당신이 어디서 매력을 느끼는지 나도 알 것 같아요. 그에 비해 이스틀리 씨는 어딘가 애달픈 데가 있지요. 가련하고 우수 어린 소년 같다고나 할까요. 그런 점이 또 매력적이죠."

루시가 쏩쏠하게 말했다.

"그런데 그중 한 사람이 살인범이고요. 둘 중 누구라도 범인일 수 있어요. 둘 중에 누가 유력하고 자시고도 없다고요. 세드릭은 자기 동생인 알프레드와 해럴드가 죽었는데도 아무렇지도 않은 것 같아요. 그저 맘 편하게 앉아 러더퍼드 저택을 물려받으면 어떻게 할까 계획을 세우며 즐거워하고 있다고요. 자기가 원하는 대로 땅을 개발하려면 돈이 많이 들 거라는 소리나 하고 있고요. 물론 세드릭이 자기가 얼마나 냉담한 사람인지 과장하는 타입이라는 건 알아요. 하지만 그것도 위장일지 모르잖아요. 말하자면 사람들은 보통 그 사람이 겉으로 보기보다 마음이 따뜻한 사람이라고들 하지만 사실은 그게 아닐지도 모른다는 거예요. 어쩌면 겉으로 보기보다 더 냉정한 사람인지도 모르죠!"

"오, 루시. 일이 이렇게 되어서 정말 미안해요."

루시는 계속해서 말을 이었다.

"그리고 브라이언도 마찬가지예요. 정말 이상하게도, 브라이언은 정말로 그 저택에서 살고 싶어 하는 것 같아요. 그 사람은 자기와 알렉산더라면 그 저택에서 즐겁게 살 수 있을 거라고 생각하고, 또 머릿속엔 온갖 계획으로 가득 차 있다고요!"

"그는 언제나 이런저런 계획으로 가득 차 있는 사람이 아닌가요?"

"예, 제 생각도 그래요. 듣기에는 정말 근사한 것 같지만, 그렇지만 이상하게도 실제로는 그렇게 되지 않을 것 같은 불안한 느낌이 들어요. 제 말은, 그 사람 계획은 전혀 실용적이지 않다는 거예요. 아이디어 자체는 괜찮아요. 하지만 그 사람은 실질적인 문제점은 전혀 고려해 본 적이 없는 것 같더군요."

"그러니까 이른바 뜬구름 잡는 소리 같았다?"

"예, 여러 가지 면에서요. 말 그대로 허공에 떠 있는 듯한 소리랄까요. 공중누각 같은 계획들이에요. 아마 뛰어난 조종사는 절대 지상으로 내려올 수는 없나 봐요……."

마지막으로 루시는 이렇게 덧붙였다.

"그리고 그 사람은 러더퍼드 저택을 너무 좋아해요. 어렸을 때 살던 커다랗고 산만한 빅토리아 왕조풍 집이 생각난다나요."

마플 양은 생각에 잠겨 중얼거렸다.

"알겠어요. 그렇군요, 알 것 같아요……."

그러더니 루시를 곁눈질로 재빨리 살펴보다가 갑자기 대뜸 물었다.

"하지만 그게 다가 아니군요. 그렇지요? 뭔가 다른 게 있어요."

"오, 그래요. 다른 것도 있어요. 며칠 전에야 비로소 깨달았는데, 어쩌면 브라이언이 그 기차에 타고 있었을지도 모른다는 생각이 들어요."

"패딩턴발 4시 33분 기차 말인가요?"

"예, 12월 20일의 행적을 설명해 달라고 했을 때, 에마가 무척 세세하게 설명했거든요. 에마는 오전 중에 교구 위원회 모임에 갔다가 오후에는 쇼핑을 한 다음 그린 샴록에서 차를 마시고, 그리고, 그런 다음에 기차역으로 브라이언을 마중 나갔다고 했어요. 에마는 패딩턴에서 오는 4시 50분 열차라고 했지만, 어쩌면 브라이언이 그 전 기차를 타고 와서 다음 기차로 도착한 척했을 수도 있잖아요. 언젠가 지나가는 투로 자동차를 어디다 들이받아서 수리를 해야 했기 때문에 기차로 내려왔다고 자기 입으로 그랬거든요. 기차 여행은 너무 지루하기 때문에 싫어한다는 말도 했어요. 하지만 자연스러워 보였어요……. 정말 아무렇지도 않아 보였다고요. 그런데 전 왠지 모르게 그 사람이 기차로 내려오지 않았더라면 좋았을 걸 하는 생각이 들어요."

"실제로 기차를 탔단 말이군요."

마플 양은 골똘히 생각에 잠긴 채 말했다.

"그건 아무 증거도 안 돼요. 정말 끔찍한 건 이런 식으로 사람을 의심한다는 거예요. 사실은 무슨 일이 있었는지도 모르면서. 그리고 어쩌면 결코 진실을 알 수 없을 테고요!"

마플 양이 냉큼 대답했다.

"오, 아니에요. 우린 틀림없이 알아낼 거랍니다. 말하자면 모든 일이 이런 식으로 그 자리에 멈춰 버리진 않을 거라는 뜻이에요. 내가 살인범에 대해 알고 있는 게 하나 있다면, 그건 그들이 결코 일이 잘되게 내버려 두지 않는다는 거예요. 아니, 일이 잘못되도록 내버려두지 않는다고 말해야겠군요."

마플 양은 결론을 내리듯 덧붙였다.

"그들은 한 번에 그치지 않고 두 번째 살인을 저지르곤 하죠. 자, 그러니 너무 상심하지 말아요, 루시. 경찰이 최선을 다해 수사하고 있고 모든 사람을 보호하고 있으니까요. 그리고 무엇보다 다행인 건 엘스페스 맥길리커디가 조만간 여기 올 거라는 사실이랍니다!"

26장

I

"자, 엘스페스, 이제 당신이 무엇을 하면 되는지 확실히 알겠지요?"

"예, 알았어요. 하지만 제인, 이 말은 꼭 해야겠어요. 그렇게 하면 너무 이상해 보이지 않을까요?"

맥길리커디 부인이 말했다.

"전혀 이상하지 않아요."

마플 양이 말했다.

"하지만 내가 보기엔 이상한걸요. 그 집에 도착하자마자 어……, 2층을 사용해도 되냐(화장실을 사용한다는 의미 — 옮긴이)고 물어보라니."

"날씨가 춥잖아요. 게다가 뭘 잘못 먹어서, 음……, 2층을 사용할 일이 생길 수도 있고요. 내 말은요, 어쨌든 가끔 그런 일이 생기기도 한다는 거예요. 가엾은 루이자 펠비가 나를 만나러 왔던 일이 기억나네요. 그 애는 30분 동안 자그마치 다섯 번이나 2층을 들락날락거렸죠."

마플 양은 부연 설명을 덧붙였다.

"그게 다 상한 코니시 패스트리(콘월 지방에서 시작된 것으로 다진 고기, 양파, 감자나 과일로 속을 채워 겉이 딱딱하게 구워낸 요리 — 옮긴이) 때문이었죠."

"도대체 무엇을 할 작정인지 말해 주지 않을래요, 제인?"

"미안하지만 그것만은 안 돼요."

"정말 너무하네요, 제인. 처음에는 아직 때도 안 됐는데 당장 영국으로 돌아오라고 하더니만……."

"그건 정말 미안하게 생각해요. 하지만 말고는 방법이 없었답니다. 언제 또 사람이 죽을지 모르는 상태거든요. 오, 물론 모두 보호를 받고 있고 경찰도 최선을 다해 감시를 하고 있긴 하지만 살인범이 그 사람들보다 더 똑똑할지도 모르잖아요. 그러니까 당신도 알겠죠, 엘스페스? 여기 오는 건 당신의 의무였어요. 어쨌든 나나 당신이나 의무를 다 해야 한다고 배웠잖아요. 그렇지 않나요?"

"그렇긴 하죠. 우리가 젊었을 때는 지금처럼 방종하지 않았으니까요."

맥길리커디 부인이 대답했다.

"그럼 괜찮은 거지요? 봐요, 벌써 택시가 왔군요."

집 밖에서 희미한 경적 소리가 들리자 마플 양이 말했다.

맥길리커디 부인은 두툼한 바둑판 무늬 코트를 걸쳤고, 마플 양은 좋은 숄과 스카프를 여러 겹 겹쳐 둘렀다. 그런 다음, 두 노부인은 택시를 타고 러더퍼드 저택으로 향했다.

II

"자동차가 한 대 올라오는데, 저게 누구지?"

에마가 창문을 내다보다가 택시가 빠른 속도로 지나치자 이렇게 물었다.

"루시의 이모님인 것 같아."

"맙소사."

세드릭이 말했다.

그는 긴 의자에 등을 기대고 누워 다리를 벽난로 장식 옆에 올린 채 《시골 생활》이라는 잡지를 보고 있었다.

"지금 집에 없다고 해."

"나더러 나가서 내가 집에 없다고 직접 말하란 말이야? 아니면 루시더러 자기 이모님한테 그렇게 말하라고 시키라는 거야?"

세드릭이 말했다.

"그 생각은 못했군. 우리 집에 집사와 하인들이 있던 시절을 생각했나 봐. 그런 때가 있기는 했지. 전쟁 전에 있었던 한 하인이 생각나는군. 부엌 하녀와 연애질을 하는 바람에 엄청난 소동이 일었지. 그러고 보니 청소를 하러 오는 할멈이 하나 있지 않았어?"

하지만 바로 그때 그날 오후 놋쇠 그릇을 닦으러 온 하트 부인이 현관문을 열어 주었고, 마플 양이 몇 겹의 숄과 스카프를 휘날리며 집 안으로 들어왔다. 그 뒤에는 완고해 보이는 노부인이 한 명 서 있었다.

마플 양이 에마의 손을 감싸 쥐며 말했다.

"우리가 방해가 된 건 아닌지 모르겠군요. 내일모레 집으로 돌아갈 예정이라서요. 그전에 에마 양에게 작별 인사를 하고 싶어서 들렀답니다. 우리 루시에게 너무 잘해 주셔서 얼마나 고마운지 몰라요. 오, 이런 깜박했네. 이쪽은 내 친구 맥길리커디 부인이에요. 나와 함께 머무르고 있지요."

"안녕하세요."

맥길리커디 부인은 에마를 뚫어지게 바라보더니 의자에서 일어난 세드릭에게로 시선을 돌렸다. 그때 루시가 방 안으로 들어왔다.

"제인 이모, 이렇게 오실 줄은 전혀……."

마플 양이 루시를 돌아보며 말했다.

"크랙켄소프 양에게 작별 인사를 하러 들렀어요. 루시에게 참 친절하게 잘해 주셨잖아요."

에마가 말했다.

"우리에게 잘해 준 건 오히려 루시랍니다."

세드릭이 말했다.

"지당하신 말씀. 우린 루시를 노예선에서 노를 젓는 노예처럼 부려 먹었는걸요. 환자들의 시중을 들고 힘겹게 계단을 오르락내리락하며 환자식을 만들고……."

마플 양이 그의 말을 가로막았다.

"심하게 앓으셨다는 말을 듣고 깜짝 놀랐답니다. 많이 힘들었을 거예요. 지금은 몸이 좀 많이 좋아졌나요, 크랙켄소프 양?"

"오, 이젠 많이 나았어요."

"루시가 그러는데 식구들이 한꺼번에 병이 났다면서요? 식중독은 정말 위험하답니다. 버섯 때문이었다죠?"

"원인이 뭔지는 아직 잘 몰라요."

에마의 말에 세드릭이 끼어들었다.

"그 말 믿지 마세요. 아주머니도 틀림없이 마을에 떠도는 소문을 들으셨을 텐데요, 어……, 그러니까……."

"마플이에요."

"그렇군요. 음, 어쨌든 주변에 떠도는 소문은 들으셨겠죠? 동네에 작은 파문을 일으키기에는 비소만큼 좋은 게 없죠."

"세드릭, 제발 그러지 마. 너도 크래독 경위님이 하는 말씀을 들었잖아……."

에마가 말했다.

"헛소리. 세상 사람들이 다 아는데 뭘. 아마 두 분도 다 들으셨을 겁니다, 그렇죠?"

그렇게 말한 세드릭이 마플 양과 맥길리커디 부인을 쳐다보았다.

"난 외국에서 돌아온 지 얼마 안 되어서 잘 모르겠어요. 겨우 그저께 도착했거든요."

맥길리커디 부인이 말했다.

"오, 그렇다면 이 근방 소문에 대해서는 전혀 깜깜하시겠군요. 카레에 비소가 들어 있었답니다. 그런 내용이에요. 루시의 이모님께서는 분명 알고 계실 겁니다. 내 장담하죠."

세드릭의 말에 마플 양이 대꾸했다.

"글쎄요, 난 그저 작은 암시를 들었을 뿐이랍니다. 하지만 크랙켄소프 양을 난처하게 만들고 싶지 않았어요."

"제 동생 말은 신경쓰지 마세요. 사람들을 당황하게 만드는 걸 좋아하거든요."

에마가 말했다. 그녀는 이렇게 말하면서도 세드릭에게 애정 어린 미소를 지어 보였다.

문이 왈칵 열리더니 크랙켄소프 노인이 화가 난 듯 지팡이를 거칠게 짚으며 들어왔다. 그는 노골적으로 루시에게 말했다.

"차는 어디 있는 거야? 왜 아직까지 차가 준비되지 않은 거지, 응, 아가씨? 어째서 차를 가져오지 않는 거요?"

"방금 준비가 되었어요, 크랙켄소프 씨. 지금 들여가겠습니다. 테이블 세팅을 준비하던 중이었거든요."

루시가 다시 밖으로 나간 뒤, 마플 양과 맥길리커디 부인은 크랙켄소프 노인을 소개받았다.

크랙켄소프 씨가 말했다.

"난 음식이 제때 준비되는 게 좋소. 시간 엄수와 절약, 그게 내 철칙이라오."

"그건 정말 없어서는 안 될 것들이죠. 특히 세금이니 뭐니 하는 것들이 많은 요즘 같은 세상에는요."

마플 양의 말에 크랙켄소프 씨가 코웃음을 쳤다.

"세금이라고! 그런 강도 같은 놈들 얘기는 내 앞에서 꺼내지도 마시오. 난 불쌍한 가난뱅이라오. 더군다나 나아지기는커녕 점점 더 힘들어지기만 하고."

그는 세드릭을 보고 말했다.

"어디 기다려 봐라. 만에 하나 네가 이 저택을 손에 넣었을 때쯤이면 사회주의자들이 빼앗아 가서 무슨 복지회관인지 뭔지로 바꿔 버릴 테니까. 그러곤 그걸 유지한답시고 네 수입도 몽땅 긁어갈걸!"

루시가 차 쟁반을 들고 나타났다. 그 뒤에는 브라이언 이스틀리가 샌드위치, 빵과 버터, 케이크가 담긴 쟁반을 들고 따르고 있었다.

크랙켄소프 씨가 쟁반을 살폈다.

"이게 뭐지? 이게 뭐야? 당의를 입힌 케이크잖아? 오늘 파티라도 여는 게냐? 그런 소리는 못 들었는데."

에마의 얼굴에 희미한 홍조가 떠올랐다.

"큄퍼 선생님이 차를 마시러 와요, 아버지. 오늘이 그분 생일이거든요, 그래서……."

노인이 코웃음을 쳤다.

"생일이라고? 생일이 뭐가 대수라고? 생일은 어린애들이나 챙겨 먹는 게다. 난 내 생일을 한번도 챙긴 적이 없어. 그리고 다른 놈들이 그러도록 내버려 두지도 않을 테다."

"그게 훨씬 싸게 먹히니까요. 아버지는 생일 케이크에 꽂는 촛불 값도 아까워하지 않았습니까."

세드릭이 말했다.

"넌 입 다무는 게 좋아."

크랙켄소프 씨가 말했다.

마플 양은 브라이언 이스틀리와 악수를 나누었다.

"말씀 많이 들었어요, 이스틀리 씨. 물론 루시에게서요. 당신을 보니 내가 세인트 메리 미드 마을에서 알고 지냈던 어떤 사람이 생각나네요. 난 그 마을에서 매우 오래 살았답니다. 로니 웰스라고, 변호사의 아들이었지요. 아버지의 일을 물려받았는데, 이상하게도 자리를 잡지 못하더군요. 결국 동아프리카에 가서는 그곳 호수에서 화물선 일을 시작했답니다. 빅토리아 호던가, 아님 앨버트 호던가? 여하튼 불행히도 사업에 실패하고 말았지 뭐예요. 게다가 재산도 몽땅 날려버렸고요. 정말 불행한 일이었어요. 그런데 혹시 그 사람과 친척이 아닌가요? 너무 많이 닮아서요."

"아닙니다. 웰스라는 이름의 친척은 없는데요."

브라이언이 말했다.

"참한 여자와 약혼을 했죠. 매우 분별 있는 아가씨였어요. 약혼녀는 그를 말려 보려고 했는데, 그 사람이 말을 듣지 않았지요. 당연히 그 사람이 잘못한 거예요. 돈 문제에서 여자들은 무척 현명하거든요. 물론 차원이 높은 경제 문제 같은 것은 그렇지 못하지만요. 여자들이 그런 걸 이해할 거라고 기대하면 안 된다고 우리 돌아가신 아버지가 말씀하셨죠. 하지만 날마다 파운드니 실링이니 1펜스를 다루는 문제라면 여자가 낫지요. 어머나, 창 밖 전망이 정말 좋네요."

마플 양은 반대편 창가로 걸어가 밖을 내다보며 말했다.

에마가 그녀에게 다가왔다.

"장원이 참 넓기도 해라! 나무 사이에 소 떼가 보이는 게 마치 그림 같아요. 아무도 시내 한가운데서 이런 광경을 볼 수 있으리라곤 상상도 못할 거예요."

"어떻게 보면 우린 시대착오적으로 사는 사람들 같아요. 창문이 열려 있으면 멀리서 자동차 소리가 들려오지요."

에마가 말했다.

"오, 그렇겠죠. 요즘엔 어딜 가나 소음이 가득하니까요. 심지어 우리 세인트 메리 미드 마을도 그런걸요. 근처에 비행장이 생겼는데, 비행기들이 머리 위를 쇄액쇄액 날아다닌답니다. 어찌나 무서운지 몰라요. 한번은 우리 집 작은 온실의 유리가 두 장이나 깨졌답니다. 음속 장벽인지 뭔지가 지나가서 그렇다고 하더군요. 난 무슨 소린지 도통 모르겠지만."

브라이언이 살짝 다가와 말했다.

"아, 사실은 아주 간단한 개념이랍니다. 말씀드리자면, 이런 식이지요."

마플 양이 핸드백을 떨어뜨리자 브라이언이 예의 바르게 가방을 주워 주었다. 동시에 맥길리커디 부인이 에마에게 다가가더니 고뇌어린 목소리로 뭐라고 속삭였다. 그 고뇌는 진심이었다. 맥길리커디 부인은 지금 그녀가 수행하고 있는 임무가 마음에 들지 않았기 때문이다.

"실례지만 2층을 좀 사용해도 될까요?"

"오, 그럼요."

에마가 말했다.

"제가 모셔다 드릴게요."

루시가 말했다.

루시와 맥길리커디 부인은 함께 방을 떠났다.

"오늘은 날이 참 춥네요. 운전하기가 힘들겠어요."

마플 양이 어물어물 설명하듯 말했다.

브라이언이 말했다.

"음속 장벽 말입니다. 이런 식으로 작용하는 거랍니다……. 오, 어서 오십시오! 저기 쿰퍼 선생님이 오는군요."

의사가 자동차를 몰고 차도를 올라왔다. 손을 비비며 집 안으로 들어오는 모습이 몹시 추워 보였다.

쿰퍼가 말했다.

"눈이 올 것 같습니다. 그냥 내 짐작이지만요. 안녕하십니까, 에마? 오늘 기분은 어때요? 맙소사, 이게 다 뭐죠?"

에마가 말했다.

"선생님을 위해 생일 케이크를 준비했어요. 기억하세요? 오늘이 선생님 생일이라고 말씀하셨잖아요."

"이건 정말 생각지도 못한 일이군요. 세상에, 이게 벌써……. 어디 보자, 누군가 내 생일을 기억해 준 게 벌써 16년 전 일이네요."

큄퍼는 거북스러울 정도로 감동한 것 같았다.

"마플 양은 아시겠지요?"

에마가 마플 양에게 그를 소개했다.

"오, 그럼요. 지난번에 여기서 뵙고 난 후 내가 지독한 감기에 걸려 왕진을 한번 오신 적이 있답니다. 내게 정말 잘해 주셨죠."

"지금은 괜찮으십니까?"

의사가 물었다.

마플 양은 이제 아무렇지도 않다고 그를 안심시켰다.

"요즘엔 날 보러 오지도 않더구먼, 큄퍼. 그렇게나 날 신경 써 주니, 난 곧 죽을 게야!"

크랙켄소프 씨가 말했다.

"얼마 동안은 돌아가실 것 같지 않습니다만."

큄퍼가 말했다.

"암, 난 죽을 생각이 없거든. 자, 어서 차나 마시자고. 다들 뭘 기다리고 있는 게야?"

크랙켄소프 노인의 말에 마플 양이 대꾸했다.

"오, 제 친구는 신경 쓰지 마세요. 자기 때문에 기다린 걸 알면 오히려 민망해할 거예요."

그들은 자리에 앉아 차를 들었다. 마플 양은 먼저 버터 바른 빵을 먹고 나서 샌드위치를 향해 손을 뻗었다.

"이건……?"

그녀는 잠시 머뭇거렸다.

브라이언이 말했다.

"생선 샌드위치입니다. 제가 만드는 걸 도왔죠."

크랙켄소프 씨가 웃음을 터트렸다.

"독이 든 생선 페이스트라오. 목숨을 걸고 먹어 보시오."

"아버지, 제발!"

"이 집에서 뭘 먹을 땐 조심해야 하오. 내 아들놈 둘이 파리 새끼처럼 살해됐으니까. 누가 이런 짓을 하는지 면상이라도 좀 보고 싶구먼."

세드릭이 마플 양에게 접시를 내밀며 말했다.

"아버지 때문에 식욕을 잃진 마세요. 약간의 비소 양념은 안색을 좋게 해 준답니다. 너무 많이 먹지만 않는다면요."

"그럼 너부터 먹어 보지 그러냐."

크랙켄소프 노인이 말했다.

"공식적인 시험체가 되어 보라고요? 좋습니다. 그럼 갑니다."

세드릭이 말했다.

그는 샌드위치를 집어 들더니 통째로 입속에 밀어 넣었다. 마플 양은 숙녀답게 작은 소리로 웃음을 터트리고는 샌드위치를 집어 들었다.

그녀는 빵을 한 입 베어 물고 말했다.

"그런 농담들을 하다니 정말 대담한 분들이네요. 무척 대담한 행동이에요. 난 용기 있는 사람들을 존경한답니다."

그때, 마플 양이 갑자기 숨을 헐떡거리더니 목이 막힌 듯이 껙껙거렸다.

"생선 뼈가……."

그녀가 쌔근거리며 말했다.

"목에 걸렸……."

큄퍼가 황급히 자리에서 일어났다. 그는 마플 양에게 다가가 창문을 등지고 서게 하더니 입을 벌리라고 지시했다. 그러곤 주머니에서 상자를 꺼내 안에서 겸자와 핀셋을 골랐다. 그는 숙련된 솜씨로 노부인의 목구멍을 깊숙이 들여다보았다. 바로 그때 문이 열리더니 루시와 맥길리커디 부인이 들어왔다. 눈앞에 펼쳐진 광경을 본 맥길리커디 부인이 갑자기 숨을 헐떡거렸다. 마플 양은 몸을 뒤로 기울이고 있었고, 의사는 그녀의 목을 쥐고 머리를 위로 젖혀 올리고 있었다.

맥길리커디 부인이 소리쳤다.

"저 사람이에요! 기차에 타고 있던 그 남자예요……."

마플 양이 놀랍도록 날랜 동작으로 의사의 손을 빠져나와 친구에게 다가갔다. 그녀가 말했다.

"당신이 알아볼 거라고 생각했어요. 엘스페스! 더 이상 아무 말도 하지 말아요."

마플 양은 의기양양하게 큄퍼 의사를 돌아보았다.

"당신은 몰랐을 거예요, 그렇죠, 선생님? 당신이 기차 안에서 여자를 목 졸라 죽였을 때 누군가가 그 장면을 실제로 목격했다는 사실을요. 바로 여기 있는 내 친구가 그랬답니다. 맥길리커디 부인이라고 해요. 그녀는 당신을 봤어요. 이해하겠어요? 자기 눈으로 직접 봤다고요. 그녀는 당신이 탄 기차와 나란히 달리고 있던 다른 기차에 타고 있었답니다."

"도대체 무슨 소리를 하는 겁니까?"

큄퍼 의사가 맥길리커디 부인을 향해 급히 한 걸음 다가섰다. 하지만 이번에도 마플 양이 재빨리 두 사람 사이를 가로막고 섰다.

마플 양이 말했다.

"그래요. 내 친구는 당신을 봤어요. 그리고 당신을 알아봤지요. 이제 그녀는 법정에서 이 사실을 진술할 거예요. 이건 전혀 흔한 일이 아니지요."

마플 양은 부드럽고 차분한 목소리로 말을 이었다.

"누군가 살인 장면을 실제로 목격하는 일 말이에요. 대개는 상황 증거뿐이잖아요. 하지만 이번 사건은 매우 특이한 상황이에요. 실제로 살인을 목격한 증인이 있으니까요."

"악마 같은 할망구 같으니."

큄퍼가 말했다.

그는 마플 양을 향해 달려들었지만, 이번에는 세드릭이 큄퍼의 어깨를 움켜쥐었다.

세드릭이 그를 거칠게 돌려 세우며 말했다.

"그러니까 네놈이 살인마였단 말이지? 난 언제나 당신이 마음에 들지 않았어. 어딘가 잘못된 인간이라고 생각했지. 하지만 세상에, 그래도 살인자라고 의심해 본 적은 없었는데!"

브라이언 이스틀리가 세드릭을 도우러 황급히 달려왔다. 크래독 경위와 베이컨 경위가 반대쪽 문을 통해 방 안으로 들어왔다.

베이컨 경위가 말했다.

"퀴퍼 선생, 경고하지만……."

"경고는 무슨 망할 놈의 경고? 이런 할망구들 말을 누가 믿을 것 같습니까? 기차가 어쩌고 하는 그런 횡설수설 따위를 믿을 사람이 어디 있냐고?"

마플 양이 말했다.

"엘스페스 맥길리커디는 12월 20일에 즉시 경찰에게 살인 사건을 신고하고 범인의 인상착의를 설명했어요."

퀴퍼가 갑자기 어깨를 쑥 들어 올렸다.

"세상에서 제일 재수 없는 사람이로군."

"하지만……."

맥길리커디 부인이 입을 열었다.

"조용히 해요, 엘스페스."

마플 양이 말했다.

"내가 왜 알지도 못하는 여자를 죽였겠습니까?"

퀴퍼 의사가 물었다.

"그 여자는 알지도 못하는 사람이 아니었습니다. 바로 당신 아내였으니까."

크래독 경위가 말했다.

27장

"이제 아시겠지요? 내가 의심했던 것처럼 결국에는 아주, 아주 단순한 문제였던 거예요. 세상에서 가장 단순한 종류의 범죄였던 거죠. 정말이지 수많은 남편이 아내를 죽이는 것 같아요."

맥길리커디 부인은 마플 양과 크래독 경위를 바라보았다.

"저기, 좀 더 자세히 설명을 해 주면 고맙겠는데요."

마플 양이 말했다.

"그는 기회를 발견한 거예요. 부유한 아내를 얻을 기회, 즉 에마 크랙켄소프와 결혼할 기회를 말이죠. 단지 문제가 하나 있다면 그에게는 이미 아내가 있기 때문에 결혼을 할 수 없다는 거였어요. 그들은 몇 년 동안 별거를 하고 있었지만 안나는 이혼을 해 주려 하지 않았어요. 그건 크래독 경위님이 안나 스트라빈스카에 관해 들려준 이야기와 꼭 들어맞지요. 안나가 친구에게 말한 바에 따르면, 그녀에게는 영국인 남편이 있었고 또 독실한 가톨릭 신자였어요. 큄퍼 의사는 에마와 이중으로 결혼하는 위험을 무릅쓸 수는 없었어요. 그래서 무자비하고도 냉혹한 그 사람은 아내를 없애기로 결심한 거랍니다. 기차 안에서 아내를 살해하고 시체를 창고에 있는 석관 속에 넣는다는 것은 정말 기발한 생각이었어요. 아시다시피, 그는 죽은 여자를 크랙켄소프 집안과 연결시키고 싶었던 거예요. 그래서 그 전에 에드먼드 크랙켄소프와 결혼하려고 했다는 여자 마르틴느의 이름으로 에마에게 편지를 쓴 거예요. 에마가 큄퍼 선생에게 에드먼드에 관한 이야기를 모두 해 준 적이 있거든요. 그러다가 적당한 시기가 되자 그는 에마가 경찰에게 가서 그 이야기를 하도록 부추겼지요. 그는 죽은 여자가 마르틴느로 판명되기를 바랐어요. 그런데 프랑스 경찰이 안나 스트라빈스카에 관해 조사를 하고 있다는 이야기를 듣고 자메이카에서 그녀의 이름으로 엽서를 부친 거예요.

　아내와 런던에서 만나 이젠 화해를 하고 싶다면서 지방으로 내려와 그의 '가족'을 만나 달라고 설득하는 건 그리 어려운 일이 아니었을 거예요. 그 다음에 일어난 일은 이야기하지 않기로 하죠. 생각만 해도 끔찍하니까. 그는 정말 탐욕스러운 남자였어요. 세금을 떠올리자, 그리고 그 때문에 수입이 얼마나 감소할지 생각하자 그는 더 많은 재산을 얻을 수 있다면 좋겠다는 생각이 들었지요. 어쩌면 아내를 살해하기 전부터 이미 그 점을 염두에 두고 있었을지도 몰라요. 어쨌든 그는 기반을 다져 놓기 위해 누군가가 크랙켄소프 노인을 독살하려고 한다는 소문을 퍼트리기 시작했어요. 그러곤 가족들에게 비소를 먹였죠. 물론 많은 양은 아니었어요. 크랙켄소프 노인이 죽는 건 바라지 않았거든요."

"하지만 전 그가 어떻게 독을 넣었는지는 아직도 모르겠습니다. 카레를 만들 때 그는 저택에 없었잖습니까."

크래독이 말했다.

"오, 그때에는 카레에 비소가 들어 있지 않았어요. 나중에 검사를 한다고 카레를 가져갔을 때 집어넣은 거죠. 아마 실제로는 칵테일 주전자에 비소를 탔을 거예요. 그 뒤로는 모든 게 손쉬웠어요. 그는 가족의 주치의였으니까 알프레드 크랙켄소프에게 독을 먹이고 런던에 있는 해럴드에게 독약을 보내는 것도 매우 간단했죠. 해럴드한테는 더 이상 약을 복용할 필요가 없다고 말해서 미리 방어막을 쳐두기까지 했어요. 그가 저지른 모든 짓은 대담하고 뻔뻔하고 잔인하고 탐욕스러웠어요. 그래서 난……."

마플 양은 상냥하고 포근한 노부인이 지을 수 있는 가장 무서운 표정으로 말했다.

"사람들이 사형 제도를 폐지했다는 게 정말 진심으로 유감이에요. 세상에 교수형을 당해야 할 철면피가 있다면 그건 바로 큄퍼 선생일 테니까요."

"옳으신 말씀입니다."

크래독 경위가 말했다.

"문득 이런 생각이 들더군요."

마플 양이 말을 이었다.

"설사 누군가의 뒷모습밖에 보지 못했다고 해도, 사람의 뒷모습은 제각기 개성적이라는 사실 말이에요. 난 엘스퍼스가 기차에서 본 것과 똑같은 자세를 취하고 있는 큄퍼 의사를 본다면, 그러니까 등을 돌리고 여자의 목을 쥔 채 그 위로 몸을 구부리고 있는 모습을 본다면 그녀가 그를 알아볼 거라고 확신했어요. 아니면 적어도 놀라서 소리를 지르던가요. 그래서 루시의 친절한 도움을 받아 작은 계획을 세운 거랍니다."

맥길리커디 부인이 말했다.

"솔직히 난 어찌나 놀랐는지 몰라요. 나도 모르게 저절로 '저 남자야.'라고 말하고 말았으니까요. 하지만 정말은 그 남자 얼굴을 보지도 못했잖아요. 그래서……."

"당신이 그 말을 입 밖에 낼까봐 얼마나 조마조마했는지 몰라요, 엘스페스."

"하마터면 말할 뻔했어요. 얼굴은 보지 못했다고 말하려고 했는걸요."

"만약 그랬더라면 모든 것이 수포로 돌아갔을 거예요. 그 사람은 당신이 자신을 정말로 알아본 줄만 알았거든요. 그 사람은 당신이 자기 얼굴을 보지 못했다는 사실을 전혀 몰랐어요."

"말을 안 한 게 천만다행이네."

"내가 당신이 말을 못하도록 막을 작정이었어요."

갑자기 크래독이 웃음을 터트렸다.

"정말이지 두 분은 환상적인 한 쌍이군요. 다음은 뭡니까, 마플 양? 행복한 결말은 뭐죠? 그래요, 예를 들어 가엾은 에마 크랙켄소프 양은 어떻게 될까요?"

"오, 그녀는 극복할 거예요. 이런 말을 해도 될지 모르겠지만, 만약 그 아버지가 돌아가시면……. 그 사람은 본인이 생각하는 만큼 건강하지 않은 것 같더군요……. 에마는 유람선 일주를 하거나 아니면 제럴딘 웹처럼 해외여행을 즐길 거예요. 그리고 아마도 좋은 일이 생기겠지요. 큄퍼 선생보다 훨씬 근사한 남자를 만나길 바라요."

"루시 아일스배로우는 어떻습니까? 그쪽도 결혼을 할까요?"

"아마도요. 그렇더라도 전혀 이상할 게 없죠."

"그녀가 누구를 선택할까요?"

더못 크래독이 물었다.

"모르시겠어요?"

마플 양이 물었다.

"아뇨, 전 모르겠는데요. 부인은 아시겠습니까?"

"오, 그럼요. 난 알 것 같아요."

마플 양이 말했다.

그리고 그녀는 그를 향해 두 눈을 반짝였다.

〈끝〉

옮긴이 | **박슬라**

연세대 인문학부를 졸업했으며 영문학, 심리학을 전공했다. 현재 인트랜스 소속 전문번역가로 활동 중이다. 옮긴 책으로는 『한니발 라이징』, 『마인드 세트』, 『고양이 100배 행복하게 키우기』, 『베어&드래곤』, 『미래를 읽는 기술』, 『회사형 인간』, 『구름 속의 죽음』, 『레슬리의 비밀일기』 등이 있다.

애거서 크리스티 전집

패딩턴발 4시 50분

3판 1쇄 찍음 2021년 7월 2일
3판 2쇄 펴냄 2024년 10월 23일

지은이 | 애거서 크리스티
옮긴이 | 박슬라
발행인 | 박근섭
편집인 | 김준혁
펴낸곳 | 황금가지

출판등록 | 2009. 10. 8 (제2009-000273호)
주소 | 135-887 서울 강남구 신사동 506 강남출판문화센터 5층
전화 | 영업부 515-2000 편집부 3446-8774 **팩시밀리** 515-2007
홈페이지 | www.goldenbough.co.kr

도서 파본 등의 이유로 반송이 필요할 경우에는 구매처에서 교환하시고
출판사 교환이 필요할 경우에는 아래 주소로 반송 사유를 적어 도서와 함께 보내주세요.
06027 서울 강남구 도산대로 1길 62 강남출판문화센터 6층 민음인 마케팅부

© ㈜민음인, 2013. Printed in Seoul, Korea
ISBN 978-89-8273-749-7 04840
ISBN 978-89-8273-700-8 04840 (set)

㈜민음인은 민음사 출판 그룹의 자회사입니다.
황금가지는 ㈜민음인의 픽션 전문 출간 브랜드입니다.